七菜なな
イラスト／Parum
デザイン／伸童舎
男女の友情は成立する？
いや、しないっ!!
Flag 2.
じゃあ、ほん
アタシ
付き合っ
JN073254

これまで通り『親友』やってるはずなのに、
犬塚日葵
Himari Inuzuka
中学時代からの悠宇の親友。二人初めての大喧嘩を経て遅すぎる初恋に揺れる、三兄妹の末っ子長女。

なんか微妙に違う気がする……
夏目悠宇
Yu Natsume
中学時代からの日葵の親友。
フラワーアクセサリーのクリエイターを目指している、
四姉弟の末っ子長男。

「大丈夫さ。現実で童貞を卒業しても、
真に童貞を卒業したとは言えない」
「マジで意味わかんないんですけど!?」
犬塚雲雀
Hibari Inuzuka
犬塚家次男のイケメン変人。

榎本凜音
Rion Enomoto
悠宇と初恋の相手同士の、黒髪クールな同級生。
「えへへ」
「日葵ちゃんを泣かせたら殺すって言わなかったっけ……??」
「……」
夏目咲良
Sakura Natsume
夏目家三女の残念美人。

「見ちゃダメとは言ってませんけど？」

「ゆーくん。前から『わたしのこと
何か勘違いしてるなあ』って思ってたの」

contents

七菜なな
イラスト／Parum
男女の友情は成立する？
いや、しないっ!!
Flag 2.
じゃあ、ほんとにアタシと付き合っちゃう？

Prologue

続・二輪の花

昔から、美しいものが好きだったんだ。

雨上がりにキラキラと輝《かがや》く虹《にじ》だったり、少年たちの友情を描《えが》いた青春映画だったり……あるいは小学生のときに魅了《みりょう》された花たちとか。

花をうまく育てるためには、水をあげるだけではダメだ。肥料を与《あた》え、環境《かんきょう》を与《あた》え、そして気持ちを与《あた》える。

そうすると、不思議とより綺麗《きれい》な花を咲《さ》かせてくれるのだ。実際、花に美しい言葉をかけると綺麗《きれい》に育つとか、そういう結果の出ている研究もあったりする。

俺はいつか自分の店を持てたら、花も自分で育てたものを使いたいと思う。

だってフラワーアクセは俺の情熱の化身だ。フラワーアクセを認められるってことは、俺の情熱を認めてもらうことと同義だから。

どこで何をしているかも知らないあの子が見つけてくれたとき、俺のことを少しでも思い出してほしいから。

俺が授業中にこっそり花の図鑑《ずかん》を眺《なが》めていたのは、中学二年の秋——夏休みを終えてすぐの運命の文化祭が過ぎて……二週間ほど経《た》った頃《ころ》だ。

その頃《ころ》、うちのクラスでの『昼休み』は、ちょっとした恒例《こうれい》イベントの発生タイミングだった。四限終了《しゅうりょう》のチャイムが鳴った瞬間《しゅんかん》、クラスメイトたちはざわつきながら俺に注視する。

俺は昼食のパンと、花の図鑑《ずかん》を持つと、慌《あわ》てて教室からでていこうとした。

そしてドアに手をかけたタイミングで、向こうからガラッと勢いよく開く。

「悠宇《ゆう》！　お昼食べよーっ！」

一人の女子生徒が、元気のいい声を上げて入ってきた。

白い肌《はだ》で、ほっそりとした体軀《たいく》。

アーモンドのような大きな瞳《ひとみ》は、瞳孔《どうこう》が透《す》き通《とお》るようなマリンブルー。

流れるようなロングの美しい髪《かみ》は、やや色素が薄《うす》めで緩《ゆる》いウェーブがかかっている。

どこか透明感《とうめいかん》のある、妖精《ようせい》のような美少女。

犬塚日葵《いぬづかひまり》。

九月の文化祭をきっかけに、なぜか俺の親友になった同級生の女子。

うちの学校でも一番の美少女として名高く、その男泣かせな逸話《いつわ》の数々で『魔性《ましょう》』とまで呼ばれる存在だ。

その日葵《ひまり》は、俺にぶつかりそうになって「おっとと」と踏鞴《たたら》を踏《ふ》む。俺も慌《あわ》てて立ち止まると、ぶつかる寸前で止まった。

目の前に、日葵《ひまり》の綺麗《きれい》な顔があった。彼女の髪《かみ》が舞《ま》って、俺の頬《ほお》をさらりとなでる。俺の鼻先をかすめる息が、やけに熱かった。

……たぶん、授業が終わった瞬間《しゅんかん》に走ってきたんだろう。

日葵《ひまり》は一瞬《いっしゅん》、俺を見て眉根《まゆね》を寄せた。でもそれもすぐに消えて、いつもの太陽のような眩《まぶ》しい笑顔《えがお》に戻《もど》る。

「アハハー。悠宇《ゆう》、そんなに急いでどしたー？」

それから、ハッと何かに気づいたように口元を押さえる。

「あっ！　もしかして、早くアタシに会いたくて急いじゃったのかなー？　んふふー。アタシのこと好きすぎかー？」

ビシッビシッビシッとほっぺたに往復ビンタされる。それは痛くなく……というか、くすぐったい。

日葵《ひまり》はこういうスキンシップを、人前でも割と簡単にやってくる。それが恥《は》ずかしくて、俺はつい後ろに下がってしまった。

うちのクラス恒例《こうれい》『陰《いん》キャの悠宇《ゆう》を日葵《ひまり》がお迎《むか》えイベント』だ。

その日葵《ひまり》は、うちのクラスの友人に手を振《ふ》った。「日葵《ひまり》ちゃん、またー？」「まあねー」「飽《あ》きないねー」と軽い挨拶《あいさつ》を交《かわ》して、俺に向いた。

「さ、悠宇《ゆう》。科学室、行こーよ」

「…………」

俺は視線を上げられずにいた。

だらりと下がった、俺の拳《こぶし》。震《ふる》えている。手汗《てあせ》もすごい。頑張《がんば》れ。勇気をだせ。俺は拳《こぶし》をぎゅっと握《にぎ》り、意を決して口を開いた。

「あ、あのさ。俺、今日はちょっと、別で食べようかなって……ごふっ⁉」

言い終わる前に、俺の口に何かがドスッと突《つ》っ込《こ》まれた。

これは……ストロー？

よく見ると、いつも日葵《ひまり》が飲んでいる紙パックのヨーグルッペだった。日葵《ひまり》は保育士みたいな優《やさ》しい口調で、ゆっくりと言い聞かせてくる。

「はい、飲んでー？」

「…………」

言われるまま、ちゅーっと飲んだ。

それを日葵《ひまり》は、妙《みょう》な慈愛《じあい》のまなざしで見つめていた。なんか歯医者にかかってる気分。喉《のど》が潤《うるお》うと、不思議と落ち着いてきた。思考が鮮明《せんめい》になっていく。乳酸菌《にゅうさんきん》すげえ。

紙パックが、ずずっと音を立てた。

そのタイミングで、日葵《ひまり》が再び言う。ちなみに飲み終わった紙パックは、綺麗《きれい》に畳《たた》んでポケットにしまわれた。

「さ。お昼、行こ?」

「…………」

そして、にこーっと笑った。

無言の圧。言葉にするなら「んふふー。世界一可愛《かわい》いアタシが迎《むか》えにきたんだから、ぐだぐだ抜《ぬ》かしてないでさっさと行くぞコラ」って感じ。いや可愛《かわい》いのは認めるけど、世界一なのかは疑問が残るっていうかマジで毎回これすんのやめてほしい。

「ハリーアップ!」

「はい……」

俺が観念して連行されていくのを、クラスメイトたちが微笑《ほほえ》ましそうに見送っていた。

廊下《ろうか》にでても、その好奇《こうき》の視線は消えなかった。むしろ、他のクラスの前を通るたびに「今日もきた?」「よくやるねー」とさらに関心を集めることになる。

正直に言うと、日葵《ひまり》は半端《はんぱ》なく可愛《かわい》い。世界一は怪《あや》しいけど、うちの学校では間違《まちが》いなく一番可愛《かわい》いと思う。そんなのが陰《いん》キャのペットを連れて歩いているのは、非常に絵になるっていうか……なんか少女漫画《まんが》の実写ドラマみたいだ。

その間、日葵《ひまり》との間に会話はなかった。

日葵《ひまり》はすれ違《ちが》う他の生徒の相手ばかりしていた。日葵《ひまり》は人気者だから、むしろ声を掛《か》けられないことがない。そのたびに俺に向けられる「何、こいつ？」みたいな視線に、俺はいつもびくびくしていた。

「おーい。日葵《ひまり》ぃ」

通りかかった教室から、日葵《ひまり》を呼ぶ声がする。見ると、六人くらいの男女が楽しそうに昼飯を食べていた。うちの学年でも有名な陽キャグループだ。

日葵《ひまり》は窓越《まどご》しに、そっちに手を振《ふ》った。

「どしたー？」

「たまにはこっちで食おうぜ」

そのリーダーっぽいマッシュヘアの男子生徒の誘《さそ》いに、日葵《ひまり》はつれない返事をする。

「うーん。また今度ねー」

そのマッシュの男子がむっとした。

俺のほうを睨《にら》み付《つ》けると、吐《は》き捨《す》てるように言った。

「てか、まだそいつと連《つる》んでんの？」

そいつ……俺のことだ。

教室の他の生徒たちも、ちらちらとこっちをうかがっていた。でも、日葵《ひまり》はまったく気にしていない。いつものように軽い感じで笑いながら、会話を打ち切ろうとする。

「そだよー。ね、もう行っていい？」

「待てってば。そんなやつと遊んでも、つまんねえだろ」

「そうでもないよー。これでも悠宇《ゆう》って、めっちゃ小粋《こいき》なトーク持ってんだよ」

「えー。何々？　俺より面白《おもしれ》ぇの？　俺も聞きてえんだけど」

「ちょっと人を選ぶからなー。内輪ネタって、他の人が聞いてもつまんなくない？」

俺が小粋《こいき》なトークを披露《ひろう》した覚えはなかったし、明らかに相手は会話をやめる気配がなかった。そのグループのメンバーも「やれやれ」「またやってる」とか苦笑《くしょう》していた。……一人、マッシュの男子の隣《となり》の女子が不機嫌《ふきげん》そうだけど。

その男子は、押せばどうにでもなると思っている感じだ。実際に格好いいし。きっとクラスでも、中心的な存在なんだろう。

「今日の放課後、カラオケ行くんだわ。久しぶりに日葵《ひまり》も……」

「アタシも久しぶりに歌いたいけど、ほんとにいいのかなー？」

いきなり日葵《ひまり》が、その男子の言葉を遮《さえぎ》った。訝《いぶか》しむ相手に、にこーっと綺麗《きれい》な顔で微笑《ほほえ》みかける。

「アタシ、今日はカラオケよりおしゃべりしたい気分なんだよなー。それこそマイクの大音量で。……昨日のラインの内容とかね？」

「…………」

なぜか、マッシュの男子がすっかり青ざめている。動揺《どうよう》して、口をパクパクさせていた。その隣《となり》にいる女子が、なんか訝《いぶか》しげだ。

そして日葵《ひまり》は変わらない笑顔《えがお》のまま「バイバイ」と手を振《ふ》って歩き出した。俺は慌《あわ》てて背中を追いかける。

そしてたっぷりと引き回しの刑《けい》を受けた後、俺の本拠地《ほんきょち》である科学室のある階にたどり着いた。学校の敷地《しきち》でも辺鄙《へんぴ》なところにあるので、ここまでくれば他の生徒の姿は少ない。

鍵《かぎ》を開けて、科学室に入る。

俺は隅《すみ》のテーブルにつく。

すると日葵《ひまり》は、その隣《となり》に座る。こんなに広いのに、わざわざ肩《かた》を寄せるような距離《きょり》にインするのだ。

俺はたじろぎながら、ちょっと身体《からだ》を離《はな》した。

「……ち、近くない？」

「え、そう？」

とか言いながら、ちょっと近づく。

……俺は諦《あきら》めて、教室から持ってきた花の図鑑《ずかん》を広げた。日葵《ひまり》はずっとこうだ。何度、言っても、まったく改めてくれない。

コンビニパンをもそもそと口に運びながら、花の図鑑《ずかん》をめくる。次に育てる花の、育成方法を考えているのだ。

そして日葵《ひまり》は、そんな俺の行動を、至近距離《きよより》からニコニコ眺《なが》めている。圧倒的《あっとうてき》な無言空間。さっきまで賑《にぎ》やかな廊下《ろうか》で、まるで壇上《だんじょう》のヒロインのように愛想《あいそ》を振《ふ》りまいていた様子とは違《ちが》っている。

……小粋《こいき》なトークとか、マジでないんだ。

俺と日葵《ひまり》は、二人でいると基本的にこんな感じになってしまう。俺は自分から喋《しゃべ》るのは苦手だし、日葵《ひまり》も誤解されがちだけど意外に口数は少なかったりする。

正直、さっきのグループで食べてたほうが楽しいと思う。それでも、俺を誘《さそ》うことはやめない。……日葵《ひまり》って、マジで変なやつ。

「悠宇《ゆう》。それ、何してるの？」

日葵《ひまり》が聞いてきた。

俺はびくっと身構える。視線を彷徨《さまよ》わせて、結局、日葵《ひまり》を見ることなくぼそぼそ小さな声で答えた。

「く、クリスマスに合わせて、花を……」

「あー。そういえば、あと二ヶ月くらいだねー。それで、何かやるんだ？」

俺は必死にうなずいた。

日葵《ひまり》はいつもこうだ。俺の言葉足らずの意図を、先に汲《く》んでくれる。それは素直《すなお》にありがたいけど、同時に心の底まで見透《みす》かされているような寒い感情も覚える。

「クリスマスに、何するの？　あ、お家《うち》のコンビニでアクセ売るの？」

「ち、違《ちが》う。えっと、いつもお世話になってる、生け花教室でギャラリーがあって……」

「生け花教室⁉　何それ、初耳！」

日葵《ひまり》は目を輝《かがや》かせながら、テーブルに身体《からだ》を乗り出してくる。相変わらず、妙《みょう》なところに好《こう》奇《き》心《しん》を刺《し》激《げき》されるたちのようだった。

「花の扱《あつか》いの基本とか、そこで習ったんだ」

「へー。なるほどなー。悠《ゆう》宇、いつから通ってるの？」

「しょ、小学……五年？」

「ほーぅ。そんなに小さい頃《ころ》から通う子って、他にもいるのかな？」

「どうだろう。少なくとも、そこは若くても大学生くらい。俺も最初は、茶化しだと思われて追い返された……」

日葵《ひまり》は「ぷはっ」と噴《ふ》き出《だ》した。

「アハハ！　そうだよね。そうなるよなーっ！」

「あはは……」

可笑《おか》しいところは、素直《すなお》に笑う。これは日葵《ひまり》のいいところだ。

変に気を遣《つか》うリアクションされた後、こっそり「あいつ変なの」みたいな陰口《かげぐち》を言われることはない。その場ではっきり感情を完結させるところは、俺も好きだった。

「そのギャラリーで、俺のフラワーアレンジメントも飾《かざ》ってもらえるんだ。だから、どの花にしようか考えてる」

「ふーん。今から間に合うの？」

「そんなに大きな規模じゃないから。作品も一人一つ、大きさもこのくらいか……」

俺は両手で、器《うつわ》のような形を作る。

それをしげしげ眺《なが》めながら、日葵《ひまり》は楽しげに言う。

「ね、アタシも見に行ける？」

俺は驚《おどろ》いた。

「一応、入場は自由だけど。でも、くるの？」

「アタシ、何か問題ある？」

「いや、ほら。クリスマスだし、予定あるんじゃないの？」

「んー？　たとえば？」

なぜか日葵《ひまり》は、楽しげに聞き返した。

日葵《ひまり》はこういう遊びが好きだった。たった一言で済むことを、わざわざ聞き返してくる。そして、会話のキャッチボールを楽しむのだ。

俺は真面目に考えて、それに答えた。

「……上級生のお家《うち》の豪邸《ごうてい》で開かれる、他校生を交えてのホームパーティ？」

日葵《ひまり》が噴《ふ》き出《だ》した。

「ぷっはあーっ！」

でた。

肺の空気を全部吐《は》き出《だ》すのかという感じの大爆笑《だいばくしょう》。ついでに、俺の肩《かた》をバシバシと叩《たた》いてくる。マジで透明感《とうめいかん》のある美少女どこいった。

日葵《ひまり》は俺の前では、こうやってゲラゲラ笑う。何が楽しいのかはよくわからないけど、まあ楽しいなら何でもいいかって感じ。

……もしかして、日葵《ひまり》の言う小粋《こいき》なトークってコレのことだろうか。単純に世間知らずを露《ろ》呈《てい》してるだけだから、他の人には言わないでほしいんだけど。

「何それ、先入観やばくない⁉　洋画の青春メロドラマじゃないんだからさ！」

「あ、やっぱりないの？」

「あるわけないじゃん！　むしろこんな田舎《いなか》であるんだったら、見てみたいよ！」

「でも日葵《ひまり》のお家《うち》、お金持ちじゃん。知り合いの芸能人とか呼んで……」

「そんな知り合い、いないから！　いいとこ、お兄ちゃんの友だちの榎本先輩《えのもとせんぱい》くらいだって！」

「あっ。あの読モさん？」

「そうそう。それも死ぬほど仲悪いからなー。クリスマスパーティなんか誘《さそ》っても、絶対にこないって。てか、うちのお兄ちゃんに阻止《そし》される」

「へえ。仲いいのかと思ってた。文化祭で、俺のアクセの宣伝してくれたし」

「あれはかなりイレギュラーだったからなー。お兄ちゃんは言いたがらないけど、宣伝の引《ひ》き換《か》えになんかすごい嫌《いや》がらせされたっぽいし」

「そ、それはごめん……」

「いやいや、悠宇《ゆう》の責任じゃないでしょ。アタシのわがままを聞いてもらったんだから」

そう言って、日葵《ひまり》は爽《さわ》やかに笑う。

こういうやつだ。決して責任を他人に押しつけたりしない。そういう気遣《きづか》いは、教育ではなく天性のものだろう。日葵《ひまり》が他の生徒に人気があるのもうなずける。

……だからこそ、なんで俺なんかを気に入ってるのかは知らないけど。

「あっ。またその表情だ」

「え、何？」

日葵《ひまり》が制服のポケットから、ヨーグルッペの紙パックを取り出した。ストローを刺《さ》して、ちゅーっと飲む。

「いやー、大したことじゃないんだけどさー」

日葵《ひまり》はにこーっと笑った。

「悠宇《ゆう》。最近、アタシのこと避《さ》けてるでしょ？」

ついコンビニパンを握《にぎ》りつぶした。反対の手でめくろうとした花の図鑑《ずかん》も、ビリッとページが破れてしまう。……ブックオフで買った安物だから、いいんだけど。

「な、何のことだか……」

俺はしらばっくれながら、視線を逸《そ》らした。

すると日葵《ひまり》が身体《からだ》を乗り出して、俺の視界を塞《ふさ》いだ。

やっぱ改めて見ても顔がいい。てか、オーラが違《ちが》う。大して化粧《けしょう》とか気を遣《つか》ってる感じでもないのに、そこらのモデルさんよりレベルが高い。こんな子が同級生にいるとか、普通《ふつう》なら神に感謝するところなんだけど……。

「ね？　なんで？」

……生憎《あいにく》と、中身がちょっとだけ面倒《めんどう》くさい。

いつもは空気を読んでくれるくせに、こういうときはやけに頑固《がんこ》だ。自分の納得《なっとく》できないことは、とことんまで追及《ついきゅう》しないと気が済まないらしい。

たとえどんなに目の保養をさせてもらっても、こればかりはちょっと勘弁《かんべん》というか……有《あ》り体《てい》に言って、日葵《ひまり》の迷惑《めいわく》な部分だった。

「さ、避《さ》けてる？　何のことか、マジでわかんないっていうか……」

さらに視線を逸《そ》らした。しかし敏感《びんかん》に察知した日葵《ひまり》は、素早《すばや》く視線を合わせてくる。また視線を逸《そ》らしても同じ。

俺はついに天井《てんじょう》を見上げた。これなら、さすがの日葵《ひまり》も視線を合わせることはできまいわっはっは……わ、ちょ、やめろ！　人の腋《わき》をくすぐるの禁止！

「ゆっう～？　ふざけてると、アタシ本気で怒《おこ》っちゃうよ～？」

「わ、わかった！　わかったから！」

日葵《ひまり》のくすぐり地獄《じごく》から解放されて、俺はぐったりとテーブルに突《つ》っ伏《ぷ》した。日葵《ひまり》の顔を直視できないので、そのままの体勢で白状する。

「……ごめん。日葵《ひまり》のこと避《さ》けてる」

殴《なぐ》られると思った。

文化祭から、日葵《ひまり》には返しきれない恩がある。あの文化祭が終わってからというもの、日葵《ひまり》は俺のアクセを売るという目標のために、いつも頭を悩《なや》ませてくれている。

でも、いつまでも拳《こぶし》が飛んでこなかった。

恐《おそ》る恐《おそ》る顔を上げると、日葵《ひまり》は「はあ、やれやれ。やっと言ったかこいつ……」って感じでため息をついている。

ヨーグルッペの紙パックが、ずずっと音を立てた。

「なんで？　アタシ、何かしたっけ？」

日葵《ひまり》の声は穏《おだ》やかだった。

さすが陽キャ・オブ・陽キャは心の余裕《よゆう》が違《ちが》った。仮に俺が日葵《ひまり》から「おまえのこと避《さ》けてる」なんて言われたら、正直もう二度と学校の敷居《しきい》をまたげないレベルだと思う。

だから、俺も冷静に白状できた。

「いや、日葵《ひまり》は何もしてないよ」

「んー？ じゃあ、なんで？」

「いや、俺の個人の問題だし、あんまり言いたくないっていうか……」

日葵《ひまり》のマリンブルーの瞳《ひとみ》が、キランッと光った。

その両手が、わきわきわきわきと高速でうごめく。

「ゆっう～？」

「はい。言います。だからくすぐりの刑《けい》は勘弁《かんべん》してください」

……俺って、腋《わき》が弱いんだよ。

いや、男子のそういう弱点とか、マジでどうでもいい情報なんだけど。とにかく俺は居住まいを正すと、真剣《しんけん》な顔で言った。

「ひ、日葵《ひまり》さん。なんというか、やっぱり、人には格というものがあるわけですよ」

「ええ。いきなりどうしたん？ なんか変な啓発本《けいはつぼん》でも読んじゃった？ それとも、ネット記事？ 匿名《とくめい》の人間の悪口は暇《ひま》つぶしの一種なんだから、真に受けちゃダメだよ？」

「いや、そういうわけじゃないけど……」

「じゃあ、なんで？ そんなこと、これまで言わなかったじゃん」

「ええっと……」

なんて言えばいいのか。

俺が迷っていると、日葵《ひまり》がフッと微笑《ほほえ》んだ。空になった紙パックを綺麗《きれい》に畳《たた》んで、ポケットにしまった。

「悠宇《ゆう》って、ほんと優《やさ》しいよなー」

「いや、なんでいきなりそんな恥《は》ずかしいこと言うし」

「だって名前も知らない同級生の言葉なんか、気に掛《か》けてやる必要ないじゃん？」

その言葉で、俺も察した。

どうやら、所詮《しょせん》は日葵《ひまり》の手のひらの上らしい。さすがは『魔性《ましょう》』。俺は最初から、彼女の手のひらで転がされていたようだ。

「……俺が他の男子から文句言われてるの、知ってたの？」

「知ってたっていうか、今の悠宇《ゆう》の様子でピンときたというか？」

「いや、それも無理があるでしょ……」

「アハハ。だってアタシも最近、その手のことはよく言われるからさ」

そう言って、日葵《ひまり》はやっと手提《てさ》げのポーチから弁当を取り出した。「いやー、ずっともやもやしててさー。やっと食べられるなー」とか茶化しながら、それに箸《はし》をつける。

「それで？　アタシと付き合うの、やめろって？」

「まあ、そんな感じ」

日葵《ひまり》が俺に構うようになって、もう二週間。

つまりこれまで日葵《ひまり》と遊んでいた陽キャたちは、二週間も日葵《ひまり》に袖《そで》にされ続けているということだ。男女を問わず、俺はそういう苦情を受けていた。

「悠宇《ゆう》。他には？」

「俺は日葵《ひまり》に釣《つ》り合《あ》わないって」

文句を言う男子たちが、俺と日葵《ひまり》の関係を誤解してるのは置いておいて。

でも、そんなのは関係ない。結局のところ、外からは本質はわからない。大事なのはどう見えるのか、だ。

「そんなん、気にする必要なくない？」

「そういうわけにはいかないだろ。日葵《ひまり》にも交友関係があるんだし。俺なんかのために、嫌《いや》な思いするのはおかしいよ」

それはもちろん、建前だけど。

日葵《ひまり》と一緒《いっしょ》にいるのは、ひどく惨《みじ》めだ。

それが友だちだとしても、どうしても人としてのレベルの違《ちが》いを突《つ》きつけられる。日葵《ひまり》は可《か》愛《わい》くて、社交性があって、いつもみんなから求められている。

自覚している。……いや、否応《いやおう》なく自覚させられる。日葵《ひまり》が眩《まぶ》しければ眩《まぶ》しいだけ、隣《となり》にいる俺の影《かげ》が深くなる。

日葵《ひまり》の友情を美しいものだと思えば思うほど、俺がいないほうがいいという気持ちが強くなってしょうがない。

だって日葵《ひまり》は、日なたに咲く存在だ。

向こう側の人たちと笑っているほうが、俺には美しく見えるから。俺はそれを汚《よご》しているだけなんじゃないか。美しいものは、美しいままにしたほうがいいって思うんだ。

「……なるほどなー」

日葵《ひまり》は弁当に入っている牛蒡《ごぼう》の煮物《にもの》を、ぽりぽりとかじっていた。

「アタシ、けっこう意外だったんだけど、悠宇《ゆう》って面倒《めんどう》くさい性格してるよねー」

「うっ……」

ずばり言われて、さすがに口ごもる。

「もうちょっと、職人気質っていうか？　他人の評価とか気にせず、お花アクセのことばっかり考えてる一直線な人かと思ってた」

「な、何だよ。そりゃ、当たり前だろ。人間なんだから……」

「でも、アタシはそういうこと悩《なや》んだことないからなー？」

「……生まれつきの勝者め」

日葵《ひまり》は「ぷはっ」と楽しげに笑う。それから「まあ、ほんとのことだからしょうがないよなー」とケラケラ笑っている。

「と、とにかく。俺と一緒《いっしょ》にいるの、やっぱり考え直してよ」

「考え直すって、どんな風に？　てか、悠宇《ゆう》のアクセ売るのやめないよ？」

「それでも、やりようはあるだろ。毎日、こうやって一緒《いっしょ》に昼飯食わなくてもいいし。アクセができたときだけ、日葵《ひまり》に連絡《れんらく》するから。それ以外は、これまで通り他人っぽく……」

「…………」

日葵《ひまり》は何かを無言で考えていた。

その冷たい視線に、俺はたじろぐ。……さすがに失望されたか？　そりゃ、そうだよ。これじゃ、俺の都合のいいときだけ手伝ってくれって言ってるようなものだ。それでなくても、俺の発言は痛すぎる。日葵《ひまり》の気持ちが冷めるのもしょうがなかった。

……でも、俺なんかのために日葵《ひまり》が学校生活を棒に振《ふ》るのはおかしいだろ。

「悠宇《ゆう》、いつも考えすぎって言われない？」

「そ、そんなことは……」

あるけど。

具体的には、三番目の姉さんからよく言われる。

「はい。これ見て？」

日葵《ひまり》が、自分のスマホを差し出してきた。

ラインのアプリだ。日葵《ひまり》と男子のトークが表示されている。知らない名前……いや、知ってる。さっき、廊下《ろうか》で日葵《ひまり》を昼飯に誘《さそ》ってたマッシュヘアの男子だ。

「うげっ……」

その内容を見て、俺はぞっとした。

とにかく、強烈《きょうれつ》なアプローチだった。俺と付き合おうとか、本気で好きなんだとか、今のカノジョとは別れるとか、とにかく言葉の限り日葵《ひまり》を誘《さそ》いまくっている。

「……これ、さっきの人だよね？」

「そだよー。もう、ここ一ヶ月くらい、ずっとこの調子。ほら、あの隣《となり》に座ってた女の子いたじゃん？　あの子がカノジョなんだけど、うまくいってないらしくてさー。アタシなら、すぐ乗ってくると思ったんじゃない？」

そりゃ、こんなもの送られてきたんなら、避《さ》けるようになるのも当然だ。

最後のほうとか、一回だけでいいからやらせてとか、もはや何だよって感じ。おまえ、本気で好きだったんじゃないのか。

「で、こっちがカノジョさんのほうね」

「は？」

画面を切《き》り替《か》えると、女子とのトークになった。

そっちはそっちで、さらに強烈《きょうれつ》だった。あんたがカレを誘《さそ》ったんでしょとか、もうちょっかいかけないでとか、とにかく日葵《ひまり》のほうが悪者のように罵倒《ばとう》しまくっている。悪意が剝《む》き出《だ》しな分、かなり言葉に遠慮《えんりょ》がない。

「……日葵《ひまり》があの男子とホテルから出たところ、見た人がいるって書いてるんだけど」

「デマに決まってんじゃん。大方、あのグループの誰《だれ》かが、関係こじれるの見て楽しんでるんじゃない？」

「うわ、きっつ……」

「いつもこんなんの相手してると、疲《つか》れちゃうんだよなー。常に探《さぐ》り合《あ》いっていうかさ。言葉の一つ一つに気を遣《つか》わなきゃいけないし、逆に向こうの言葉も額面通りじゃないから」

「じゃあ、相手にしなければいいのに……」

「そういうわけにはいかないんだよ。アタシみたいなのは、一人じゃ生きられないからさ」

「そういうもの？」

「そういうもの。言ったでしょ？　アタシはいつも誰《だれ》かの力を借りているだけ。だから一人じゃ何もできないんだよ」

……日葵《ひまり》は、いつもそうやって自嘲《じちょう》する。俺から見れば、日葵《ひまり》のほうがよほど自立しているように見えるけど。

「前までだったら、それでもリターンあるから付き合ってあげてもよかったけどさ。でも、今はちょっと勘弁《かんべん》かなー」

その『今は』という言い方に違和感《いわかん》を覚える。

「……何かあったの？」

俺が聞くと、日葵《ひまり》はへらへらしながら答える。

「んー。悠宇《ゆう》と会う前に付き合ってたやつが、なんか五股《ごまた》かけてたらしくて？　他のカノジョさんから襲《おそ》われたんだよねー」

「襲《おそ》われた⁉」

「アハハ。いきなり呼び出されて、車道に突《つ》き飛《と》ばされたり？」

「ええっ⁉」

大きくため息をつき、肩《かた》をすくめて見せた。

「いやー。恋《こい》する乙女《おとめ》、怖《こわ》いよなー。それからは、さすがにもう恋愛《れんあい》に巻き込まれるのは勘弁《かんべん》って感じ。そもそも、その男とも別に好きで付き合ってたわけじゃないからさー。さっさと別れて逃《に》げちゃった」

「じゃあ、なんで付き合ったし……」

「よほどモテるって聞いてたからさー。どんなもんかなーって」

さすが日葵《ひまり》。初恋《はつこい》を知らぬ陽キャは行動が大胆《だいたん》だ。……好奇心《こうきしん》は猫《ねこ》をも殺すって、こういうことなんだろうな。

日葵《ひまり》は笑いながら、ヨーグルッペの紙パックを取り出した。今日はやけに消費が激しいなあと思いながら、ストローを刺《さ》す手つきを見つめていた。

「とにかく、何が言いたいのかっていうとさ。悠宇《ゆう》はアタシらみたいな楽しくやってる連中を美しいって言うけど……美しいものが、そのまま清いとは限らないってことだよ」

「…………」

俺は言葉を失っていた。

そのときは、まったく思い至らなかったんだ。……日葵《ひまり》みたいな子は、きっと楽しいことばかりの人生だって思い込んでいたから。

「そういう意味では、アタシは美しいものより清いものがいい。どんなに着飾《きかざ》ったって、中身がぐちゃぐちゃに汚《きたな》くちゃ意味がないから」

日葵《ひまり》はそう言って、スマホのラインアプリを閉じた。それをテーブルに伏《ふ》せて置き、俺の顔をじっと見つめる。

「悠宇《ゆう》のアクセを作ってるときの瞳《ひとみ》が、アタシは純粋《じゅんすい》で大好きだよ。悠宇《ゆう》の情熱が、アタシに劣《おと》るなんてこと絶対にないからさ」

日葵《ひまり》が俺の手を握《にぎ》った。

俺はびっくりして、その顔を見つめ返す。

「だから、アタシとずっと親友でいてね？」

その手に、わずかに力がこもる。

……少しだけ、震《ふる》えているのに気づいた。気づいたけど、それは言わないほうがいいような

ていた。

いつものように軽い雰囲気《ふんいき》を装《よそお》いながら、そのマリンブルーの瞳《ひとみ》の奥には切実な何かが揺《ゆ》れ
「悠宇《ゆう》は、アタシのこと好きにならないでね？」

気がした。

俺は美しいものが好きだった。

日葵《ひまり》からの友情は間違《まちが》いなく、俺にとって最高に美しいものだった。人生の宝物といってい
い。だからこそ、それを手放すことは無理だった。

「当たり前じゃん。だって、俺は、その……」

その瞳《ひとみ》を精一杯《せいいっぱい》に見つめ返しながら、はっきりと俺は応えた。

「日葵《ひまり》の、し、親友、なんだし……」

日葵《ひまり》が目を見開いた。

ちょっと恥《は》ずかしそうに頬《ほお》を染めると、そっと顔を背《そむ》ける。なんか「そんな恥《は》ずかしいこと
言わないでよ……」って感じで、俺のほうまで恥《は》ずかしくなってしまう。

……やばい。この緊張感《きんちょうかん》、耐《た》えられない。

俺が何か言おうと、日葵《ひまり》の肩《かた》に手を伸《の》ばした。しかしそれより一瞬《いっしゅん》早く、彼女がこっちに
振《ふ》り返《かえ》る。……なぜかにやにやと笑っていた。

「言ったね？」

「え……」

日葵《ひまり》がスマホを手にした。テーブルに伏《ふ》せて置いたものだ。

それを俺のほうに見せると……なぜかボイスレコーダーが起動していた。それをストップして再生をタップすると、俺の声が流れる。

『俺は、その……日葵《ひまり》のし、親友、なんだし』

あまりの恥《は》ずかしさに、俺の顔がボッと熱を持つ。

「日葵《ひまり》ぃぃぃいいいいいいいいいいっ⁉」

「ぷっはあああああああああああああっ！」

スマホを奪《うば》おうとするが、ひょいっと避《よ》けられる。さらに再生をタップし、俺の『し、親友なんだし』が大音量で再生される。

「はーい、言質《げんち》取ったーっ！　もう悠宇《ゆう》は、アタシから逃《に》げることはできませーん！」

「マジで最低！　おまえ、それ消して！」

思わず椅子《いす》を倒《たお》しながら、テーブルの間を追いかけっこする。てか、女子がテーブルの上に飛び乗ったりするなよ。スカートの中とか見えちゃうだろ。

しばらくして限界がやってきた。二人してテーブルにダウンしながら、息を荒《あら》らげて笑っていた。

テーブルの上に寝転びながら、日葵《ひまり》が可笑《おか》しそうに言う。

「あ、いいこと思いついた。これから男子に迫《せま》られたら、悠宇《ゆう》と付き合ってまーすって言っちゃえばよくない？」

「男除《おとこよ》けかよ。俺をリア充の諍《いさか》いに巻き込むの勘弁《かんべん》して……」

「いいじゃーん。そういう助け合いって、なんか親友っぽくてよくなーい？」

「よくないし。俺はそういうのいらないから」

「悠宇《ゆう》って好きな子いないんでしょ？」

「そういう問題じゃないし。それに、それで余計に男子から目をつけられるの嫌《いや》なんだけど」

「えー。だって、こんなに可愛《かわい》いアタシのカレシ役できるなんて光栄じゃーん？」

「自分で言うなし。そういうことやって、マジで誤解されたらどうすんの？」

ふと、日葵《ひまり》が顔を上げた。

腕《うで》を伸《の》ばすと、なぜか俺の手を握《にぎ》った。さっきみたいに添《そ》えるだけじゃなくて、しっかりと指を絡《から》ませて、離《はな》れないように力を込《こ》める。

俺の顔をじーっと見つめながら、日葵《ひまり》がにこっと微笑《ほほえ》んだ。鼻先が触《ふ》れるような距離《きょり》に近づくと、そっとささやいた。

「じゃあ、ほんとにアタシと付き合っちゃう？」

「…………」

この目は知っている。

不思議なもので、どれだけ日葵《ひまり》に思わせぶりな言葉でからかわれても、この澄《す》み切《き》ったマリンブルーの瞳《ひとみ》の奥にある期待だけは、俺は容易《たやす》く見破れた。

俺はそれに対して、はっきりと返事ができる。

「絶対やだ。日葵《ひまり》と付き合うのだけは、マジで勘弁《かんべん》して」

すると日葵《ひまり》は予想通り、楽しげに声を上げた。

「ぷっはーっ。やっぱり悠宇《ゆう》、わかってるなーっ！」

「はいはい。そりゃどうも」

「あ、そうだ！　このまま手ぇ繋《つな》いで購買行こうよ。そうしたら、いちいち告られるの断る手間省けるじゃん？」

「まさかの計画続行とか。マジで嫌《いや》だって……あの、日葵《ひまり》さん？　ちょ、なんで無言で立ち上がるし。てか引っ張るな……やめ、やめろぉーっ!?」

軽口を言いながらも、俺の気持ちは固まっていた。最初に感じていたような不安は消えて、ただ日葵《ひまり》という親友を大事にしたいという気持ちだけが残っていた。

初めて握《にぎ》った手の温度を、今でも覚えている。

あのとき、俺はこの手を絶対に離《はな》さないと思った。この日葵《ひまり》という女の子と、俺は親友として一生を添《そ》い遂《と》げ……いや、わかってる。みなまで言うな。俺だって、消せるものなら消したい記憶《きおく》なんだよ。

それから二年後の、高校二年生の春。

不覚にも、俺は日葵《ひまり》に恋《こい》をしてしまった。

……いやマジで時間を戻《もど》せるなら、俺は魂《たましい》を悪魔《あくま》にだって差し出しても構わない。

I

〝ずっと離れない〟for Flag 2.

そんな中学時代から、二年が経過した。

高校二年の、五月中旬《ちゅうじゅん》。

少しずつ梅雨《つゆ》に移行していく天気と、徐々《じょじょ》に蒸《む》し暑《あつ》さの増す季節。小雨《こさめ》の降る通学路を、俺は自転車で登校する。

田舎《いなか》の高校の特徴《とくちょう》を述べるなら、俺は『登下校の微妙《びみょう》な不便さ』だと思う。

徒歩通学を選ぶにしては土地が広く、学校への道のりが遠い。公共交通機関は論外だ。そもそも市内には駅が二つしかなく、鈍行《どんこう》と急行が一時間に一便ずつしか通らない。バスも同じく一時間に一本か二本。一本でも乗り過ごせば、家に帰って親に車を出してもらうしかない。

ということで、俺たちは基本的に自転車通学になる。それが梅雨《つゆ》の時期だと、常に合羽《かっぱ》を着《き》込《こ》まなきゃいけない。

この時期は蒸《む》すし、雨だって完全には防げない。じっとりと濡《ぬ》れた状態で登校し、ぎゅうぎゅうのすし詰《づ》め状態の駐輪場《ちゆうりんじよう》で周りに気を遣《つか》いながら合羽《かっぱ》を脱《ぬ》ぎ、びちゃびちゃの合羽《かっぱ》をビニール袋《ぶくろ》に入れ、下校の際にはそれを着て帰らなきゃいけない。

それを梅雨《つゆ》が明けるまでの一ヶ月、毎日繰《く》り返《かえ》す。地獄《じごく》かよ。

俺は駐輪場《ちゆうりんじよう》にたどり着くと、濡《ぬ》れた合羽《かっぱ》を畳《たた》んで、ビニール袋《ぶくろ》にしまう。自転車に鍵《かぎ》を掛《か》けて、ハアッと大きなため息をついた。

「……帰りたい」

本心だった。

ただしこの気の重さの原因は、梅雨《つゆ》とは微妙《びみよう》に違《ちが》うところにある。

……人生初の、親友との大喧嘩《おおげんか》。

その結末は、思《おも》い描《えが》いたものとは微妙《びみよう》に違《ちが》っていた。

俺は昨日、東京にいくっていう日葵《ひまり》に、決死の覚悟《かくご》でついていくって宣言した。最高のフラワーアクセを渡《わた》して、本当の気持ちを伝えるつもりだった。

……一番大事なところでビビって、告白は不発に終わったけど。

てか、日葵《ひまり》も悪いし。先に「東京いくのやーめた」とか言うんだもん。俺にとってあの告白は、マジで背水の陣《じん》だった。期せずして現れた逃《に》げ道《みち》に、つい飛び込んでしまったのだ。

　あ、ちなみに『決死の覚悟《かくご》』の花言葉を持つのは、ヤブデマリっていうスイカズラ科の落葉低木だ。これが綺麗《きれい》な花を咲《さ》かせるんだよ。夏に小さな黄色い両性花をぶわっとブーケみたいに咲《さ》かせ、さらにその周りを囲うように大きな白い装飾花《そうしょくか》をつける。つまり天然の二色の花束が一面に広がるような感じだ。

　なお、他にも『わたしを見捨てないで』って花言葉も持ってたりする。マジで昨日の俺じゃねえか。……ハハッ、笑えねえ。

　それから一夜が明けた今日、マジで日葵《ひまり》と顔を合わせたくなくてしょうがなかった。学校を休もうとも思ったけど、それはそれで色々勘《かん》ぐられてきついし。

（……とりあえず、平常心。これまで通り、親友として振《ふ》る舞《ま》わなきゃ）

　駐輪場《ちゅうりんじょう》を出ると、下足場に向かう。トタン屋根のある屋外廊下《ろうか》を歩いていると、向こうから見覚えのある傘《かさ》が近づいてきた。

　あの青い水玉模様の傘《かさ》は……。

「へーい、悠宇《ゆう》！　おっはよーっ！」

　日葵《ひまり》だった。

　今朝も梅雨空《つゆぞら》を吹《ふ》き飛《と》ばすような100点満点の笑顔《えがお》だ。

　この二年で少し背が伸《の》び、スタイルが大人っぽくなった。緩《ゆる》やかなウェーブを描《えが》いた髪《かみ》は、今はナチュラルに乱れるショートボブになっている。

ただしアーモンドのような大きな瞳《ひとみ》は、今も変わらぬマリンブルー。透明感《とうめいかん》があり、妖精《ようせい》のように可愛《かわい》らしい俺の親友。相変わらず、田舎《いなか》の野暮《やぼ》ったい制服をブランドの新作のように着こなす怪物《かいぶつ》美少女である。

ちなみに日葵《ひまり》は第三の選択肢《せんたくし》、自動車通学だ。

ちょうど兄の雲雀《ひばり》さんが市役所に出勤する時間と被《かぶ》るので、いつも送ってもらっているらしい。雲雀《ひばり》さんが忙《いそが》しいときは、お母さんに送ってもらうかバスを使う。

自動車通学なら、下足場へ直通のはずだ。なので、普段《ふだん》は教室で挨拶《あいさつ》を交《かわ》す。ここで鉢合《はちあ》わせすることは少ない。……まさか、わざわざ回り込んで待ってたのだろうか。

……いや、今はそんなこと、どうでもいい。

遅《おそ》かれ早《はや》かれ、この状況《じょうきょう》になるのはわかっていた。

「…………」

俺はすうっと深呼吸した。

それから完璧《かんぺき》な笑顔《えがお》を作ると、ピッと人差し指を敬礼っぽく振《ふ》る。

「よっ。日葵《ひまり》、おはよ」

ついでに歯をキラーンと光らせてみた。いや、実際に光るわけないんだけど、気分的にはそういう心構えってことだ。おそらくアイドル顔負けの爽《さわ》やかな笑顔《えがお》が張り付いているに違《ちが》いない。

すると日葵《ひまり》が、ドン引きという感じで後ずさった。

「うわ、その笑顔《えがお》キモーい。悠宇《ゆう》、どうしたの？　何か悪いもの食べた？」

「おまえ、ヒドくね？　最高にイケメンなスマイルだろ」

「いやー、どうだろうなー。そもそも悠宇《ゆう》って根暗が染《し》みついてるから、イケメンっていうより腹痛我慢《がまん》してる感じの顔に見えちゃうかなー」

「どんだけだよ!?　ベクトル真逆じゃねえか！」

日葵《ひまり》が笑いながら、傘《かさ》を閉じた。

トタン屋根の下に入ってくると、俺の隣《となり》に並んで歩きだす。日葵《ひまり》の肩《かた》が触《ふ》れるような、触《ふ》れないような。そんな微妙《びみょう》な距離《きょり》だった。

「あ、悠宇《ゆう》。ところでさー、昨日の『月曜から夜ふかし』見た？」

「いや、見てねえ。昨日はなんか疲《つか》れててさ、帰ってすぐ寝《ね》ちゃった」

「あ、そっか。どうりでラインの返事ないと思った。悠宇《ゆう》も忙《いそが》しかったもんなー」

「ちょっと、アクセ作り優先しすぎてたかも」

極《きわ》めて普段通《ふだんどお》りの会話をしながら……普段通《ふだんどお》りの会話？

「あれ？　昨日、水曜だけど……」

「え。何が？」

「いや、夜ふかしは月曜だろ？」

「………」

だって『月曜から夜ふかし』だろ？

俺が見ていると、日葵《ひまり》が可愛《かわい》い笑顔《えがお》のまま、可愛《かわい》く小首をかしげる。

その顔が一瞬《いっしゅん》「あ、やべ」って歪《ゆが》むと……いや、ほんの一瞬《いっしゅん》だったから、見間違《みまちが》いかもしれないけど。とにかく日葵《ひまり》は、急に高笑いを上げた。

「悠宇《ゆう》、さっすがーっ！」

「痛いっ⁉」

いきなり背中をパァーンッと叩《たた》いてきた。

「な、何々？　何なの？」

「んふふー。実は、悠宇《ゆう》を試《ため》してたんだなー」

「いや、意味わかんない。マジでどういうこと？」

日葵《ひまり》はどや顔のまま、仁王立《におうだ》ちの姿勢で言った。

「悠宇《ゆう》がいつでも冷静でいられるか。それはクリエイターの必須《ひっす》条件だからね！」

「……いいクリエイターであるのと、曜日を把握《はあく》してることって関係ある？」

いや、絶対に何か誤魔化《ごまか》してるでしょ。

日葵《ひまり》が素直《すなお》に白状しないということはわかったので、もうこれ以上の追及《ついきゅう》はやめる。逆立ちしたって口では勝てないし。

日葵《ひまり》が俺から顔を背《そむ》けて、前髪《まえがみ》をちょいちょい伸《の》ばしながら顔を赤くしている。

「……あー、やば。そういえば、一昨日《おととい》からテレビ見る余裕《よゆう》なんてなかったし」

「まあ、そうだろ。おまえも引《ひ》っ越《こ》しの準備とか忙《いそが》しかっただろうし……」

「乙女《おとめ》の独り言を聞くなあッ！」

「なんで傘《かさ》で脛《すね》を叩《たた》くしッ⁉」

理不尽《りふじん》！

今朝の日葵《ひまり》さん、ちょっと情緒《じょうちょ》不安定じゃないですかねえ。……いや、まあ、東京いくつもりだったの急にキャンセルにしたから、色々あるんだろうけどさ。

（あっ。昨日のことといえば、あのリングは…………んん？）

そこで、あることに気づいてしまった。

「……あれ？」

つい口にでた。

すると日葵《ひまり》が、こっちを見上げて首をかしげる。

「どしたの？」

「いや、昨日のリング……」

昨日のリング。

俺が日葵《ひまり》に贈《おく》った、ニリンソウのリングが消えていた。左手の中指にはめたはずなのに。

「あ、こっちこっち」

日葵《ひまり》が突然《とつぜん》、ポケットに手を入れた。

何かと思ったら、革製《かわせい》のチョーカーを取り出した。金属の接続部分に、透明《とうめい》なレジンの指輪が通してあった。レジンの内部に、ニリンソウのプリザーブドフラワーで制作したミニチュアが浮《う》いている。

俺の今の集大成とも言える『親友』のリングだ。

「日葵《ひまり》。それ、チョーカーにしたの？」

「いやー、さすがに学校に指輪してくるのはマズいよなーって」

あ、なるほど。

確かに、それは考えていなかった。

うちの学校は比較的《ひかくてき》、服装に寛大《かんだい》だ。それでも、さすがに指輪は悪目立ちが過ぎる。以前のチョーカーを壊《こわ》してしまったし、ちょうどよかったのだろう。

「てか、そのベルト部分、前のままじゃん。新しいのに替《か》えてやろうか？」

「んー。これでいい」

「でも、俺が踏《ふ》んじゃったし……」

「それでもいいんだって。それも立派な思い出じゃん？」

日葵《ひまり》はそれを首に巻くと、こっちに見えやすいように顎《あご》をツンと上向ける。小さな喉仏《のどぼとけ》の下に、透明《とうめい》のレジンのリングがゆらゆら揺《ゆ》らめいている。

「これは悠宇《ゆう》が初めてくれたアクセだしね？」

「……そ、そっすか」

つい返事をためらった。

いや、もう、うっかり「死ぬほど可愛《かわい》い愛してる」って口が滑《すべ》りそうになっちゃった。さすがに朝からそれは飛ばしすぎだろ。日葵《ひまり》の台詞《せりふ》が気恥《きは》ずかしすぎて、逆に冷静になれてよかったよ。

……でも、ちょっと安心した。一晩経《た》って「やっぱり冷めたわ。このリングいらなーい」とか言われるかと思って、ついビビっちゃった。

「……ん？」

日葵《ひまり》が、にまにまと俺の顔を見上げていた。口元を手のひらで隠《かく》し、なんとなく意味深な感じで言う。

「もしかして悠宇《ゆう》、アタシが『このリングいらなーい』って言うかと思った？」

「うっ……」

しまった。つい素で返してしまった。

俺の反応を見て、日葵《ひまり》がさらに目を細める。まるで愉快《ゆかい》な獲物《えもの》を見つけた猫《ねこ》のようなリアクションだ。

「んふふー。悠宇《ゆう》ってば、アタシのこと好きすぎかー？　そんなに好きなら、ほんとにアタシと付き合っちゃう？」

「…………」

うぜえっ……。

日葵《ひまり》のやつ、めっちゃ楽しそうにツンツンしてくる。昨日まで、絶交宣言のせいでずっと枯《か》れ木《き》みたいな顔してたくせに。

日葵《ひまり》は鞄《かばん》からヨーグルッペの紙パックジュースを取り出してストローを刺《さ》した。こいつ中学のときから、これが大好きなんだよ。

（……てか、これだから大事なところで告白ミスっちゃうんだろ）

悪いけど、俺は現状のままでオッケーとは思ってない。いつかちゃんと告るつもりだし、そのためには日葵《ひまり》のからかいにも屈《くつ》しない精神が必要だっていうのも理解した。

……一度は退学を決意した人間のメンタル舐《な》めんなよ。

「なあ、日葵《ひまり》」

「ひょ⁉」

俺が真剣《しんけん》な顔で両肩《りょうかた》を摑《つか》むと、日葵《ひまり》は謎《なぞ》の奇声《きせい》を上げた。なんか目を丸くして、いきなりカチンと固まってしまう。その場で立ち止まって、傘《かさ》を落としてしまった。

……あれ？　なんか予想外のリアクション？

てっきり、この段階では「うわ、悠宇《ゆう》がセクハラしてきたー」とか茶化してくるくらいだと思ったのに。

やっぱり榎本《えのもと》さんのアレコレから、こいつ変な感じだ。ちょっとリアクション大きいというか……なんか女の子っぽいというか。いや、俺の勘違《かんちが》いかもしれないけど。

ま、まあ、いいけど。俺はとりあえず、日葵《ひまり》への仕返しを続行する。俺にとって、からかいのエキスパートは日葵《ひまり》だ。その日葵《ひまり》に二年間もからかわれ続けたんだから、それを真似《まね》することは造作もない……はず。

ええっと、日葵《ひまり》はこんな感じか？

「いやー、俺、この前からのアレコレで気づいちゃったんだけどさ。やっぱり、俺には日葵《ひまり》しかいないよ。マジで日葵《ひまり》のこと好きすぎて困っちゃうわ。てなわけで、日葵《ひまり》さえよかったら、マジで付き合ってくれねえか？」

ものすごくそれっぽい感じで、愛の告白を捏造《ねつぞう》する。思ったよりスラスラ言葉がでてきたのは、割と本音と紙一重だから。

冷静になると、かなり痛いやつじゃねえ？

いや、負けんな俺。この程度でビビってちゃ、日葵《ひまり》に告っても茶化し返されてお終《しま》いだ。実際、かなり迫真《はくしん》になってるはず。さっきから、日葵《ひまり》のやつも顔を伏《ふ》せて固まってるし。

ここで仕上げだ。俺はたっぷりとタメを作って、日葵《ひまり》の目を見つめて言った。

「なーんちゃってな！　ビビった？　ビビっちゃった？」

やった！　俺はやったぞ！

すげえ心臓バクバクする。当たり前だろ。冗談《じょうだん》とはいえ、好きな子に大好き宣言してるんだから。

でも、これで日葵《ひまり》だって少しは動揺《どうよう》……。

「あれ？」

しら～っと、つまらなさそうな顔になっていた。

本気で興味なさそうに、ぴよぴよと前髪《まえがみ》を引っ張って遊びながら視線を逸《そ》らしている。

「ふーん。そ？」

……ぐはあっ！

これ、思ったよりくる！

俺は即座《そくざ》に負けを認めると、その場にしゃがんで頭を垂れた。

「……ごめんなさい。調子のりました」

「ぷはっ。そんな付《つ》け焼《や》き刃《ば》で、恋愛《れんあい》常勝の日葵《ひまり》ちゃんを堕《お》とそうなんてのが間違《まちが》いなんだよなー。ま、悠宇《ゆう》には100年早いってことだね」

ぐうの音も出ねえ。

てか、もうちょっとリアクションしてくれてもよくない？　俺だって、いつも大声でツッコんでんじゃん。

日葵《ひまり》の傘《かさ》で尻《しり》を突《つ》かれ、俺はのろのろ立ち上がった。

下足場でスリッパに履《は》き替《か》えて、階段を上ろうとしたとき、日葵《ひまり》が言った。

「あ、悠宇《ゆう》。ちょっと先、行ってて」

「どした ん?」

「んー。ちょっとね♡」

言いながら、ちょいちょいと向こうのトイレを指さした。……これは聞かないのがエチケットのやつか。

日葵《ひまり》と別れて、階段を上っていく。ふと一人になると、さっきの愚行《ぐこう》が急に脳裏《のうり》に蘇《よみがえ》ってきた。

「何やってんだよ、俺……」

踊《おど》り場《ば》で頭を抱《かか》える。

急に日葵《ひまり》のこと意識しちゃったから、まだ理性のブレーキが備わってねえよ。これは、よくない。冗談《じょうだん》でも、ああいうこと衝動的《しょうどうてき》にやっちゃうのマジでよくない。

だって、俺は日葵《ひまり》の『親友』なんだから。

いくら俺が日葵《ひまり》への恋心《こいごころ》を自覚しても、だからといって「じゃあアタックしようぜ!」とはならない。なってはいけない。

だって日葵《ひまり》は、俺のことを変わらず『親友』だと思ってくれているんだから。

俺にとって、日葵《ひまり》は好きな相手の前に恩人だ。日葵《ひまり》は人生を懸《か》けて、俺のフラワーアクセを広めようとしてくれている。それを、俺の勝手な心変わりで裏切るわけにはいかない。

……せめて俺がアクセクリエイターとして自立できるまでは、この恋心《こいごころ》は封印《ふういん》しなくてはいけない。

(頑張《がんば》れ、夏目《なつめ》悠宇《ゆう》。ちっとは日葵《ひまり》の期待に応えてみせろ！)

とりあえず気持ちを切《き》り替《か》えて、まずはこれからのアクセ制作について考え……。

「あ、夏目《なつめ》。いたいた！」

「え？」

俺のクラスの担任だった。なんか真っ青な顔で、俺を手招きしている。

どうしたんだろうか。俺のことを名指しで呼ぶのは珍《めずら》しい。日葵《ひまり》に何か渡《わた》しといてとか、そういう用事でしか呼ばれたことないし。

「おはようございます」

「おう、おはよう……じゃないだろ！」

ええ……。

この先生、いつも低血圧みたいな感じの人なのに。朝からテンション高いのは珍《めずら》しい。

「俺、なんかやっちゃいました？」

「やった！　やらかした！　ちょっと職員室にこい！」

やっぱり俺に用事なのか。

なんだろう。……まあ、行けばわかるか。

◇◇◇

悠宇《ゆう》に手を振《ふ》って別れ、トイレに入った。

他には誰《だれ》もいない。ちょうどいい。さすがアタシ。こういう小さな運ですら漏《も》れなく押さえていくのが、可愛《かわい》さと才能を兼《か》ね備《そな》えてしまった存在という証明だよね！

「んっふっふ～♪」

鼻歌を漏《も》らしながら、個室のドアを閉めた。

鞄《かばん》からタオルを取り出した。それを四つに畳《たた》んで、できるだけ厚みを持たせる。そのタオルを両手で掲《かか》げて……ぼふっと顔面に押しつけた。

「うわあああっっ‼」

力の限り叫《さけ》んだ。

もう全力。身体中《からだじゅう》のエネルギーを消費するかってくらいの勢いで、アタシはひたすら肺の空気を外に吐《は》き出《だ》していく。

「はあっ、はあっ、はあっ……」

やっと声を出しきったところで、鞄《かばん》からありったけのヨーグルッペを取り出した。素早《すばや》くストローを刺《さ》して、三本を一気に口に突《つ》っ込《こ》む。ぢゅううっと飲み干して、紙パックを空っぽにした。

（……ギリギリセーフッ！）

クールダウン、完了《かんりょう》……。

ふうっと息をつき、タオルを鞄《かばん》に戻《もど》した。

紙パックを綺麗《きれい》に畳《たた》み、口元をぐいっと拭《ぬぐ》う。

「ゆ、悠宇《ゆう》め。やってくれるじゃん……」

さっきは危なかった。

まさか、あんな反撃《はんげき》をされるとは思わなかった。

一瞬《いっしゅん》、本気なのかと焦《あせ》っちゃったし。昨日の鼻からヨーグルッペ事件の経験がなければ、その場で完全に取り乱していたと思う。二人きりのときならまだしも、他の生徒が登校する前でやったらアウトだ。

……アタシの気持ちは、悠宇《ゆう》に知られちゃいけない。

これまで通り、アタシは『親友』として悠宇《ゆう》を独占《ひとりじめ》しなきゃいけないんだから。

そして悠宇《ゆう》の夢であるお花アクセの専門ショップを立ち上げて、誰《だれ》にも負けない100％の絆《きずな》を獲得《かくとく》したとき……アタシは悠宇《ゆう》にちゃんと告白する！

それまで、ちょっとの揺《ゆ》らぎもあってはいけない。大丈夫《だいじょうぶ》、日葵《ひまり》。おまえはやれる。これまで、散々この手の冗談《じょうだん》を悠宇《ゆう》に言ってきた。ちょっとやそっとでは、悠宇《ゆう》だってアタシの気持ちがほんとの恋愛《れんあい》感情だと思うまい。……フフ、改めて言葉にしたら泣きそうだなーっ!!

さて、とトイレの個室を出た。

じゃーっと手を洗いながら考える。

……でも、アレはアレで悪い気はしなかった。

冗談《じょうだん》とはいえ、悠宇《ゆう》から迫《せま》られるのは悪くない。いや、むしろかなりイイ。アタシ自分で気づいてなかっただけで、ちょっとマゾなのかな。それとも、これまでの悠宇《ゆう》にはなかったアクションだから、新鮮味《しんせんみ》を感じてるだけ？

（もう一回……いや、何回でもやってほしいかもしれない）

どうにか、うまいことアレを親友アクションに組み込めないものかなー。ほら、アタシが何かすると、悠宇《ゆう》が「日葵《ひまり》、そんなに俺のこと好きなわけ？」って返す感じでお約束にしてしまうのだ。言うなれば、漫才《まんざい》のボケとツッコミみたいな？

うんうん唸《うな》りながらトイレを出ると、向こうから女の子たちが走ってきた。

「あ、日葵《ひまり》さーん！」

「ちょうどよかったあ！」

同じ二年生の子たちだ。今年はクラスが替《か》わったけど、去年は一緒《いっしょ》だったんだよね。以前、悠宇《ゆう》のアクセも買ってくれた。

「どしたー？」

その子たちは走ってくると、ちょっと興奮気味に言った。

「ねえねえねえねえ！　一つ聞いてもいい⁉」

「うん。いいよー」

「あのさ、あのさ！　これのことなんだけど……」

それを聞きながら、アタシは頭の中で「あ、そうだ。アタシがやってほしいとき、悠宇《ゆう》に直接おねだりすればいいじゃん。アタシ、あったまイーっ♪」とか身も蓋《ふた》もないことを思いついて……んん？　これって、悠宇《ゆう》のアクセサリークリエイター〝you〟としての名刺《めいし》じゃん。アタシがみんなに配ってるやつだよね。

「これがどうしたの？」

すると二人は目を合わせ、やけに意気込《いきご》んだ感じで聞いてくる。

「この〝you〟って、いつも一緒《いっしょ》にいる夏目《なつめ》くんって聞いたんだけどホント⁉」

その言葉を理解するまでに、ちょっと時間がかかった。……それまで考えてたパーフェクトでミラクルな計画は、一瞬《いっしゅん》でアタシの頭から吹《ふ》き飛《と》んでいた。

♣♣♣

職員室で気の重すぎる話を聞いた後、俺は教室についた。

まだHRまでは時間がある。登校している生徒もまばらだ。

(……あれ。日葵《ひまり》がいない)

俺より先に、教室にきていると思ったのに。

そんなことを考えていると、ふと後ろから肩《かた》を突《つ》かれた。振《ふ》り返《かえ》ると、その日葵《ひまり》が立っている。……なぜか、めっちゃ怒《おこ》っていた。

「悠宇《ゆう》！　ちょっとこっち！」

「え？　いや、ちょっと……うおっ⁉」

いきなり腕《うで》を引っ張られて、教室から連れ出された。

非常口の脇《わき》に、ちょうどいい密談スペースがある。昼休みとかにリア充《じゅう》カップルがイチャイチャしてる不可侵《ふかしん》スペースだけど、さすがに朝は誰《だれ》もいない。

「悠宇《ゆう》！　こんな大事なときに、どこ行ってたの⁉」

「いや、職員室……」

「職員室ぅ？　なんかあったの？」

「あー。その……」

俺が視線を逸《そ》らすと、何か不穏《ふおん》なものを感じ取った日葵《ひまり》が眉《まゆ》を寄せる。

「悠宇《ゆう》。なんかやばいことしたんじゃ……？」

「あ、いや、そんなやばくはないっていうか……」

そのじーっと見てくる視線の圧に押されて、俺は白状した。

それを聞いた日葵《ひまり》の顔色が、みるみる青ざめていく。

「悠宇《ゆう》。中間試験、全部白紙で出しちゃったの……？」

「……はい」

日葵《ひまり》の髪《かみ》が逆立った……ような気がした。

「なんでそんなことしたの⁉」

当然だけど、めっちゃ怒《おこ》られた。

「えっと。アクセ作りに、集中したくて……」

「っ⁉」

日葵《ひまり》がぎくっとなった。

この一件の発端《ほったん》が自分にもあることを知って、ややテンションが落ち着く。日葵《ひまり》はチョーカーにしたニリンソウのリングを取り外して、しげしげと見つめる。

ニリンソウのプリザーブドフラワーを分解して、さらに小さなニリンソウのミニチュアをいくつも制作し、それをレジンのリングに浮《う》かべる。作った自分で言うのも何だけど、正直、一《いっ》朝一夕《ちょういっせき》で完成する代物《しろもの》ではない。

それだけじゃない。俺たちが園芸部として学校で育てている花壇《かだん》の花たち。それらも採取して、すべてフラワーアクセに加工した。

学校をやめるつもりだったし、もうそれ以外考えてなかったんだよ。

「……最近、知ったけど、悠宇《ゆう》って変な方向に思い切りがいいよなー」

日葵《ひまり》が頭を押さえて、ううんと唸《うな》った。

そんなに褒《ほ》めるなよ。……いや、コレ完全に呆《あき》れられてるか。

「さすがに補習だけじゃ無理ってなってさ。今週の日曜日に追試してくれるらしい。それで全教科、合格ライン越《こ》えたら何とかしてやるって……」

むしろ、よく妥協案《だきょうあん》を出してくれたと思う。もともと日葵《ひまり》と違《ちが》って優等生で通ってるわけでもないし、学校行事とかにも積極的なタイプじゃない。本来なら、何も言わずに「さよなら、いい人生を」でもおかしくないから。

「合格ライン越《こ》えなかった場合は？」

「退学……」

日葵《ひまり》が、はああっと大きなため息をついた。

「白紙だし、そりゃそうだよなー。どっちにしても、勉強を頑張《がんば》るしかないね。アタシも協力するから、放課後とか一緒《いっしょ》にやってこ？」

「ご、ごめん。助かるよ」

……あー、よかった。

もし日葵《ひまり》から呆《あき》れられて「自分でなんとかせぇや」とか言われちゃったら、俺だけ東京行く手続きしなきゃいけないところだった。

「ところで、日葵《ひまり》のほうはどうしたの？」

「あっ⁉　そうだった！　悠宇《ゆう》がアホなせいで、言い忘れるところだった！」

好きな女子からアホって言われた……。

何これ、めっちゃくるんだけど。これまで親友として流してた分、罵倒《ばとう》の刺《さ》さり方がきつい。

なんか鈍《にぶ》いナイフで刺《さ》されてる感じ。

そして日葵《ひまり》は、いかにも重大そうに言ったのだ。

「〝you〟が身バレした！」

「……俺が？」

つまり、俺がフラワーアクセを作っているとバレた？

……ふーん。へえ。

「そうなのか」

「悠《ゆう》宇、なんか冷静すぎじゃない⁉」

「とは言っても、俺は別に隠《かく》してたわけじゃないし……」

むしろ隠《かく》したがってたのは日葵《ひまり》っていうか。

榎本《えのもと》さんに隠《かく》そうとしたのは、彼女が俺のアクセに思い入れがある感じだったから「思い出を守ろう」って意味合いだった。それもあっさりバレたんだけど。

「それって、みんな知ってる感じ？」

「どうだろ。アタシに話しかけてきた女の子たちが、前回のインスタを見てアタリつけたみたいだったからさ」

「そういえば、俺も映ってたもんなあ」

前回のインスタ撮影会《さつえいかい》のお店は、榎本《えのもと》さんのお家《うち》の洋菓子店《ようがしてん》だった。

俺、甘いの好きだから、ご馳走《ちそう》してもらったんだよ。日葵《ひまり》の話の通り、めっちゃ美味《うま》くて夢中になっちゃった。

……それを真木島《まきしま》のやつが勝手に撮《と》って、インスタにアップしたわけだ。

「まあ、それはいいんじゃねえか？　俺だってバレても、別に悪いことねえだろ」

「あ、あるよ！　だって悠《ゆう》宇があんな可愛《かわい》いアクセ作れるってわかったら……」

「アクセ作れるってバレたら？」

日葵《ひまり》がキッと睨《にら》んで、力の限り叫《さけ》んだ。

「悠《ゆう》宇がモテちゃうかもしれないじゃん‼」

「おまえ、何を言ってんの……？」

マジでどういうことだよ。

ちょっと真剣《しんけん》に聞こうとして損したわ。

「モテねえよ。バカじゃねえの」

「悠《ゆう》宇はわかってない！　世の中には、えのっちみたいな物好きだっているんだよ⁉」

痛い痛い。

なんで肩《かた》をぽかぽか殴《なぐ》ってくるし。

「落ち着け、落ち着け。おまえ、なんか変なスイッチ入ってんぞ」

俺の追試はあんなクールにアホって言ったくせに、なんでこんなことで取り乱してるんですかね。俺はむしろ、それがショックだよ。

「そもそも、俺がモテて日葵《ひまり》に損あるの？　榎本《えのもと》さんのとき、俺たちのことくっつけようとして余計なことしまくってたじゃん」

「ううっ……⁉」

なぜか動揺《どうよう》する日葵《ひまり》。

明後日《あさって》の方向を見ながら、両手の人差し指をもじもじ絡《から》める。

「そ、それは、ほら。この前みたいなこともあるかもだし？　悠宇《ゆう》って押しに弱いし、モデルやりたーいって言われたら、ほいほい言うこと聞いちゃいそう。それにお兄ちゃんだって、男は過《あやま》ちを繰《く》り返《かえ》す生き物だって言ってたし……」

「おまえ、そういうの蒸《む》し返《かえ》すのやめてくれませんかねえ……」

こいつ榎本《えのもと》さんを専属モデルにしようとしたこと、まだ根に持ってるのか……。

俺は昨日、人生を賭《か》けて日葵《ひまり》に意思表明したばかりだ。このまま、はいそうですかとは言えない。ため息をつくと、その首元のチョーカーを見つめる。

「あのさ、日葵《ひまり》。昨日の繰《く》り返《かえ》しになるけど、もう一度、言うぞ」

「え、あ、……は、はいっ！」

なぜか直立する日葵《ひまり》。その顔が、みるみる赤くなっていく。白い肌《はだ》に、朱色《しゆいろ》が非常に映《は》える。まるで秋の枯山水《かれさんすい》を染める紅葉のような感じ。

……いや、そんな身構えられると、こっちも恥《は》ずかしくなっちゃうんだけど。ああもう、何でもいいや。そろそろHR始まっちゃうし、勢いだ勢い。

俺は日葵《ひまり》の首のチョーカーの中心──『親友』のリングに触《ふ》れる。日葵《ひまり》はドキッとすると、ごくりと喉《のど》を鳴らした。

「このリングを渡《わた》す相手は、日葵《ひまり》以外にはいない。日葵《ひまり》がこれを持っててくれる以上、俺の一番のモデルは日葵《ひまり》だけだから」

「…………」

日葵《ひまり》がこくこくとうなずく。

……いや、これはこれでめっちゃ恥《は》ずかしいけどね？　昨日のアレコレが思い出されて、ある意味、愛の告白よりきついんですけど。

とにかく、これで伝わった。ばっちりオッケー。後は日葵《ひまり》がさっきの登校中みたいに「んふふー。悠宇《ゆう》ってアタシのこと好きすぎかー？」って茶化せばいつも通りだ。

予想通り、日葵《ひまり》がにまーっと笑って……。

「ふ、ふーん？　悠宇《ゆう》って、ほんとアタシのことす……」

んん？

す、で止まった。よく見たら、顔が真っ赤なの戻《もど》ってねえし。なんか、すげえ両手の拳《こぶし》を握《にぎ》りしめて、思いっきり中腰《ちゅうごし》で言葉を吐《は》き出《だ》そうとする。

「す、すす……すううぅ……っ!!」

「おい、日葵《ひまり》？　日葵《ひまり》さーん？　なんか汗《あせ》がやばいんだけど……」

「うわああ————————っ!!」

「ぐふあっ!?」

バチーン、と頬《ほお》を引っぱたかれた。

こいつ割と本気でやりやがったんだけど!?

「なんで叩《たた》くし⁉」

「悠宇《ゆう》が朝からくっさいこと言うからじゃん！」

「いや、それは俺が悪かったけど、引っぱたくことなくねえ⁉」

日葵《ひまり》がポケットから、ヨーグルッペを二つ取り出した。

反射的にその一つを受け取ると、同時に振《ふ》り返《かえ》って背中合わせになる。そして同じタイミングでストローを刺《さ》してちゅーっと飲み干した。

……よし、落ち着いた。乳酸菌《にゆうさんきん》、今日もありがとう。

そっと振《ふ》り返《かえ》った。同じく振《ふ》り返《かえ》った日葵《ひまり》と目が合って、慌《あわ》てて視線を戻《もど》す。

……おかしい。

俺と日葵《ひまり》の距離感《きよりかん》、戻《もど》ってるよな？　喧嘩《けんか》の前から、こういうくっさいこと平気で言ってた気がするし。まあ、主に日葵《ひまり》だけど。ほら、「悠宇《ゆう》の情熱の瞳《ひとみ》が一番〜♡」って。

これまで通り『親友』やってるはずなのに、なんか微妙《びみよう》に違《ちが》う気がする。

なんでだ？　いや、昨日あれだけやらかした直後なんだから、そりゃ多少はぎこちなくて当然なのか？

……こんなときに共通の友だちでもいれば、うまく取り持ってくれるのか。でも、日葵《ひまり》はともかく、俺にそういう友だちはいないし。

「……んん？」

冷静になったことで、ふと第三者の視線に気づいた。それは日葵《ひまり》も同じようで、俺と一緒《いっしょ》に視線を廊下《ろうか》のほうに向ける。

なんと榎本《えのもと》さんが、こっちを覗《のぞ》いていた。

一番目を引く特徴《とくちょう》は、やはり赤みのある綺麗《きれい》な黒髪《くろかみ》ストレート。

そして瞳《ひとみ》は切れ長で、ちょっときつめな印象だ。

制服はやや緩《ゆる》めに着崩《きくず》している。胸元《むなもと》も大きめに開けていた。

同じ二年生だけど、クラスは別だったりする。

榎本凛音《えのもとりおん》。俺の初恋《はつこい》の相手。

えのっち、リンちゃんなど、無数のあだ名を持つ。同時に、親しい相手はあだ名で呼び返すのを信条とする。

彼女はじと〜っとした目で睨《にら》み……いや、見てるだけ？　榎本《えのもと》さんってベースが不機嫌《ふきげん》そうだから、機嫌《きげん》が読みづらかったりする。

榎本《えのもと》さんは気まずい沈黙《ちんもく》を漂《ただよ》わせた後、ゆっくりと口を開けた。

「おはよ。ゆーくん」

「……おはよう。榎本《えのもと》さん」

この子、必ず最初は挨拶《あいさつ》から始めるんだよ。ご家庭の教育がよい証拠《しょうこ》なんだろう。

ちなみに、ゆーくんとは俺のことだ。日葵《ひまり》はひーちゃんと呼ばれている。

「え、榎本《えのもと》さん？　どうして、ここに？」

「クラスの人に、ゆーくんたちがこっちに行ったって言われた」

「あ、きてくれたのか。ごめんね。それで、いつからそこに……？」

「ひーちゃんが、ゆーくんがモテちゃうって叫《さけ》んだとき」

……はーん？

つまり、これまでの小《こ》っ恥《ぱ》ずかしすぎる会話は全部聞かれてた感じか。そういえば、昨日の日葵《ひまり》とのやり取りも見られてたんだっけ？　……いや、これ思ったより死ねるわ。

「あの、えのっち……」

「………」

日葵《ひまり》の呼びかけに、榎本《えのもと》さんはツンと顔を逸《そ》らした。

そして、ぺこりと頭を下げる。艶《つや》やかな黒髪《くろかみ》が今日も綺麗《きれい》で、非常にアクセ映《ば》えしそうだなあとか思った。

「お邪魔《じゃま》しました」

「榎本《えのもと》さん!?」

あ、逃《に》げようとして脚《あし》がもつれて転《こ》けた！

大丈夫《だいじょうぶ》か、と思っていると、すぐに立ち上がる。こっちを涙《なみだ》ぐんだ目でキッと睨《にら》むと、ぱたたーっと走って行ってしまった。

それを見送る俺たちは、すっかり冷めていた。

「……悠宇《ゆう》。えのっちと何かあったの？」

「……日葵《ひまり》こそ、めっちゃ避《さ》けられてんじゃん」

二人で顔を見合わせて、ははっと乾《かわ》いた笑《え》みを漏《も》らした。

（実は何かあったんだよ。日葵《ひまり》と喧嘩《けんか》している間に……）

でも、おかげで日葵《ひまり》との気まずい空気は和《やわ》らいだ。俺たちはため息をつくと、当面の問題に再び目を向ける。

「と、とにかく、まずは悠宇《ゆう》の追試をどうにかしないと。身バレのほうも気になるけど、退学になっちゃ意味ないし……」

「そうだよな。でも、どうしよう」

「勉強するしかないでしょ。まあ、お兄ちゃんに任せておけば大丈夫《だいじょうぶ》だと思うけど」

自分でやらかしたこととはいえ、勉強となると気が重い。

「今日から日曜日までは、放課後のアクセ作りはお休み。アタシと勉強会ね」

「助かります……」

人生にリセットボタンがあればいいのに。

……なんか、この前も同じようなこと考えてた気がする。

◇◇◇

昼休みに、アタシは一人で廊下《ろうか》を歩いていた。

正直、追試なんかより〝you〟の身バレのほうが大問題だし。

とはいえ！

悠宇《ゆう》は科学室でお留守番。てか、そんな暇《ひま》があるなら教科書を1Pでも覚えろ。日曜日の追試まで、実質的にはあと三日しかないんだから。

まったく。悠宇《ゆう》がアホすぎて、フォローするアタシが大変すぎ。そもそも、白紙提出ってどういうこと？　さすがにやばいでしょ。悠宇《ゆう》ってたまに「その理性ちゃんと働いてる？」って思うことあるよなー。

……まあ？

アタシへの大きすぎる愛のために起こった悲劇ですし？

悪い気がしないのは、仕方がないことだよね？

ぶっちゃけ、悠宇《ゆう》ってアタシのこと好きすぎるからさー。こんなに可愛《かわい》くて、こんなに献身《けんしん》的《てき》な女の子、そうそういないわけ。悠宇《ゆう》みたいな内気な男の子なら、ちょっと理性失っちゃうのもやむなしかなーって思っちゃうよねー。

……アタシが、じゃないの。

悠宇が、アタシのことを、好きすぎるからね。オッケー？

とにかく追試はお兄ちゃんに任せるとして、アタシは身バレの出所をはっきりさせないと。

だって悠宇《ゆう》、クソ雑魚《ざこ》メンタルだからね。下手に女の子からキャーキャー言われたら、緊《きん》張《ちょう》してお花アクセ作りに響《ひび》いちゃうかも。

誰《だれ》も「悠宇《ゆう》が他の女の子に盗《と》られちゃうーっ！」とか思ってないですし？

そんな余裕《よゆう》ない日葵《ひまり》ちゃんじゃないですし？

（なんといっても、この『親友』のリングがあるのだ）

んふふふふふー。

アタシは首元のチョーカーに触《ふ》れる。

この『親友』のリングは、そんじょそこらのお花アクセとは訳が違《ちが》う。本気の本気で、アタシのためだけに作られた唯一無二《ゆいいつむに》の完全オーダーメイド。

これが正妻力ってやつですよ。てか、冷静になったらアタシ以外に、悠宇《ゆう》みたいなお花アクセ中毒者《ジャンキー》のパートナーやれるはずないじゃん。なんであんなことでヒスっちゃったんだろ。あー恥《は》ずかし。

えのっちのことだって、実質は勝利したようなもんだしな!!

ほんとに申し訳ない。えのっちのことは好きだけど、これはこれ。アタシは自分の一番ほしいものを間違《まちが》えたりしない。それだけを狙《ねら》って、他を捨てられる冷酷《れいこく》な女なの。

ほんとにゴメンね。悪いとは思ってるの。今度、いい感じの男の子を見つけたら紹介《しょうかい》してあげよう。悠宇《ゆう》の次にいい感じの男の子だけど。えのっちはアタシの次に可愛《かわい》いし、誰《だれ》とでもうまくやれるって。

悠宇《ゆう》を親友として独占《どくせん》しつづけて、アタシはアタシのハッピーエンドを摑《つか》む。

そのためには、絶対に排除《はいじょ》しなければいけない障害があった。

悠宇《ゆう》のためとはいえ、気が進まない。でも、これは悠宇《ゆう》のパートナーとしての役割だからしようがない。

お兄ちゃんの言を借りるなら、悠宇《ゆう》がアクセ制作に集中するための環境作《かんきょうづく》りの一環《いっかん》。

(目星はついてるし、さっさと済ませちゃおーっと)

アタシは屋上へのドアを開ける。鉄柵《てっさく》に囲まれた広い空間がある。

その隅《すみ》っこに、イチャイチャしてるカップルがいた。女の子が、男の子を膝枕《ひざまくら》している。男のほうは、扇子《せんす》をパタパタと煽《あお》いでいた。

女の子のほうは知らないけど、用事があるのは男の子のほう。チャラチャラした感じの、顔だけはいい男だ。やっぱり、ここにいた。なんとかと煙《けむり》は、高いところに上るってやつ。

アタシはにこーっと笑いながら、そのチャラ男に声を掛《か》けた。

「真木島《まきしま》くん。ちょっといいかなー?」

真木島慎司《まきしましんじ》。

悠宇《ゆう》の唯一《ゆいいつ》の男友だちで、えのっちの幼なじみ。そんで、アタシが納豆《なっとう》と心霊《しんれい》現象よりも嫌《きら》いなやつ。悠宇《ゆう》のためじゃなかったら、絶対に自分から話しかけたりしない。

下級生の子に膝枕《ひざまくら》させてのんびりしてた真木島《まきしま》くんは、ゆったりと身体《からだ》を起こして欠伸《あくび》をする。アタシを確認《かくにん》すると、パタンと扇子《せんす》を閉じた。

「ああ、日葵《ひまり》ちゃんか。思ったより早かったではないか」

「んふふー。やっぱり、おまえの仕業か」

「当然だろう。〝you〟の正体など、前にちょっと話題になっただけのネタだ。それを今更《いまさら》、燃えさせるのには苦労したぞ」

「この男は、いつも余計なことを……」

真木島《まきしま》くんは、不安そうなカノジョちゃんに言った。

「心配するな。前に話した、ナツの相方だ」

ナツっていうのは、真木島《まきしま》くんが悠宇《ゆう》を呼ぶときのあだ名だ。夏目悠宇《なつめゆう》のナツ。

その子は「ああ！」と納得《なっとく》すると、アタシに向かって「応援《おうえん》してますね！」と謎《なぞ》のエールを送ってくる。え、何この子？　ちょっと怖《こわ》いんだけど。アタシともあろうものが、つい曖昧《あいまい》にアハハと笑うだけで済ませちゃった。

「ちょっとナツについて話があるそうだ。席を外してくれないか？」

「わかりました。向こうで待ってます？」

「いや。話が終わったら、オレはテニス部の昼練習に行こう」

「じゃあ、わたしは教室に戻《もど》ってますね」

その子は空のお弁当箱を持つと、ぺこりと頭を下げて走っていった。その後ろ姿を見送りながら、アタシはちょっと不思議だった。

「……なんか、これまでと違《ちが》うタイプの子じゃん？　大人しめな感じ」

「そうか？」

「真木島《まきしま》くんって、もっと遊び慣れてそうな子が好きじゃなかった？」

「それは中学のときの話だろう。日葵《ひまり》ちゃんの中で、オレの印象はまったくアップグレードされておらんのだな？」

されるわけないだろう。

そもそも、おまえのことなんか眼中にないよ。悠《ゆう》宇が友だちだと思ってなきゃ、会話するのも面倒《めんどう》くさいんだから。

「ナハハ。嫌《きら》われておるなあ？」

「当然でしょ。アタシ、きみのせいで死にかけたんだけど？」

真木島《まきしま》くんは肩《かた》をすくめる。

嫌《いや》そうに顔をしかめて、頭をかきながら開き直った。

「オレも正直、あの一件は思い出したくもない。オレの認識《にんしき》が改まったのも、あれからだったよ。案外、遊び慣れた女のほうが本気になると面倒《めんどう》くさい」

「きみの心境の変化はどうでもいいけど、アタシ謝られた記憶《きおく》ないんだけどなー？」

「オレに謝らせるのは筋違《すじちが》いだろう？　悪いが、あのときはオレもなかなかに大変でな。日葵《ひまり》ちゃん以外の四人が結託《けったく》して、オレを監禁《かんきん》しようと……」

「あーもう。わかった、わかった。それはどうでもいいから、今になって〝you〟を身バレさせた理由を教えて」

真木島《まきしま》くんは大仰《おおぎょう》に両腕《りょううで》を広げる。

「決まっておるだろう。すべてはリンちゃんの勝利のために」

「…………」

どや顔がムカつく。

「あのね。悪いけど、悠宇《ゆう》はアタシのものだから。えのっちのことは好きだけど、それだけは譲《ゆず》る気ないよ」

「なんだ。そんなにナツのことが好きになってしまったのか。あれほど恋《こい》など害悪だと主張していた日葵《ひまり》ちゃんが、ずいぶんと丸くなったものだな？」

「……親友としてね。そこは勘違《かんちが》いしないで。えのっちのことを誘《さそ》ったのはアタシだけど、そのせいでアタシたちの仲が拗《こじ》れるなら出ていってもらうから」

真木島《まきしま》くんはにやっと笑う。

「日葵《ひまり》ちゃん。ちょっとスタンスが変わったな？」

「はあ？」

イラッとする。

この人をおちょくるような物言い、誰《だれ》かに似てるんだよなー。ほんとムカつく。……ブーメランなんて知らないよ。

とにかく、真木島《まきしま》くんは挑発的《ちょうはつてき》な雰囲気《ふんいき》のまま言う。

「以前は『アハハそうかもなー』と茶化していたのに、ずいぶん余裕《よゆう》がないではないか？　そんなに必死だと、ナツに恋心《こいごころ》を勘《かん》づかれるぞ？」

「…………」

こいつ、ほんとにムカつく。

冷静。冷静になれ、日葵《ひまり》。こいつの言葉に惑《まど》わされたらお終《しま》いだ。クールダウンのために、ポケットからヨーグルッペを取り出してちゅーっと飲む。

……よし、イケる。アタシはクールな女だからね。

「残念だけど、真木島《まきしま》くんの思い通りにはならないよ。だって悠宇《ゆう》は、えのっちじゃなくてアタシを選んだ。悠宇《ゆう》は一途《いちず》だから、目が逸《そ》れることはないからさ」

真木島《まきしま》くんは、心底つまらなさそうに言った。

「本当に、そう思うのか？」

「………？」

アタシがムッとすると、さも予想通りとばかりに笑った。

「確かにナツは一途《いちず》だ。現状、日葵《ひまり》ちゃんが勝っているのも認めよう。だが、未来はわからんぞ。ほんの一秒先の世界だって、オレたちは見ることはできないのだよ」

ピッと扇子《せんす》をアタシの鼻先に突《つ》きつける。

「その一途《いちず》さが、一度でも手元を離《はな》れてみろ。取《と》り戻《もど》すのは、さぞ苦労するだろうなァ？」

扇子《せんす》をゆっくりと開いて、真木島《まきしま》くん自身の口元を隠《かく》した。その鋭《するど》い瞳《ひとみ》だけが、ぐっと愉快《ゆかい》そうに歪《ゆが》んだ。

……ほんとに濁《にご》った目だ。アタシ、こいつの目だけは嫌《きら》いなんだよな。

「はっきり言おう。日葵《ひまり》ちゃんはミスをした。本当にナツがほしければ、あのままナツを東京に連れ去るべきだった。ナツがすべてを捨てようとした覚悟に、きみ自身が釣り合っていないと露呈《ろてい》させる前に、勝負を決めるべきだったのだ」

「……意味がわからないんだけど？」

フッと息をつくと、扇子《せんす》を閉じる。

「じきにわかる。悪いが、オレたちにとって日葵《ひまり》ちゃんは脅威《きょうい》にもならんよ」

「………」

不吉《ふきつ》なことを言って、真木島《まきしま》くんは去っていった。

アタシは他に生徒のいない屋上で、その言葉の意味を考える。

……あいつムカつくけど、昔から妙《みょう》に頭がキレるんだよなー。正直、何が見えているのか、全然わからない。お兄ちゃんとは別の意味で得体が知れないというか。

ああもう、頭がぐちゃぐちゃする。手のひらで転がすのは、アタシの特権だってーの。

とにかく、この〝you〟の身バレは、悠宇《ゆう》とえのっちをくっつけるための策略ってのはわかった。でも、なんで外部に漏《も》らすことで、えのっちが有利になるんだろう。

むしろ、えのっちのためを考えれば、悠宇《ゆう》の正体は隠《かく》したほうがよくない？

……しょうがない。とりあえず、週末までは追試のほうをどうにかしなきゃ。えのっちのことだって、この数日のうちに何かあるわけじゃないでしょ。

♣♣♣

放課後、俺は日葵《ひまり》と一緒《いっしょ》に犬塚家《いぬづかけ》へ向かった。

日葵《ひまり》の家……もといお屋敷《やしき》は、山の麓《ふもと》の住宅街にある。

俺の小学生の頃《ころ》の通学路の近くだ。登下校のときに大きな瓦《かわら》の屋根が見える。『お大臣の屋《や》敷《しき》』とか言われていたのが日葵《ひまり》の生家だと知ったときは驚《おどろ》いたものだ。

大きな門は開放されている。以前は大正時代に設置した巨大《きょだい》な扉《とびら》が聳《そび》えていたらしいが、俺たちが中学校に上がる頃《ころ》に老朽化《ろうきゅうか》を理由に撤去《てっきょ》された。今では立派な石垣《いしがき》だけがぐるりと屋《や》敷《しき》を囲っている。

(そういえば、もう一年もきてなかったか……?)

最後にきたのは、高校に上がってすぐ進学祝いのパーティが開催《かいさい》されたときだ。すげえ懐《なつ》かしい。あのときは扉《とびら》のない門の上から——

『犬塚日葵《いぬづかひまり》(うちの孫娘《まごむすめ》)、
夏目悠宇《なつめゆう》(うちの孫婿《まごむこ》)、
高校進学おめでとうっ!!』

というとち狂《くる》った垂れ幕がかかっていて、死ぬほど恥《は》ずかしかったのを覚えている。……正直、思春期男子が二度と近寄らないと決意するにはこれだけで十分だろう。

日葵《ひまり》の話によると、その垂れ幕の首謀者《しゅぼうしゃ》であるお祖父《じい》さんはまだまだ超《ちょう》元気らしい。今日ご挨拶《あいさつ》するの、かなり気が重いわ。

門を入ったところに、俺の自転車を停《と》める。

すぐに風流な日本庭園が迎《むか》えた。かつてお祖父《じい》さんがお祖母《ばあ》さんと旅行した京都をイメージしているという。松の木や、色とりどりの植物が綺麗《きれい》に整えられていた。

苔《こけ》の生えた手水鉢《ちょうずばち》が、非常に趣《おもむき》がある。その脇《わき》に、紫陽花《あじさい》が綺麗《きれい》に咲《さ》いていた。飛び石の上を歩きながら、この抜群《ばつぐん》のセンスをしみじみと感じ入る。

昔はこの風景がぐるりとお屋敷《やしき》の裏まで続いていたらしい。今は裏のほうは埋《う》め立《た》て、自家菜園の畑になっているとか。

その向こうにある武家屋敷《ぶけやしき》みたいな平屋の木造建築が本宅だ。

「そういえば、お祖父《じい》さんは？　普通《ふつう》に手ぶらできちゃったんだけど……」

「あ、気にしなくていいよ。お祖父《じい》ちゃん、入院してるし」

ええっ⁉

俺が鞄《かばん》を落としそうになってると、日葵《ひまり》が「ぷはっ」と笑った。

「心配しなくていいって。この前、庭をいじってて脚立《きゃたつ》から落ちたんだよ。骨折とかもしてないけど、検査を口実にお兄ちゃんが病院にぶち込んだってわけ」

「ぶち込んだのか……」

あの二人、家庭内の主導権争いが激しいらしいからなあ。お祖父《じい》さんは雲雀《ひばり》さんをとことん鍛《きた》え上《あ》げるつもりらしいし、雲雀《ひばり》さんはさっさとお祖父《じい》さんの権力のすべてを手中に収めたいらしい。お金持ちのお家事情《うち》ってのも大変だ。

「じゃあ、とりあえずお母さんにご挨拶《あいさつ》を……」

「そっちも今日、いないんだよなー。畑のほうお手伝いさんに任せて、今朝からお父さんとお泊《と》まりデート行っててさー」

「マジか。外交官のお父さん、帰ってたの？」

「うん。ちょうどお母さんの誕生日と重なったし、夫婦《ふうふ》水入らずで遊んでくるってさー」

そういえば、そんなこと言ってたか。

あのお父さんも世界中を飛び回ってるし、たまに帰ったならそういうこともあるか。

……ん？

突然《とつぜん》、日葵《ひまり》が俺の制服の裾《すそ》をつまむ。もじもじとスカートの端《はし》をいじりながら、ちらっと俺を上目遣《うわめづか》いに見た。頬《ほお》をほんのり染め、恥《は》ずかしそうに告げる。

「今日は悠宇《ゆう》と、二人っきり……だね？」

「…………」

ぺいっとデコピンをする。

「痛いっ⁉」

「さすがに、それは効かんわ」

「ぶーっ。悠宇《ゆう》がスレて、アタシ寂《さび》しいなー」

「誰《だれ》がスレさせたんだよ……」

てか、今日は雲雀《ひばり》さんがいるの確定してるし。

こんなバレバレの悪戯《いたずら》に引っかかるほど、俺は初心《うぶ》ではないのだ。

「それじゃ、雲雀《ひばり》さんに挨拶《あいさつ》しなきゃ。この前、イオンに送ってもらったとき以来か」

「え。お兄ちゃんもいないよ？」

……は？

俺が振《ふ》り返《かえ》ると、日葵《ひまり》は不思議そうに小首をかしげる。まるで「え、アタシなんか変なこと言いました？」とでも言いたげだ。

「だって今日、雲雀《ひばり》さんに勉強教えてもらうんだろ？」

「アタシは『お兄ちゃんに任せれば大丈夫《だいじょうぶ》』って言っただけで、お兄ちゃんが勉強を教えてくれるとは言ってないし」

「いや、違《ちが》いがわからんのだが？」

「お兄ちゃん、バリバリ仕事忙《いそが》しいからさー。過去の参考書でいい感じのやつとか、ポイントまとめたの送ってくれてるから、それ見ながらアタシが教えますけど？」

「あ、そういう……」

なるほどね。

確かに日葵《ひまり》の言葉は、理に適《かな》っている。てか、普《ふ》通《つう》に現実的にそれしかなくね？　だってエリート社会人が、高校生の勉強を見るために早退とかしないだろ。

…………えっ？

マジで日葵《ひまり》と二人きり？　だってお祖父《じい》さんは入院して、ご両親はデートで、雲雀《ひばり》さんは仕事だろ。お手伝いさんはいるけど、この時間には帰ってるって聞いた。ちなみに犬塚《いぬづかけ》家の一番目のお兄さんは、もう何年も前に街に出てバリバリ地方議員やってるらしい。俺もお会いしたことは一度だけだ。

（つまり、マジで日葵《ひまり》と二人だけ……？）

それを自覚した途端《とたん》、急に顔が熱くなる。

いやいやいや、待って待って待って。せっかく冷静さを取《と》り戻《もど》したばかりじゃん。いきなり好きな子と二人きりとか困るっていうか。確かにコレまでもそんなシチュエーション多かったけど……てか、むしろ二人きりの時間のほうが圧倒的《あっとうてき》に多いな？

先月までの俺、マジで何を考えてんの？　そんなやばい状況《じょうきょう》で、よくまあ普通《ふつう》に友だちやってたもんだよ。ちょっと尊敬に値《あたい》しちゃう。

意識すんな。俺たちは親友。親友はそういう間違《まちが》いは起こさない！

俺が一人で悶々《もんもん》としていると、日葵《ひまり》が玄関《げんかん》のドアに手を掛《か》けた。

「じゃ、先に大広間で待っててねー。アタシ、着替《きが》えてくるからさー」

「お、おう……」

緊張《きんちょう》して、つい声が裏返った。心の中で、般若心経《はんにゃしんぎょう》を流すお坊《ぼう》さんがアップを始める。

そして、日葵《ひまり》がドアを開けた。

――パンパンパーンッ！　とクラッカーが鳴った。

視界を塞《ふさ》ぐ紙吹雪《かみふぶき》と、咽《む》せるような火薬の匂《にお》い。

リボンが俺の顔に引っかかって、だらりと地面に落ちた。

白い煙《けむり》が晴れたとき、黒髪《くろかみ》オールバックのイケメンがすっげえ～ニコニコ顔で両腕《りょううで》を広げていた。

「やあ、悠《ゆう》宇くん！　今日は我が家へようこそ!!」

「……どうも。雲雀《ひばり》さん」

ですよねえ～～～～……っ。

だってこの人、俺の顔を見にくるために仕事を中断して外車出してくる人ですよ？　むしろこんな愉快《ゆかい》イベント、参加しないはずないじゃん。

隣《となり》の日葵《ひまり》を見た。

両手で口元を押さえて、必死に笑いを堪《こら》えている。

……はい。わかりました。俺の負けです。ご褒美《ほうび》の時間っすね。

「日葵《ひまり》ぃぃぃいいいいいいいいいっ!!」

「ぷっはあああああああああああああっ!!」

まさかの二段構えとは恐《おそ》れ入《い》る。完全にしてやられたよ。

その日葵《ひまり》は、うずくまってお腹《なか》を押さえて震《ふる》えている。まあ、こんだけ綺麗《きれい》に引っかかったら、さぞ愉快《ゆかい》だろうなあ。

「日葵《ひまり》、マジで勘弁《かんべん》して！」

「アハハ。悠宇《ゆう》、ほんとにドキドキしてんだもん。ちょ、めっちゃお腹《なか》痛い……」

「してませんけど⁉　全然ドキドキしてませんけど！」

「え～？　でもさー、さっき悠宇《ゆう》、すっっごい鼻の下伸《の》びてたじゃーん」

伸《の》びてねえから。おまえ、雲雀《ひばり》さんの前で下手なこと言うのやめて。

この人に俺の恋愛《れんあい》感情がバレたら「それならそうと、早く言ってくれればいいのに。悠宇《ゆう》くんには勉強も学歴も必要ないよ。代わりに、こっちを書いてくれ」って婚姻届《こんいんとどけ》に拇印《ぼいん》押させられちゃいそう。

「てか、マジで雲雀《ひばり》さん仕事はどうしたんです？　いつも爆裂忙《ばくれついそが》しくて、帰りは深夜って聞いたんですけど……」

「ハッハッハ。安心してくれ。悠宇《ゆう》くんの窮地《きゅうち》を救うべく、今日の会議はすべて部下に丸投げしてきたよ♪」

「安心できる要素が一つもないんですけど……」

てか、その部下が可哀想《かわいそう》。前世でどんな悪行を積めば、そんな悲惨《ひさん》なことになるんだ。雲雀《ひばり》さんの代わりとか、俺だったらクビ覚悟《かくご》で逃《に》げるやつ。

大広間に移動しながら、そのご機嫌《きげん》そうな背中に頭を下げる。

「今日は、俺のためにすみません」

「そんなにかしこまらないでくれ。未来の義弟《おとうと》のために尽《つ》くすのは当然だろう？」

いつもの義弟《おとうと》ジョークを華麗《かれい》に差し込みながら……ジョークだよな？

とにかく、大広間に到着《とうちゃく》した。

中央に鎮座《ちんざ》する、巨大《きょだい》で分厚い一枚板のテーブル。10人くらいで囲めそうなそれの上に、大量の参考書が積んである。なんかシルエットがエッフェル塔《とう》って感じ。……これ、もしかして全部やるつもりじゃないよね？

雲雀《ひばり》さんは山のように積んである参考書の一つを手にした。

だてメガネを掛《か》けると、どこからか取り出した教鞭《きょうべん》をピシッと振《ふ》るう。犬塚家《いぬづかけ》の人って、形から入るの好きだよなあ。

「さあ、早速《さっそく》やろうか。僕は大学のとき、けっこういい進学塾《しんがくじゅく》で講師のバイトをしていたことがある。自慢《じまん》じゃないが、僕が入っている間の東京六大学への進学率は、歴代トップでね。古参の講師方から『俺たちの仕事がなくなるから出て行ってくれ！』と追い出されたほどだ」

「なんか最後の余計な情報のせいで、いい話に聞こえない……」

「ハッハッハ。英雄《えいゆう》とは、いつでも賞賛と誹謗《ひぼう》の間で立つものだよ」

でも、それってかなりすごいな。日葵《ひまり》が「お兄ちゃんに任せておけば大丈夫《だいじょうぶ》」って言ってたのも納得《なっとく》だ。

「さて。それじゃあ、まずは悠宇《ゆう》くんの現在の学力を教えてもらおう。ここに自作の小テストを用意したから、これを解いてくれ」

「は、はい！」

すっげえ……。

俺の追試を知ったの、今日の昼だよな？　マジで仕事大丈夫《だいじょうぶ》なの？　その部下さん、明日までちゃんと生きてる？

「えーっと、問い1……んん？」

これ、今回の試験範囲《はんい》じゃない？

てか、たぶん授業でも一度もやったことない。

「雲雀《ひばり》さん。この問題は？」

「これかい？　これは、去年の東大の入試問題を再構成したものだよ」

「東大？　あの、今回は中間試験の追試なんですけど……」

「ああ、もちろんわかっているさ。悠宇《ゆう》くんは心配性《しんぱいしょう》だなあ！」

雲雀《ひばり》さんは俺の肩《かた》を叩《たた》き、からからと笑った。

……でも、なんだろう。その笑顔《えがお》に、なんか冷たいものを感じる。その証拠《しょうこ》に、なんか肩《かた》を摑《つか》む手の力が半端《はんぱ》じゃねえし。「絶対に逃《に》がさない」って意思を感じる。

「フフッ。僕は前々から、日葵《ひまり》と同じ意見を持っていてね。悠宇《ゆう》くんはアクセを制作している瞬間《しゅんかん》が、最も輝《かがや》いている。そして悠宇《ゆう》くんのフラワーアクセは、いつかこの町の名前を世界に轟《とどろ》かせてくれるとも信じているんだ」

「きょ、恐縮《きょうしゅく》です……」

「だからこそ、それを妨《さまた》げるものが我慢《がまん》ならない。試験勉強など、その最たる例だと思わないかい？　年に何度もある試験勉強期間、きみの才能が停止することは世界の損失だ」

「で、でも、それは学生である以上は仕方ないというか……」

「そうでもないさ。たった一つ、それを克服《こくふく》する方法があるんだ」

雲雀《ひばり》さんの漆黒《しっこく》の瞳《ひとみ》が、暗い輝《かがや》きを纏《まと》った。

「この機会に、悠宇《ゆう》くんへ高校三年間の学力をすべて叩《たた》き込《こ》む。そうすれば、今後の試験勉強など必要ない。……いや、いっそ悠宇《ゆう》くんを東大に受からせるのも悪い話じゃない」

「ひいいっ……!?」

完全に変なスイッチが入ってる!?

さすが雲雀《ひばり》さん、一般人《いっぱんじん》の思考では思いつかないようなことを平然と言ってくるもんだ。てか、普通《ふつう》に考えて無理だろ。

「ひ、日葵《ひまり》。ちょ、助け……あれ？」

振《ふ》り返《かえ》ると、日葵《ひまり》がススス……と襖《ふすま》を閉じていく。その向こうで、気の毒そうな視線を向けていた。

「ひ、日葵《ひまり》？　どこ行くの？」

「んー。アタシは部屋で宿題してよっかなーって」

「い、一緒《いっしょ》にやろうって言わなかったっけ……？」

「アタシもそのつもりだったんだけどなー。お兄ちゃんがここまでスイッチ入ってると、むしろ邪魔《じゃま》っていうか……」

「いや、でも、なんか雲雀《ひばり》さんの雰囲気《ふんいき》、怖《こわ》いんだけど……」

日葵《ひまり》がにこーっと笑った。

言葉にするなら「お家《うち》私服も間違《まちが》いなく可愛《かわい》いアタシと遊びたい気持ちはわかるけど、おまえマジで笑えねえ状況《じょうきょう》だってわかってんのか？」っていう無言の圧を感じる。いや可愛《かわい》いのは痛感してるけど俺がまるで下心しか……はい、そっすね。勉強、頑張《がんば》ります。

ポン、と後ろから肩《かた》を叩《たた》かれた。

振《ふ》り返《かえ》ると、雲雀《ひばり》さんがだてメガネをキラリと輝《かがや》かせる。その奥の瞳《ひとみ》が、笑っているのに笑っていない。……もしかして、コレが日葵《ひまり》の恐《おそ》れる『仕事しているときの雲雀《ひばり》さん』というやつなのだろうか。

「ハッハッハ。悠宇《ゆう》くん。さあ、お義兄《にい》ちゃんと勉強をしようか」

「……よろしくお願いします」

逃《に》げないから。逃《に》げないから、めっちゃ強い力で腕《うで》を引くのはやめてください。

……俺はテーブルにつくと、イケメンとの二人きりの時間を満喫《まんきつ》した。

♣♣♣

……ふっつ〜〜〜に、雲雀《ひばり》さんと試験勉強して日付が変わった。

やばい。疲《つか》れた。死ぬ。雲雀《ひばり》さん、すげえスパルタなんだもん。マジで高校三年間の勉強した。頭、めっちゃ痛い。

今、午前2時前。明日の学校まで、あと6時間か。

あれ以降、日葵《ひまり》の姿も見ていないし。途中《とちゅう》で夕飯のおにぎり持ってきてくれたけど、それどころじゃなかったっていうか。一瞬《いっしゅん》でもよそ見したら、雲雀《ひばり》さんの謎眼光《なぞがんこう》で身体《からだ》を固定されて勉強させられる。……初めて会った頃《ころ》に比べて、マジでスキルが人間離《にんげんばな》れしてきたよ。市役所に勤めると、みんなこうなるもんなの？

参考書をテーブルにトントンしながら、雲雀《ひばり》さんが言った。

「ふうむ。想定より時間がかかったな。僕も腕《うで》が衰《おとろ》えたものだ」

「いやいや。それは俺のせいでしょう」

「そんなことはないさ。悠宇《ゆう》くんは、思ったより呑《の》み込《こ》みが早い。多少、情報が煩雑《はんざつ》になる部分が目立った。もっとスマートにできれば、一時間は早く終わっただろう」

うんうんとうなずきながら、スマホで日程を確認《かくにん》する。

「あと勉強に当てられる猶予《ゆうよ》は、金曜日の放課後と、土曜日一杯《いっぱい》か。日曜日の追試が、午前中からあるのが痛いな」

「いや正直、この段階でここまで予習できてる時点で勝ったようなものじゃ……」

「ハッハッハ。その自信は頼《たよ》りになるが、勉強はそんなに甘くない。今は情報を叩《たた》き込《こ》んだだけで、それを定着させるのは膨大《ぼうだい》な反復練習だからね」

まあ、それはそうだ。アクセ作りだって、新しい作業技術を学んだだけでは意味がない。それを自分の技術として定着させるには、その何倍もの練習が必要になる。

雲雀《ひばり》さんは時計を確認《かくにん》して、悔《くや》しそうに拳《こぶし》を握《にぎ》った。

「しかし、これは参ったな。今から帰っては、悠宇《ゆう》くんの睡眠《すいみん》時間が確保できない。少しでも学習内容を定着させるには、わずかでも……一分一秒でも多くの睡眠《すいみん》時間が必要なのに！」

……なんか、やけに強調するんですけど。

え、何々？　すぐ帰れってこと？　それは当然だけど。俺もさすがに疲《つか》れたし。

「わかりました。それじゃあ、明日もよろしくお願いしま……んがっ⁉」

荷物を整理しながら言うと、急に肩《かた》を摑《つか》まれた。痛たたた。え、なんですか？　俺、なんか変なこと言いました？

俺が困惑《こんわく》していると、雲雀《ひばり》さんがにこっと微笑《ほほえ》んだ。

「悠宇《ゆう》くん。そうじゃないだろう？」

「は？」

そっと差し出されたのは、浴衣《ゆかた》と夜食のカップ麺《めん》と歯磨《はみが》きセット。さしあたり名をつけるなら『犬塚家流《いぬづかけりゅう》・お泊《と》まりセット一式』だ。……ついでに、雲雀《ひばり》さんのスコッチの瓶《びん》もある。

「今夜は、未来のお義兄《にい》ちゃんと語り明かそうか♪」

「雲雀《ひばり》さん？　今、睡眠《すいみん》時間が大事だって言ってませんでした？」

「ハッハッハ。悠宇《ゆう》くん、照れているのかい？　大丈夫《だいじょうぶ》だよ。すでに咲良《さくら》くんには許可を取ってある。僕らの夜を、阻《はば》むものはない」

「いやいやいや。あ、ほら、俺、明日の制服とか持ってきてないし……」

「大丈夫《だいじょうぶ》だ。こっちに明日の制服も用意している。サイズもぴったりだよ！」

「なんで俺のサイズ知ってるんですかねえ……？」

さすがに日葵《ひまり》でも知らねえだろ。マジで恐怖《きょうふ》に震《ふる》えちゃうんだけど。

俺は荷物を持って、大広間の出口に駆《か》けた。

「申し訳ないですけど、俺、マジで帰らないと……ぐはあっ⁉」

「させないっ‼」

逃《に》げようとしたら、後ろからタックルされて畳《たたみ》に転がされる。一線からは退いたとはいえ、大学時代のラグビーで『牙狼《がろう》』と恐《おそ》れられた鋭《するど》い攻撃《こうげき》は健在！

その関東一帯を震撼《しんかん》させた最強のエース（ポジション名は知らない！）は、ガチ泣きしながら深夜に喚《わめ》いていた！

「いいじゃないか！　いつも日葵《ひまり》ばかり悠宇《ゆう》くんと遊んで、僕が会えるのはこういう雑用のときだけだ。今夜は恋《こい》バナをしよう！　今日という今日は、日葵《ひまり》をどう思っているか聞かせてもらうからね！」

「雑用ばかりお願いしてるのは申し訳ないと思ってますけど！　雲雀《ひばり》さん、その日葵《ひまり》がいるんですよ！　さすがに女子がいる家に泊《と》まるのはダメでしょ！」

「なら、その日葵《ひまり》がよしと言えばいいわけだね⁉」

「子どもか‼」

「ああ、子どもで結構！　僕は大人になって失った、大事なものを取《と》り戻《もど》す！」

「なんかいいこと言ってるっぽいですけど、ただのわがままですよね⁉」

ススッ……と襖《ふすま》が開いた。

その向こうで、日葵《ひまり》がやれやれって感じでため息をついた。……どうやら、起きていてくれたらしい。

「悠宇《ゆう》。お風呂《ふろ》できてるから、さっさと入っちゃってー」

「あ、はい……」

あっさり言われて、お泊《と》まりが確定した。

俺を風呂場《ふろば》に案内しながら、日葵《ひまり》がからから笑った。

「うちのお兄ちゃんがゴメンなー。最近、ほんと仕事が激忙《げきいそが》しいらしくてさー。ストレスマッハだから、たまにはご褒美《ほうび》あげないと」

「いや、元はといえば、俺の勉強に付き合わせてるわけだし……え、俺って供物《くもつ》？」

日葵《ひまり》が「ぷはっ」と笑った。

その日葵《ひまり》は、青い花の柄《がら》が描《えが》かれた浴衣《ゆかた》を着ている。たぶん朝顔だ。ちょっと色が褪《あ》せていてわからないけど、アホほど似合っているのは確かだった。

「おまえ、おうち浴衣《ゆかた》とかお洒落《しゃれ》すぎん？」

「え？　和洋折衷《わようせっちゅう》を極《きわ》めた日葵《ひまり》ちゃん可愛《かわい》すぎて、今すぐ抱《だ》きしめてキスしたいって？」

「言ってねえ～。それ言ってねえ～なあああ」

言ってねえけど、考えはしました。

一瞬《いっしゅん》、心が読めるのかと思って心臓止まりそうだったわ。

ちなみに、襟元《えりもと》から鎖骨《さこつ》が見えるのも最高だとも思った。個人的には、浴衣《ゆかた》は華奢《きゃしゃ》な女の子のほうがいい。戦争が起こりそうだから、これ以上の言及《げんきゅう》は避《さ》けるけど。

「これ、お祖母《ばあ》ちゃんが着てたやつだって。お祖父《じい》ちゃんが喜んで、めっちゃ財布《さいふ》の紐《ひも》が緩《ゆる》むんだよなー。だから、これからの時期はコレ着るわけ」

「おまえ、最低だよ。お祖父《じい》さんの思い出を金に替《か》えるの、どうかと思う」

「んふふー。そのお小遣《こづか》いで、悠宇《ゆう》とイオンのミスド行くわけですよー」

「あ、知らない間に俺も同罪だったんすね……」

入院している病院がありそうな方角に頭を下げる。

大変、申し訳ない。俺、エンゼルクリームの魅力《みりょく》には勝てませんでした。

「てか、もしかして寝《ね》ないで待っててくれたん？」

「んーん。アタシ、普段《ふだん》からこのくらいまで起きてるよ。さっきお風呂《ふろ》入って、ちょい涼《すず》んでたところ」

つい風呂《ふろ》という単語に反応するところだった。

湯上がり美少女……鎖骨《さこつ》ポイントに付加価値がついて、えらいことになっている。これに俺のアクセを合わせると……うーん。髪《かみ》は濡《ぬ》れてるし、やはり首元？　そもそも、フラワーアクセと湯上がりって相性《あいしょう》が悪い気がする。

湯上がりアクセって何それ売れそうとか考えていると、日葵《ひまり》のじとーっとした視線とかち合った。

「悠宇《ゆう》。見すぎでは？」

「あ、いや、その、浴衣《ゆかた》にアクセ合わせるなら、どれかなって……」

日葵《ひまり》は襟《えり》をつまむと、ちらっとめくってみせる。それから、にまあっと意地の悪い笑《え》みを浮《う》かべた。

「見ちゃダメとは言ってませんけど？」

「やめいっ⁉」

慌《あわ》てて視線を逸《そ》らした。

中身はいつもの日葵《ひまり》だ。情緒《じょうちょ》ってものを考えてほしい。……いつもチョーカーを巻いてるあたり、ちょっと日焼け痕《あと》ついててエロかったけど。

風呂場《ふろば》につくと、電気をつけた。

「はい、ここね。着替《きが》えは脱衣《だつい》カゴに入れといて。どうせ明日もくるんだし、それまでにお手伝いさんに洗濯《せんたく》頼んどくから」

「マジか。ありがと……おおっ！」

なんか昔ながらの温泉って感じの脱衣所《だついじょ》だ。……もしかして、昔は大人数で入ってたのだろうか。由緒《ゆいしょ》ある家柄《いえがら》だし、仕事のお弟子《でし》さんとか寝泊《ねと》まりしていたのかもしれない。

浴室を覗《のぞ》くと、大浴場が迎《むか》えた。一度に五人くらい入れそうな檜《ひのき》の浴槽《よくそう》に、一杯《いっぱい》の湯が張ってあった。室内は、真っ白い湯気が充満《じゅうまん》している。

へえ～。すご～い。漫画《まんが》みた～い。

何度か遊びにはきたけど、さすがに泊《と》まるのは初めてだ。つまり、ここの風呂《ふろ》をお借りするのも初めて。地獄《じごく》の勉強タイムの疲《つか》れも忘れて、ちょっとテンション上がってしまう。

「よっしゃ。さっそく……」

……あれ。脱衣所《だついじょ》の床《ゆか》がちょっと濡《ぬ》れてる。

まあ、そりゃそうか。だって、さっき日葵《ひまり》が入ったって言ってたし。

(日葵《ひまり》が入った風呂《ふろ》かあー……)

なんとなく、その場で頭を抱《かか》えてしまう。

いやいやいやいや。なんか雲雀《ひばり》さんに押し切られたのと、日葵《ひまり》が普通《ふつう》にしてて受け入れちゃったけど、お泊《と》まりってやばくない?

先月までだったら悩《なや》むことなかったかもしれないけど、今はちょっとマズいっていうか。そもそも日葵《ひまり》、受け入れんなよ。俺、一応、男子なんですけど?

……まあ、それだけ俺のこと信頼《しんらい》してくれてるってことだろうけど。

(悩《なや》むな、悠宇《ゆう》。アクセ作りと一緒《いっしょ》だ。俺は日葵《ひまり》の期待に応えることだけ考えてればいいんだよ……っ!)

服を脱《ぬ》いで、浴場に入る。

洗い場が三つあって、そのどれが日葵《ひまり》の使ったところか……いやいや。何を考えてんの。アホなの? 俺、アホなんでしょ?

とりあえず、入口に一番近い、隅《すみ》っこの洗い場をチョイスする。こんなに広い風呂《ふろ》で隅《すみ》っこのほうが落ち着くとか、マジで小市民代表って感じだ。

さっと湯で身体《からだ》を流した。身体《からだ》が温まったら、少しは冷静になった気が……。

「ゆっう〜。ちょっと開けるよー」

「きゃあああっ⁉」

こっちの返事を待たず、俺の背後のほうでドアが開いた。つい悲鳴を上げて、胸のあたりと下半身を両腕《りょううで》で隠《かく》してしまう。

振《ふ》り返《かえ》ると、日葵《ひまり》がひょこっと顔を出して「ぷはっ」と笑っていた。

「生娘《きむすめ》かよ」

「うるさいよ⁉　俺は女子に裸《はだか》見られる経験ないの‼」

「だって悠宇《ゆう》、この前、咲良《さくら》さんとお風呂《ふろ》入ったたって言ってたじゃーん」

「誤解を招く言い方やめてくれませんかねえ。アレは咲姉《さくねえ》さんが、大福洗うために凸《とつ》ってきただけだろ」

大福っていうのは、俺の家の白猫《しろねこ》のことだ。白猫《しろねこ》なんだけど、お腹《なか》の部分だけ毛が黒い。丸まって寝《ね》ると、餡子《あんこ》を包んだような見た目になる。

「てか、なんで開けたし」

日葵《ひまり》は、パッケージに入ったままのボディタオルを差し出した。

「はい。身体《からだ》洗うタオル。ついでに新しいバスタオル準備してるから、それ使ってね」

「あ、ありがと。忘れてた……あれ？」

手を伸《の》ばして受け取ろうとすると、ひょいっと避《さ》けられた。もう一度、受け取ろうと手を伸《の》ばす。ひょいっと避《さ》けられる。

「日葵《ひまり》、何しとん？」

「悠宇《ゆう》さー。今日、よく頑張《がんば》ったよねー」

「ま、まあ、一生分の勉強したって感じだよ」

何が言いたいんだろう。

にまにまと笑いながら、日葵《ひまり》が満面の笑《え》みを浮《う》かべた。

「んふふー。ご褒美《ほうび》に、アタシが背中流してあげよっか？」

「ぶふあっ⁉」

つい噴《ふ》き出《だ》した。

この子、なんてこと言うんですかねえ！

「おい日葵《ひまり》。アホなこと言ってんじゃねえよ」

「勉強見てあげられなかったし、せめて労《ねぎら》ってあげよっかなーって」

「さすがに男女でそれはダメだろ。雲雀《ひばり》さんもいるんだぞ」

「アタシたち、男女だけど『親友』じゃん？」

俺がたじろぐと、日葵《ひまり》が自分のほっぺたをぷにぷにしながら挑発する。

「それとも、悠宇《ゆう》はアタシを異性として意識しちゃってるのかなー？」

「………………」

イラッとした。

どうせ、いつものからかいだろ。さすがに、もうわかってるんだ。言っちゃ悪いけど、先月の「経験しとこ？」の衝撃《しょうげき》に比べると、ちょっと見劣《みおと》りするのは否《いな》めない。

今朝、日葵《ひまり》のからかいに反撃《はんげき》したときを思い出せ。あのときは失敗したけど、俺だって、いつまでもやられっぱなしじゃない。

「じゃあ、やってくれよ」

「えっ……」

日葵《ひまり》が固まった。

その頰《ほお》が、みるみる朱《しゅ》に染まっていく。この湯気に満ちた浴場で、その色はよく映《は》えた。ちょっと戸惑《とまど》いがちに、「あ、えっと……？」ってあたふたしている。

うわ可愛《かわい》……じゃねえよ。

勉強疲《べんきょうづか》れのテンションとはいえ、やっちまったぜ。

でも、これでわかったはずだ。俺もやられっぱなしじゃない。このからかい戦争において、俺たちのパワーバランスはすでに対等な域にまで達して……。

とか思ってると、日葵《ひまり》が恥《は》ずかしそうに呟《つぶや》いた。

「わ、わかった。じゃあ、アタシも脱《ぬ》いでくるね……？」

「えっ……？」

脱衣所《だついじょ》のドアが閉まった。

それから、微《かす》かな衣擦《きぬず》れの音がする。

（…………………えっ？）

磨《す》りガラスの向こう、もぞもぞと衣服を脱《ぬ》ぐ人影《ひとかげ》が……。

いや、背中流すだけでしょ？　それなら脱《ぬ》ぐ必要はないと……いやいやいや。そこじゃねえだろ。日葵《ひまり》さん。いくらなんでも、度胸ありすぎでは？

そっと顔が覗《のぞ》いた。その顔は、さっきとは比べものにならないくらい真っ赤だ。

「悠宇《ゆう》。恥《は》ずかしいから、目、つむっててよ……」

「あ、はい……」

はい、じゃねえ。

あまりの展開に、つい身体《からだ》が従順になってしまう。目をつむると、そっと浴場に踏《ふ》み出《だ》してくる足音がした。

マジでこっちきたの？

つい、身体《からだ》が強張《こわば》る。その気配が、ゆっくりと俺の背後に回った。

いつも科学室で抱《だ》きついてくる体勢……。

やばい。落ち着け。いや、無理無理無理。こんなん、落ち着いてられるわけねえだろ。一ヶ月前の『親友』としてなら……いや、それでも無理だろ⁉

あの科学室での「経験しとこ？」よりも、遥《はる》かにシチュエーションがやばい。だって脱《ぬ》いでるんだもん。あの死ぬほど可愛《かわい》いの再確認《さいかくにん》させられた日葵《ひまり》が、今、俺の後ろで……。

やべえ。思い出したせいで、あのときの日葵《ひまり》の息の熱さを思い出しちゃった。ヨーグルッペの香りのする息が、俺の前髪《まえがみ》を揺《ゆ》らしていた。

そっと、俺の両肩《りょうかた》に手が触《ふ》れた。

（ああああああああああああああああああああああああ南無三《なむさん》……ッ‼）

バッと目を開けた。

鏡越《かがみご》しに、背中にいた人物と目が合――。

「やあ、悠宇《ゆう》くん。僕が背中を流してあげるよ♪」

「…………」

日葵《ひまり》じゃなくて素《す》っ裸《ぱだか》のイケメンだった。

脱衣所《だついじょ》のドアに目を向けると、日葵《ひまり》が半分だけ顔を出して「ぷぷぷ……」と笑いを堪《こら》えている。ばっちり浴衣《ゆかた》を着たままだ。

「日葵《ひまり》ぃぃぃぃぃぃぃぃぃぃぃぃぃぃぃぃぃぃぃぃぃ⁉」

立ち上がってドアを開けるが、すでに日葵《ひまり》はいなかった。

脱衣所《だついじょ》の向こうの廊下《ろうか》からバタバタと逃《に》げる足音と「ぷっはああああああああああああああああああっ‼」と爆笑《ばくしょう》する声が遠ざかっていく。

おまえ、深夜2時だぞ！　ここが普通《ふつう》の一軒家《いっけんや》だったら、マジで近所迷惑《きんじょめいわく》……って、そこじゃねえよ！

はあああっと息を吐《は》き出《だ》して、洗い場に戻《もど》った。

雲雀《ひばり》さんと普通《ふつう》に隣《とな》り合《あ》って、身体《からだ》を洗っていく。

「雲雀《ひばり》さん。そういう悪乗りはどうなんです？」

「ハッハッハ。いやいや、まさか、本当に日葵《ひまり》の言う通りの展開になるとは思わなくて。きみたちは互《たが》いを理解し合っているなあ」

全然、嬉《うれ》しくないんですけど。

何が悲しくて、親友の血縁《けつえん》の前でちょっとえっちなラブコメごっこを披露《ひろう》しなきゃいけないのか。俺、そんなに前世で悪いことした？

（てか、期待とかしてないですし⁉）

雲雀《ひばり》さんが頭から湯を被《かぶ》った。ワックスが洗い流されて、前髪《まえがみ》がしっとりと垂れ下がっている。こうすると、どこか内気そうな雰囲気《ふんいき》の青年にも見える。

そして雲雀《ひばり》さんは、笑いながら言った。

「しかし、きみたちは日頃《ひごろ》からこういう際《きわ》どい遊びをしているのかい?」

ぐはあっ……。

危うく心臓麻痺《まひ》になるところだった。これまで微妙《びみょう》にバレないようにしていた事実が、ついに露見《ろけん》した。

「あ、いや、その。日葵《ひまり》がやってくるし、やめろって言っても聞かないんですけど。……あ、もちろん間違《まちが》いとかは絶対にないっていうか!」

「アッハッハ。そんなに警戒《けいかい》しなくてもいいよ。日葵《ひまり》の親友との付き合い方に、僕が口を挟《はさ》む権利はないさ」

雲雀《ひばり》さんが鼻歌を歌いながら……この人、西野《にしの》カナ好きだよなあ。とにかく身体《からだ》を丁寧《ていねい》に洗いながら言った。

「悠宇《ゆう》くんほど真摯《しんし》な男の子に出会えて、日葵《ひまり》は果報者だな」

「いやいやいやいや。マジで過大評価やめてください」

実際、今はちょっと恋心《こいごころ》も芽生えちゃって、自制心がいつまで持つかわかんないんだ。

げんなりしながら身体《からだ》を洗うと、雲雀《ひばり》さんと湯船に浸《つ》かる。男が二人で脚《あし》をのびのび広げても、全然、余裕《よゆう》がある。これればかりは、俺の家では体験できないことだ。今日は泊《と》まることになってよかった。

広い風呂《ふろ》を満喫《まんきつ》していると、雲雀《ひばり》さんは清々《すがすが》しい笑顔《えがお》で言った。

「でもまあ、我慢《がまん》できなくなったらいつでもやっちゃっていいんだぞ♪」

「おい兄ちゃん。何を言ってるの？」

「あれ？　悠宇《ゆう》くんは、うちの日葵《ひまり》を可愛《かわい》いと思わない？」

「だから親友だって言ってんでしょ！」

「なるほど。つまり、きみも三次元の女性とは交わらない誓《ちか》いを……」

「違《ちが》うから！　てか雲雀《ひばり》さん、そんな危ない誓《ちか》い立ててたの？」

「それは困った。そうなると、日葵《ひまり》と結ばせて僕の義弟《おとうと》にする計画が……」

「聞いて？　ねえ、聞いて！」

雲雀《ひばり》さんは、ハッとした。

俺の肩《かた》を力強く摑《つか》むと、キラリと歯を輝《かがや》かせて親指を立てる。

「大丈夫《だいじょうぶ》さ。現実で童貞《どうてい》を卒業しても、真に童貞《どうてい》を卒業したとは言えない」

「何を言ってんのか、マジで意味わかんないんですけど⁉」

「たとえ身体《からだ》は汚《よご》れても、心は清いままなんだよ‼」

「若干《じゃっかん》キレ気味に女性関係のトラウマを押しつけんの、やめてくれませんかねえ⁉」

さてはこの人、激忙《げきいそが》しい仕事の反動で、ちょっとテンション上がってんな？

俺が必死に宥《なだ》めていると、やがて「ふうっ」と満足そうに息をついた。

「さて、冗談《じょうだん》はこのくらいにして……」

本当に冗談《じょうだん》なのかなあ。

俺、かなり不安になってきたんだけど。

「そういえば、無事に日葵《ひまり》と仲直りできたようで安心したよ」

「えっ……」

ドキッとした。

どゆこと？　もしかして俺と日葵《ひまり》の喧嘩《けんか》の件、知って……。

「ハッハッハ。もちろん知ってるよ。なんといっても、僕だからね♪」

言葉の説得力がやべえ……。

てか、そうだとしたら恥《は》ずかしすぎでは？　なんで親友との初々《ういうい》しい初喧嘩《はつげんか》まで把握《はあく》されてるんだよ。……え。もしかして先月の「経験しとこ？」も？　それはさすがにないよね？

俺がガクガク震《ふる》えていると、雲雀《ひばり》さんはうなずきながら続ける。

「あそこまで大事《おおごと》になってしまったし、日葵《ひまり》がちゃんと謝れるか心配だったんだよ。日葵《ひまり》はアレで、かなり甘やかされて育っているだろう？」

「いや、それは見たままですけどね」

「ハッハッハ。悠宇《ゆう》くんの、そういう歯に衣《きぬ》着せない言葉が好きだよ♪」

ひゅー。この俺への好感度、日葵《ひまり》と交換《こうかん》してくれたら楽なのになあ！

……んん？　今、なんか微妙《びみょう》に言葉がちぐはぐだったような気がするんだけど。

「日葵《ひまり》が謝るって、なんですか？」

「ん？　昨日、日葵《ひまり》がちゃんと謝ったんだろう？　それで仲直りしたとは聞いていたが、本当にうまくやれているか心配でね。今日はいつも通りの仲睦《なかむつ》まじい様子が見られて……」

……やっぱり、微妙《びみょう》に食《く》い違《ちが》っているような気がする。

だって謝ったのは俺で、今回の喧嘩《けんか》の原因も俺だ。日葵《ひまり》が謝る必要はないだろ。

「いや、仲直りしたのはそうですけど。でも謝ったのは俺のほうで、日葵《ひまり》は別に悪いことしてないっていうか……」

「…………は？」

雲雀《ひばり》さんの声のトーンが、三つくらい落ちた。

同時に、ザバーンッと湯船に立ち上がる。

「……ひ、雲雀《ひばり》さん？」

雲雀《ひばり》さんは仁王立《におうだ》ちのまま、じっと水面を見つめていた。その表情に一切《いっさい》の感情はなく、でも漆黒《しっこく》の瞳《ひとみ》だけが爛々《らんらん》と輝《かがや》いている。

「フ、フフ……フハハハッ！」

「雲雀《ひばり》さん。ど、どうしたんです？」

「いやいや、ちょっとね。悠宇《ゆう》くんのせいじゃないよ。強《し》いて言うなら、僕の人生において二番目に屈辱的《くつじょくてき》な出来事があった……というだけさ」

「それ、けっこうな大事件じゃないですか……」

俺が心の底から震《ふる》えていると、雲雀《ひばり》さんがぐりんっとこっちを向いた。

その顔には、いつもの……いや、むしろ出会ってから最高とも言えそうな優《やさ》しい笑顔《えがお》が張り付いていた。

でも、何でだろう。この表情を見てると身体《からだ》の芯《しん》から冷えるような……なんか『三回見たら死ぬ絵画』みたいなやつを見てるような気分になる。

「悠宇《ゆう》くん。それ、詳《くわ》しく聞かせてくれないか？」

「……何なりとお聞きください」

たぶん、日葵《ひまり》が何かやらかしたんだろうなあ。それは直感的にわかったんだけど、俺にはどうすることもできなかった。

日葵《ひまり》、ごめん。

次に顔を合わせたとき、目を見て「親友だよな」とは言えないかもしれない……。

◇◇◇

びっくりしたーっ！
びっくりしたあ――――――っ！

びっくりしたあ〜〜〜〜〜〜〜〜〜〜〜っ!!


アタシは悠宇《ゆう》に「ぷっはーっ!」した後、部屋に戻《もど》ってベッドでゴロゴロしていた。

もう10分くらい経《た》ったけど、全然ドキドキするのが収まらない。なんだコレ。アタシの身体《からだ》、ちょっとおかしくなっちゃった?


さっきの悠宇《ゆう》の切り返しを思い出していた。

まさか、ほんとに反撃《はんげき》してくるとは思わなかった。今朝のアレで耐性《たいせい》できてなかったら、完全に油断してやられるところだったじゃん!

ちょうどお兄ちゃんがきたから、慌《あわ》てて入《い》れ替《か》わったけどさ!

(……お兄ちゃんいなかったら、どうなってたんだろ)

自分から言いだした以上、「やっぱ嘘《うそ》ぴょーん」はないよね? てか、それやったら負けじゃん。じゃあ、背中流してたの? いやいやいや、さすがに脱《ぬ》がなかったけどね?

でも悠宇《ゆう》と一緒《いっしょ》に……うちのお風呂《ふろ》で二人きり?


「うわあああっ!!」

枕《まくら》に顔を押しつけて、必死に叫《さけ》んだ。

今更《いまさら》ながら、自分のやってる遊びが「かなり危険なのでは？」って気がしてくる。いや、悠《ゆ》宇《う》がしたいって言って、アタシができることなら全部してあげたいって思うよ。むしろアタシ以外とするとかほんとヤダって感じ。

でも、それで関係、壊《こわ》れちゃったら？

アタシたちの親友という絆《きずな》は、もうこれ以上ないくらいに完璧《かんぺき》だった。でも、えのっちが入っただけで、あんなにぐちゃぐちゃになった。

あの子がパワーバランスおかしいって問題もあるけど、それでもアタシたちの関係が外からの攻撃に対しても鉄壁というわけではないって思い知らされたのは事実だし。

……新しいことをすると、これまでが壊《こわ》れる可能性がある。

「ほんとは、全部これまで通りにやるのが正しいんだろうけど……」

でも、でもな？

これはこれで、悪くないんだよ！

なんか悠《ゆう》宇が反撃《はんげき》してくるようになって、妙《みよう》な綱渡《つなわた》り感《かん》というか、いい感じのスリルがあってゾクゾクする。これまでの悠《ゆう》宇が一方的に照れまくってるのを鑑賞《かんしよう》するのもよかったけど、これはこれで病《や》みつきだ。抗《あらが》いがたい魅力《みりよく》がある。

どっかで『辛《から》いのが好きな人は、実は痛いのが好き』って見たことあるけど、アタシってそれなんだろうなー。今朝、「アタシって実はマゾ？」って冗談《じようだん》で思ったけど、あながち間違《まちが》いでもないかもしれない。

「ハア。でも、疲《つか》れた……」

恋《こい》って、カロリー消費高い。

それは悠宇《ゆう》との悪戯《いたずら》ごっこだけじゃない。真木島《まきしま》くんが不穏《ふおん》なのも気になるし、〝you〟の身バレだって大問題。それに、えのっちも……。

(まさか、こんなライン送られちゃうなんて……)

えのっちとのトークに、昨夜、一言だけメッセージが入っていた。……一番大事なもの以外は捨てるって、けっこう難しいんだなー。

いつもの日常生活が、すっごい体力使う。これまでそんなことなかったのに、悠宇《ゆう》に関わるアレコレが気になってしょうがない。

(これが、もしかして恋《こい》に心が震《ふる》えちゃうってやつなのかな……)

西野《にしの》カナとか興味なかったんだけどなー。いつもお兄ちゃんが歌ってるのが、急に耳から離《はな》れない。

アタシ、すっかり恋《こい》する乙女《おとめ》になっちゃった気がする。悠宇《ゆう》が泊《と》まるっていうだけで、さっきから指先の震《ふる》えが止まらないし。これまで男の子と遊んでも、こんな気持ちになることなかったのになー。

ふと、部屋のドアがノックされた。

アタシはベッドの上で飛び起きる。慌《あわ》てて髪《かみ》を整えた。

(うわ、もしかして悠宇《ゆう》!? お兄ちゃんと男子会してたんじゃないの!)

やばいやばいやばい。

何しにきたの? もしかして……え、そういうこと?

うわー、油断した。やっぱり悠宇《ゆう》も男の子だったか。いや、むしろアタシのせいで目覚めさせちゃった? 何それちょっとわくわくする。

てか、冗談《じょうだん》言ってる場合じゃなーいっ!

あーもう! こうなったら覚悟《かくご》決めるからさ! 新しいこと怖《こわ》いとか言ってる場合じゃないしね。変に拒否《きょひ》るほうが、悠宇《ゆう》との関係悪くなっちゃいそうだし!

枕《まくら》をぎゅっと抱《だ》いて、ついでに机の上のニリンソウのチョーカーも引き寄せた。やっぱり最初の思い出だし、コレは欠かせないよな!!

「ど、どうぞ……」

ちょっと声が上ずっちゃった。

大丈夫《だいじょうぶ》、大丈夫《だいじょうぶ》。悠宇《ゆう》のことだから、向こうも緊張《きんちょう》してるに違《ちが》いない。たとえ遅《おそ》すぎる初《はつ》恋中《こいちゅう》だろうと、アタシは男の子の転がし方なら百戦錬磨《ひゃくせんれんま》の『魔性《ましょう》』だっての!!

悠宇《ゆう》がドアを開けて、ちょっと緊張《きんちょう》した感じの顔を見せ……なかった。

「日葵《ひまり》ぃぃいいい。ちょっと、お兄ちゃんと話をしようぅうかあぁぁぁぁ」

「…………」

悠宇《ゆう》じゃなくて怒髪天《どはつてん》のイケメンだった。

お兄ちゃん、すっごい怒《おこ》ってる。さっきまであんなに機嫌《きげん》よかったし、きっとお風呂《ふろ》の間に何かあったんだろうなー。……一応、思い当たる節は、ある。

やっべぇーっと思いながら、自分の指先を見た。めっちゃブルブル震《ふる》えている。

コレ、恋《こい》の震《ふる》えじゃなかった。生存本能が危険を知らせてたのね。悠宇《ゆう》にばっかり気持ちが傾《かたむ》いてて、全然気づかなかった。日葵《ひまり》ちゃん、一生の不覚☆

……これだから、恋《こい》ってやつは害悪なんだよなー。

♣♣♣

翌日の金曜日は、波乱の一日だった。

その幕開けは、朝の登校から。俺は日葵《ひまり》と一緒《いっしょ》に、雲雀《ひばり》さんの車で学校まで送ってもらっていたんだけど……。

「日葵《ひまり》、どしたん……？」

なぜか後部座席で、日葵《ひまり》がぼろぼろ泣いているのだ。

朝、顔を合わせても「ゆ、ゆう、ご、ごへんな、ああう……」と、挨拶《あいさつ》なのかうめき声なのかわかんないことを口にするだけだった。

そして運転席の雲雀《ひばり》さんはビシッと決めたスーツ姿で、軽快に鼻歌を歌っている。もちろん西野《にしの》カナ。この人とカラオケ行ったら、ずっとメドレー聴《き》かされるのかなあ。

まあ、そんなことはどうでもいいんだけど。

「あの、雲雀《ひばり》さん……？」

「なんだい、悠宇《ゆう》くん。あ、今日からの勉強の方針なんだが、基本は反復練習あるのみだ。僕の選んだ問題集を解いていけば問題ない。土曜日は、僕が編集した模擬《もぎ》試験を繰《く》り返《かえ》そう。ここまでくれば、後は試験のリズムを身体《からだ》に馴染《なじ》ませるだけだからね」

「ど、どうもありがとうございます。いや、それより、日葵《ひまり》はいったい……？」

「ああ、そうだった。一つ忘れていたよ。睡眠《すいみん》不足は学習効率を阻害《そがい》する。僕が愛用しているリラクゼーションアイテムを用意しているから、好きに使ってくれ。よい勉強は、適度な緊《きん》張感《ちょうかん》と適度なリラックスの繰《く》り返《かえ》しだよ」

サングラスを取って、にこーっと笑った。

あ、コレあれだ。犬塚家《いぬづかけ》のDNAに備わった必殺技《ひっさつわざ》の一つ『笑顔《えがお》で黙《だま》らせる』だ。これやられると、何を言っても無駄《むだ》なんだよ。

……昨夜、俺が知ってる限りのことを伝えた後、雲雀《ひばり》さんは俺を放り出して日葵《ひまり》の部屋へと向かった。俺が客間でぐっすり寝《ね》ている間に、この兄妹《きょうだい》の間に何かがあったらしい。そして、それは俺が踏《ふ》み込《こ》むべきことではないというのは悟《さと》った。

いったい、何が雲雀《ひばり》さんの逆鱗《げきりん》に触《ふ》れたのか。俺が日葵《ひまり》を怒《おこ》らせて、『親友』のリングを渡《わた》して謝っただけなのに……。

「日葵《ひまり》よ。学校の間は、おまえが悠宇《ゆう》くんの勉強を見るんだよ。できるね？」

「あっ、あうっ、うあああっ……」

返事がよ。

もはや人間のコミュニケーションじゃないんだよ。でも、下手に慰《なぐさ》めるのはいけない気がする。俺の生存本能が、今だけは日葵《ひまり》の味方をしちゃいけないと告げている。

結局、よくわかんなかったけど、とにかく「やっぱり雲雀《ひばり》さんの義弟《おとうと》になるの止《や》めとこうかな……」という決意だけは確かなものになった。

雲雀《ひばり》さんが学校横の道路に車を停《と》めると、俺たちは降りた。

「雲雀《ひばり》さん。ありがとうございます」

「ああ。それじゃあ、また今日の放課後にね」

黒い外車がスマートに去っていくと、俺は日葵《ひまり》を見た。

一応、さっきよりは落ち着いた感じだ。氷を包んだタオルで目元を冷やしながら、日葵《ひまり》は洟《はな》をすすっていた。……こんな状態でも冷やすもの準備してるあたり、やっぱり叱《しか》られ慣れてんなあ。

「日葵《ひまり》、大丈夫《だいじようぶ》？」

「う、うん。お兄ちゃんの圧がなくなったし、さっきよりはマシ……」

……あったのか、圧。

俺はよくわからなかったけど、達人たちの間では崇高《すうこう》なやり取りが存在したようだ。マジでバトル漫画《まんが》みたいな家族だ……。

「てか、何があったの？　俺、悪いことした？」

「悠宇《ゆう》は悪くないから。お願い、もうそれ以上は聞かないで……」

なんか「弱ってる日葵《ひまり》も可愛《かわい》くね？」とか、そんなこと考えてる場合じゃなさそう。いつもなら適当な話で機嫌《きげん》を直すんだけど、今は俺もテストのことで余裕《よゆう》ないし……。


ぞわっと、背筋に冷たいものが走った。


それは日葵《ひまり》も同様だったらしい。急に顔色が変わると、一緒《いつしよ》に後ろを振《ふ》り返《かえ》る。

「あっ……」

「ああっと……」

そこにいたのは……じとーっとした表情の榎本《えのもと》さんだった。

ひゅっと、熱が冷める。それなのに、なぜかどっと汗《あせ》が噴《ふ》き出《だ》した。俺が……というか、俺と日葵《ひまり》は完全に固まっていた。

何なの？　現代の忍《しの》びなの？　なんか会うたびに新しい属性を追加していくの、こっちの心臓に悪すぎるんだけど。

「ゆーくん。おはよ」

「お、おはよう。榎本《えのもと》さん」

それでも挨拶《あいさつ》は欠かさない。マジで教育が行き届いてるって言いたいけど、むしろ雰囲気的《ふんいきてき》にはホラー映画で誰《だれ》か死ぬ前触《まえぶ》れって感じだ。

「え、えのっち。おはよー？」

「………………」

日葵《ひまり》がなぜかぎこちない笑顔《えがお》で挨拶《あいさつ》する。

でも、榎本《えのもと》さんは無言で顔を逸《そ》らしてしまった。日葵《ひまり》がタイミングを失い、珍《めずら》しく動揺《どうよう》しまくっている。

てか、昨日も思ったけど……もしかして、日葵《ひまり》のこと無視してる？

「ゆーくん。今、ひーちゃんの車からでてきた？」

ドキッとした。

え、見られてたの？　全然、気づかなかった。

「雲雀《ひばり》さんに送ってもらったんだよ。俺、昨日は日葵《ひまり》の家に泊《と》まって……」

「あ、悠宇《ゆう》！　馬鹿……っ！」

え？　……あ、やべ！

失言に気づいたけど、遅《おそ》かった。

榎本《えのもと》さんは目を見開いて、呆然《ぼうぜん》と繰《く》り返《かえ》す。

「ひーちゃんの家に、泊《と》まった？」

「あ、いやいや。そんな大したことじゃないっていうか……」

と、口を滑《すべ》らした瞬間《しゅんかん》――ギンッと睨《にら》み付《つ》けられる。

「……女子の家に泊《と》まったのが、大したこと、じゃ、ない、い？」

「あ、あの！　今のは言葉の綾《あや》っていうか!!　ほら、俺と日葵《ひまり》って親友ですし!?　たまにお家《うち》にお邪魔《じゃま》することもあって、その延長線上っていうか……」

いやいや。なんで俺、こんな浮気《うわき》の弁明みたいなこと言ってるんだよ。

こんな可愛《かわい》い子に嫉妬《しっと》されるのは、正直、悪い気はしない。でも、俺はそのことに喜んでいい立場ではないんだ。

……だって俺、榎本《えのもと》さんとあんなこと、あ、あったし。

「それに昨夜は、日葵《ひまり》のお兄さんとずっと勉強してたから！」

その言葉に、榎本《えのもと》さんが小首をかしげる。

「勉強……？」

「えっと、実は……」

そういえば、榎本《えのもと》さんには言ってなかったっけ。

すげえ恥《は》ずかしいけど、とりあえず昨日からの流れを簡単に説明する。榎本《えのもと》さんは相変わらず考えの読めない無表情だった。

でも最後に、とんでもないことを言いだした。

「わたしも行く」

は？

榎本《えのもと》さんは、俺たちの返事を待たずに、ぐっと両手の拳《こぶし》を握《にぎ》った。

「わたしも、お泊《と》まりする」

……その一言が、さらなる混沌《こんとん》を呼ぶことになるのだった。

Ⅱ

〝愛の告白〟for Flag 2.

♣♣♣

その日の授業は、まったく手につかなかった。

そりゃそうだ。なんで、こんなことになってんだ。まさか榎本《えのもと》さんが勉強会に参加とか。しかも、あの口調……なんか一緒《いっしょ》に泊《と》まる気満々だし。

とか悩《なや》んでると、スマホにメッセージが入った。榎本《えのもと》さんからのラインだ。

『ゆーくん。何を持っていけばいい？』

……いや、授業中にする話？

既読《きどく》つけちゃったので、とりあえず返信するけど。

『本気で泊《と》まるつもり？』

赤髪《あかがみ》のイケメンキャラのアニメスタンプで『Yes!!』と返信があった。……榎本《えのもと》さん、スタンプのチョイスだけはやけにテンション高いんだよなあ。

『いきなり決めるのよくないと思うんだけど。お母さんの許可とかいるんじゃない？』

『大丈夫《だいじょうぶ》。もう許可取った』

『いや、俺もいるって知らないわけだし……』

『悠宇《ゆう》くんもいるって言った』

その後『何も問題ない！』と青髪《あおがみ》のイケメンキャラが叫《さけ》んでるアニメスタンプが押される。

いや、問題大ありだよ。先日のＧＷのインスタ撮影会《さつえいかい》で、俺も面識あるけど。いくら日葵《ひまり》の家とはいえ、そんなに簡単に許可するもん？　……あと榎本《えのもと》さん、『何も問題ない！』のスタンプ連打すんのやめて。もしかして、今、そのキャラたちのアニメにハマってる感じ？

『マジで何も言われなかったの？』

『ゆーくんは悪い人じゃないからいいよって言われた』

よくないよ。

具体的に言うと、その教育方針がよくないよ。ほわほわした感じのお母さんだったけど、そういう部分はキチッとしてほしい。

俺が頭痛を堪《こら》えていると、日葵《ひまり》のトークにメッセージが入った。

『せんせー。授業中にえのっちとイチャイチャしてる赤点野郎《あかてんやろう》がいまーす』

びくっとした。

隣《となり》の席を見ると、日葵《ひまり》がにまーっとした笑顔《えがお》を向けていた。すぐに返信する。

『榎本《えのもと》さんとは言ってねえだろ』

『いやいや。アタシも今、えのっちから持っていくものとか聞かれてるし』

どんだけ？　ねえ、どんだけ楽しみなの？

さては榎本《えのもと》さん、今、授業ちゃんと受ける気ないな？　こっちは鬼怖《おにこわ》い進路指導の先生の授業なんですけどね？

『てか、緊急事態《きんきゅうじたい》発生』

『何よ？』

『今日の勉強会の場所が消滅《しょうめつ》した』

『どゆこと？』

つい日葵《ひまり》を見ると、「てへっ☆」って感じで舌を出す。

『えのっちがくるって送ったら、お兄ちゃんが「榎本《えのもと》のDNAは我が家には一歩たりとも入れない！」ってダダこねだした』

『そんなに？　ねえ、そんなに榎本《えのもと》さんのお姉さん嫌《きら》いなの？』

赤髪《あかがみ》のイケメンキャラの『Yes!!』のアニメスタンプが返ってきた。ははーん。さてはおまえら、今、同じアニメにハマってんな？

『でも、どうしよっかー。勉強自体はお兄ちゃんの問題集持ってくればいいけど、場所がなきやきついよなー』

『マックとかじゃダメなん？』

『一応、10号線沿いのは24時間やってるけど。でも、補導されたら本末転倒《ほんまつてんとう》じゃん？』

俺は『NG』スタンプを送信した。

どうしたもんか。反復練習なんだから一人でやれるって気もするけど、さすがに昨日の学習量を完璧《かんぺき》に覚えている自信はない。てか、雲雀《ひばり》さん大人げなさすぎでは？

……ん？

なぜか日葵《ひまり》が、じと～っとした視線を向けていた。

ぶふっと噴《ふ》いた。

『悠宇《ゆう》ってさー。えのっちのことになると必死じゃん？』

『おまえ、何を言ってんの？』

『でも悠宇《ゆう》がいいって言っちゃうから、こんなことになってるわけでしょ？』

『そうかもしれないけどさ。せっかく協力してくれるって言うのを断るのも悪いだろ』

『へぇ～。ほぉ～？』

な、なんだよ。

日葵《ひまり》が疑わしげに、タタタッと打ち込んだ。

『もしかして、えのっちと昨日みたいなこと期待してるのかな～？』

昨日のお風呂《ふろ》での一件が脳裏《のうり》をよぎった。

つい反射的に、日葵《ひまり》に叫《さけ》んだ。

「そんなわけねえだろ!!」

……あれ?

日葵《ひまり》が笑いを堪《こら》えながら、口元を必死に押さえていた。もう一押《ひとお》しで「ぷっはーっ」って感じ。

そして俺は、周りを見回した。生徒たちの視線が、じーっと突《つ》き刺《さ》さっている。

「なあ～つぅ～めぇ～～?」

地獄《じごく》からの呼び声みたいな声に、ギギギッと振《ふ》り返《かえ》る。

最強に怖《こわ》いと有名な進路指導の先生が、こめかみに青筋を立てて仁王立《におうだ》ちしていた。

「てめえ。自分が追試の身だってわかってて、おれの授業中にスマホいじってんのかあああああ?」

ひぃぃいいいっ……。

そうでした! 俺は今、この学校で最も落第に近い男でした!

「で、でも、これは、日葵《ひまり》がちょっかい出して……」

「ほーう。じゃあ、犬塚《いぬづか》はちゃんと黒板写してんのに、おまえだけノート真っ白なのはどういう了見《りょうけん》なのか聞かせてもらおうか?」

「えっ」

日葵《ひまり》の机の上。

凄《すさ》まじく綺麗《きれい》に板書が写されている。その上、ちょっと疑問に思ったことも脇《わき》にささっとメモられている優等生ぶりだ。

（……畜生《ちくしょう》！　日葵《ひまり》マジック!!）

俺の肩《かた》が、むんずと摑《つか》まれた。学生時代は柔道黒帯《じゅうどうくろおび》。かつて北海道旅行で遭遇《そうぐう》した熊を投げたと言われる腕力《わんりょく》が、俺の骨を軋《きし》ませる。

「夏目《なつめ》。日曜の追試、1点でも温情があると思ったら大間違《おおまちが》いだぞ？」

「が、頑張《がんば》ります……」

♣♣♣

そして授業が終わった。今の授業が四限目だったから、ようやく昼休みだ。

俺は鞄《かばん》からコンビニパンの袋《ふくろ》を取り出し、席を立った。それを日葵《ひまり》が、まったく罪悪感ナシの爽《さわ》やかな笑顔《えがお》でついてこようとする。

「ゆっう〜。どこ行くの〜？」

「うるさいよ。ペンギンみたいについてくんな」

日葵《ひまり》がいったん立ち止まる。

それから両腕《りょううで》をぴよーんと伸《の》ばして、スリッパをつま先に引っかけ状態にする。ぺったんぺったんと足音を鳴らしながら、「ガァガァガァ」ってペンギンの鳴《な》き真似《まね》を……てか、その妙《みょう》にクオリティ高いの逆に腹立つんだけど！

「今日は別のところで食ってくるんだよ。日葵《ひまり》は教室で食っとけって」

「えー、アタシも行くし」

「……真木島《まきしま》のところだぞ」

途端《とたん》、日葵《ひまり》が「うえっ」と舌を出した。無言でひらひら手を振《ふ》りながら、クラスの女子グループに「一緒《いっしょ》しよー？」って混ざっていった。

……相変わらず、真木島《まきしま》のこと嫌《きら》いだなあ。まあ、あの二人の過去の一悶着《ひともんちゃく》を考えると、わからんでもないけど。

俺は教室を出ると、三つ隣《となり》のクラスに顔を出した。

（えーっと。真木島《まきしま》は……いた）

茶髪《ちゃぱつ》のチャライケメンが、クラスの男子と談笑《だんしょう》している。こいつのすごいところは、アホほど女性トラブルが多いくせに、男子から僻《ひが》まれたり嫌《きら》われたりしないところだ。

ところで、この状況《じょうきょう》をどうしよう。真木島《まきしま》の机は、最悪なことに窓際《まどぎわ》の一番後ろ。廊下《ろうか》から声を掛《か》けるには、最悪なポジショニングといっていい。

常套手段《じょうとうしゅだん》は、クラスの誰《だれ》かに呼んでもらうことだ。せめて女子に話しかけないように……。

「あっ！　夏目《なつめ》くんだ！」

えっ？

振《ふ》り返《かえ》ると、ちょうど購買《こうばい》から戻《もど》ってきた感じの女子二人がいた。ボリューム感のある大人ポニテと、金髪《きんぱつ》ミドルのコンビ。どちらも明るめで、イマドキっぽい子たち。

俺の名前を知ってるみたいだ。なんとなく、見たことあるような……。

「ねえねえねえねえ！　昨日、日葵《ひまり》さんにも聞いたんだけどさ！」

「え？　な、何？　てか、え、ええっと……」

「あーっ！　もしかして、わたしらのこと覚えてない⁉　去年、同じクラスだったじゃん！」

「あ、いや、その……」

やべえっ。そういえば、そんな気がする。

マズい。さすがに失礼すぎだ。でも、話したことなかったよな？　めっちゃ、ぐいぐいくるんだけど……。

とか焦《あせ》りすぎて言葉を失っていると、その二人がアハハと笑った。

「夏目《なつめ》くん、マジで目ぇ合わないよねーっ！　ちょっと可愛《かわい》いかも！」

「ねぇー。なんか小動物みたぁーい」

「背はすっごい高いのにねぇー」

「ギャップ萌《も》えやばいよね」

……は？

この人たち、何を言ってんの？

あ、もしかして馬鹿にされてる感じ？　いや、でもそんな感じでは……ない？　なんというか、特有の『見下してる感』がない。すごく素直《すなお》に言ってるのがわかる。

「ねえねえねえねえ！　ところでさ！」

「あ、う、うん。何……？」

「あのさ、あのさ。このインスタのことなんだけど……」

スマホを差し出された。

それにはGWに撮影会《さつえいかい》をした、榎本《えのもと》さんの新作アクセのインスタが映っていた。ついでにケーキを一心不乱に貪《むさぼ》る俺の姿も並んでいる。

（あっ。そういえば〝you〟が同級生に身バレしたって、日葵《ひまり》が言ってたような……）

それが、この二人か。

そういえば、あのこと、ちゃんと日葵《ひまり》と話してなかった。追試のほうが大事だし、ぶっちゃけ俺なんかに話しかけてくるとは思えなかったし。

「この〝you〟って、夏目《なつめ》くんのことなんだよね⁉」

「日葵《ひまり》さんから、微妙《びみょう》に躱《かわ》されちゃってさ！」

すごくあっけらかんとしているけど、その瞳《ひとみ》に肉食獣《にくしょくじゅう》の輝《かがや》きが見えた。「ぜってえ吐《は》かせる」って気合いを感じる。俺みたいなコミュ障くんが、太刀《たち》打ちできるわけない。

俺は必死に考えて、打開策を講じた。

「あ、いや、その。も、もし、俺だとして、なんだけど……」

すると二人が、「ぷっ」と噴《ふ》き出《だ》した。

「もし、だって？」

「もう確定じゃーん？」

……まあ、そうなりますよねえ。

まず「友だちの話なんだけど……」で始める話題は『俺の話なんだけど空気読んでね』って意味なんだろ？　ぼっちの俺だって知っているよ。

「それで俺だとして、何か用事……？」

もう諦《あきら》めた。完全に白旗って感じ。煮《に》るなり焼くなり好きにして。

すると二人が、めっちゃ意気込《いきご》んで言った。

「わたしらにもアクセ作ってよ！」

……あ、そういうことか。

「ま、まあ、時間があるときなら。今、ちょっと中間の追試で忙《いそが》しいし……」

「追試なの⁉」

「夏目《なつめ》くん、頭よさそうなのにねえ！」

すげえ楽しそうに爆笑《ばくしょう》している。

別に笑わせようとしてるわけじゃないんだけど……。

（あれ？　そういえば、俺って何しにきたんだっけ？）

なんか大事なことを忘れているような……って、わあ！　いきなり腕《うで》を引っ張って教室に連れ込もうとすんな！

「ねえねえねえねえ。夏目《なつめ》くん、こっちで一緒《いっしょ》にお昼しようよ」

「あのさ、あのさ。あのアクセって、どうやって作るの？」

「あ、そういえばさ！　わたし友だち連れてくるよ。夏目《なつめ》くんのアクセほしいって言ってた子がいるんだよね」

「いいんじゃーん。わたしも友だち、紹介《しょうかい》するよー」

「いや、ちょ、ちょっと待って……っ！」

ぎゃあ！　この二人、フランクすぎない？　それとも普通の女子高校生ってこんなもんなの？　日葵《ひまり》はもっと……あ、いや、あいつもこんなもんだったわ。

「ナツよ。おまえ、人のクラスの前で何をしておるのだ？」

「あ、真木島《まきしま》！」

いつの間にか、真木島《まきしま》がいた。……そういえば、こいつに会いにきたんだった。

真木島《まきしま》は俺の肩《かた》を叩《たた》くと、二人に向かって雑な感じに手を振《ふ》った。

「シッシッ。こいつは、オレの客だ。あっちに行け」

「うわ、感じ悪っ！」

「女たらし菌《きん》がうつる！」

二人は、きゃーっと逃《に》げていった。……なんか嵐《あらし》みたいな二人だったなあ。

俺がぐったりしていると、真木島《まきしま》が廊下《ろうか》の向こう側を指さした。

「話があるなら、ついでに購買《こうばい》に行くぞ。廊下《ろうか》で話すと、聞き耳を立てられて面倒《めんどう》だ」

「ご、ごめん。ありがとな……」

廊下《ろうか》を歩きながら、真木島《まきしま》が愉快《ゆかい》そうに笑った。

「ナハハ。ナツもずいぶんと有名人になったものだ」

「日葵《ひまり》が、おまえが元凶《げんきょう》だって言ってたんだけど」

「その通りだが？」

「せめて、もうちょっと悪びれろよ」

いやもう諦《あきら》めてるけどさ。

俺は別に身バレしたところで問題ないし。

「それより、おまえから榎本《えのもと》さんを説得してくれないか？」

「説得？　どういうことだ？」

「ええっと、実は中間の追試に向けて勉強会してるんだけど、榎本《えのもと》さんも泊《と》まりにくるって言いだして……」

今朝からのことを、かいつまんで説明する。

すると意外にも、真木島《まきしま》は爆笑《ばくしょう》した。

「ナハハハ！　リンちゃんも、なかなか大胆《だいたん》な一手を打つではないか。これは幼馴染《おさななじ》み兼《けん》、恋愛《れんあい》指南役としては鼻が高いぞ」

「つまり、おまえの指示じゃないってこと？」

「初耳だな。オレは『ナツは流され体質だからぐいぐいやれ』とはアドバイスしたが、そこまで詳《くわ》しい話は聞いておらん」

流され体質とか余計なお世話だよ。

「……なんだ。真木島《まきしま》の指示なら、やめてもらおうと思ったのに」

「なるほど。ナツは勘違《かんちが》いをしておるようだな。オレたちは幼馴染《おさななじ》みだが、おまえと日葵《ひまり》ちゃんのように四六時中ベタベタしてるわけではない。むしろ、必要がない場合は話しかけるなとさえ言われている」

「……ええ。おまえ、実は嫌《きら》われてる？」

「そりゃ仲はいいが、オレとリンちゃんは兄妹《きょうだい》のようなものだと言っているだろう？　たとえば同じ高校に姉が在籍《ざいせき》していたとして、おまえは休み時間のたびに話しかけに行くのか？」

「……確かに、行かねえなあ」

むしろ周囲に姉弟仲《していなか》がいいと思われるのが嫌《いや》な気がする。

言われてみれば、最初に俺にアクセ修理を頼《たの》みにきたとき以来、真木島《まきしま》と榎本《えのもと》さんが学校で一緒《いっしょ》にいるところ見たことないわ。一年のときも俺は真木島《まきしま》と仲よくしてたはずなのに、榎本《えのもと》さんのこと全然知らなかったし……。

「それで、ナツよ。オレに何を説得しろと？」

「いや、付き合ってるわけでもない男と一緒《いっしょ》に泊《と》まりとか、やっぱりマズいだろ」

真木島《まきしま》は合点《がてん》がいったという感じで嘲笑《ちょうしょう》し……そしてきっぱりと即答《そくとう》した。

「嫌《いや》だ」

「なっ⁉」

真木島《まきしま》はマジで愉快《ゆかい》そうに、俺の胸のあたりをツンツンしてくる。

「ナハハ。よいではないか。意中の女子と、自分を慕《した》う女子。二人に挟《はさ》まれてのドキドキお泊《と》まり会だ。最大で五股《ごまた》までやらかしたオレでさえ、そんな激ヤバなシチュエーションは経験したことがない。しかも日葵《ひまり》ちゃんとリンちゃんは、共にこの学校でも一番と言われるほどの美少女……ナツよ。おまえ、さてはラブコメ主人公であったな？」

「アホなこと言ってねえで、榎本《えのもと》さんのことを真面目に考えてやってくれよ」

「知るか。幼馴染《おさななじ》みが好きな男と泊《と》まるというのに口を出すほど、オレは野暮《やぼ》ではない。もう高校生なんだから、好きにしたらよいではないか」

ううっ！

こいつ、さすがに恋愛経験《れんあいけいけん》豊富なだけあって、かなりドライな意見だ。なんか正論すぎて、俺が一人でダダこねてる感じになってる。

真木島《まきしま》はニヒルな笑《え》みを浮《う》かべた。

「そもそもオレは、おまえのせいで過酷《かこく》なダイエット中なのだ。そんなくだらないことに付き合うほど暇《ひま》ではない」

「ダイエット？　しかも、俺のせいで？」

マジで何のこと？

俺が首をかしげていると、真木島《まきしま》が左腕《ひだりうで》を伸《の》ばした。

鋭《するど》い動作で、俺の背後の壁《かべ》をバンッと叩《たた》く。まさかの男からの壁《かべ》ドンに、俺は完全にビビって動けなくなった。

……真木島《まきしま》の目が、胡乱《うろん》な感じになっている。

何かドス黒い感情を湛《たた》えながら、低い声で言った。

「一昨日、リンちゃんの前で、日葵《ひまり》ちゃんと盛大《せいだい》にイチャついてくれたな？　あの夜、オレは慰《なぐさ》めパーティで山のようなケーキや焼《や》き菓子《がし》を食わされた。おかげで体重が３kgも増えたのだぞ？　夏の予選に支障が出たら、おまえこそどう責任を取るつもりなのだ？」

「それはごめんなさい……」

そういえば、そんなこと言ってたわ。

真木島《まきしま》って女性関係だらしないけど、何気に部活は真剣《しんけん》にやってんだよな。

「まったく、リンちゃんは脂肪《しぼう》が胸にいくからなあ!!　痩《や》せづらい体質のやつのことを考えてくれないのだよ！」

「ここ廊下《ろうか》！　大声で言うのやめろ⁉」

真木島《まきしま》を落ち着かせる。

これは協力を仰《あお》ぐのは無理そうだ。むしろ楽しんでやがる。

「というわけで、盛大《せいだい》に拗《こじ》らせてきたまえ。骨は拾ってやろう」

「おまえが修羅《しゅら》場《ば》っても助けねえからな」

「ナハハ。悪いが、ナツに頼《たよ》るほどオレは馬鹿ではないのでな」

……結局、榎本《えのもと》さんの勉強会への参加は決定となった。

♣♣♣

学校が終わり、その放課後……。

俺は大急ぎで家に帰ると、とにかく部屋を片付けた。普段《ふだん》からそれほど部屋を汚《よご》すタイプではない……と思うんだけど、それはそれだ。

……結局、会場は俺の家になった。さすがにお泊《と》まりは思い直してもらったけど、学校の女子を上げるのに何もナシってのはさすがに無理だ。

俺がバタバタしてると、部屋がノックなしで開け放たれた。

「悠宇《ゆう》、うるさいわよ！　わたしは寝起《ねお》きなんだから、静かにしてなさい‼」

咲姉《さくねえ》さんだ。

リビングにいないと思ったら、まだ寝《ね》てたらしい。両目が漫画《まんが》みたいにつり上がっている。睡眠《すいみん》を邪魔《じゃま》されて、大層お怒《いか》りだった。

「ご、ごめん。ちょっと今日、学校の女子がくることになって……」

「む？」

咲姉《さくねえ》さんの怒《いか》りオーラが消えた。

何か勘違《かんちが》いしたのか、途端《とたん》に冷静な口調に戻《もど》る。

「もしかして日葵《ひまり》ちゃん？　あっちのお宅で勉強会じゃなかったの？」

「ま、まあね。ちょっと勉強会が、場所替《ばしょが》えになってさ……」

ここで咲姉《さくねえ》さんの質問攻《しつもんぜ》めにあっては敵《かな》わない。適当に話を合わせて、俺は部屋の片付けを続行する。

「それなら、そうと言いなさい。ちょっとお茶菓子《ちゃがし》、向こうから持ってくるから」

「いや、そういうのいらないから。それより咲姉《さくねえ》さん、早く準備しないとシフト交代間に合わないんじゃない？」

「チッ。日葵《ひまり》ちゃんがくると知ってれば、バイトの子を脅《おど》して交代させたのに……」

うちの咲姉《さくねえ》さんが鬼《おに》すぎんだけど。

半分は俺の責任でもあるんだけど、うちのコンビニの将来、この人に任せて大丈夫《だいじょうぶ》なんだろうか。そのうち労働局に訴《うった》えられたりしない？

咲姉《さくねえ》さんはぶちぶち文句を言いながら支度《したく》を済ませ、コンビニに行ってしまった。

（ふう。危ない、危ない。さすがに咲姉《さくねえ》さんに、榎本《えのもと》さんを見られるわけにはいかない……）

掃除《そうじ》を続行。

そして20分くらい経《た》った頃《ころ》、家のチャイムが鳴った。

ギリギリ掃除《そうじ》も間に合った。俺はバタバタと玄関《げんかん》のドアを開けた。

予定通り、榎本《えのもと》さんが立っていた。

「ゆーくん。こんにちは」

「いらっしゃい。榎本《えのもと》さん……」

榎本《えのもと》さんがぺこりと頭を下げた。相変わらず、礼儀《れいぎ》正《ただ》しい。

一度、お家《うち》に帰ったので私服だった。今日は裾《すそ》を大きなリボンでキュッと巻くタイプのブラウスに、ふわっとしたロングのフレアスカートを合わせている。ブラウスの白と、スカートの黒の対比が鮮《あざ》やかだ。

てか、くっそ可愛《かわい》いんですけど。

具体的に言うと、なんかいかにも「カレシのご家族に会っても全然オッケー」みたいな気合いの入ったコーデがすごい圧をかけてくる。さりげなく髪《かみ》も巻いてるし。

……対してこっちは普《ふ》通《つう》に部屋着だ。「おまえパーカーしか持ってないの？」って思われたらどうしよう。

「とりあえず、入って……あっ」

俺は榎本《えのもと》さんの耳元に気づいた。

(俺が作ったチューリップのヘアピンしてるし……)

もちろんいいんだけど。榎本《えのもと》さんにあげたやつだし、好きに使ってくれたほうが嬉《うれ》しい。でも正直、こう、初めて部屋に上げるときにつけられると、最高にむずがゆくて死ねる。

「道、大丈夫《だいじょうぶ》だった？」

「お母さんに送ってもらったから大丈夫《だいじょうぶ》。コンビニもすぐにわかったし……」

榎本《えのもと》さんは廊下《ろうか》を歩きながら、無人のリビングを覗《のぞ》いていた。

「ゆーくん。ご家族の方は……？」

「誰《だれ》もいないから、気楽にしていいよ」

「そうなの？」

「いないというか、みんな向こうのコンビニにいるんだよ。咲姉《さくねえ》さんは夜勤で朝まで帰らないし、父さんは基本的に向こうで寝泊《ねと》まりしてる。母さんは一週間の半分は出張してる。俺も昼飯取りに行ったりバイトするとき以外は、週1くらいしか顔合わせないかな」

榎本《えのもと》さんが、ふと階段の前で立ち止まった。

俺が振《ふ》り返《かえ》ると、なぜか頬《ほお》を赤らめて恥《は》ずかしそうに口元を隠《かく》している。

「じゃ、じゃあ、ひーちゃんがくるまで……二人だけ？」

「うっ……」

左手首の月下美人のブレスレットが、ここぞとばかりに存在を主張してくるような。なんとなーく、にやにや見られてる感じというか。……こいつ、まさか榎本《えのもと》さんに大事にされすぎて自我《じが》を持っちゃったとかじゃないよな？

「あの、俺、勉強、真面目にやんなきゃ、退学になっちゃうし。それにアクセ制作も早く取りかからないと……」

「う、うん。わかってる。そのためにきたんだし……」

そして、妙《みょう》に照れくさい沈黙《ちんもく》。

気まずすぎだろ。日葵《ひまり》さん、マジで早く問題集持ってきて……。

「こ、ここ、俺の部屋……です」

榎本《えのもと》さんを迎《むか》えた。

めっちゃドキドキする。日葵《ひまり》も何度か遊びにきたけど、ここまで緊張《きんちょう》しなかった。……あの頃《ころ》は完全に友だち目線だったから。

榎本《えのもと》さんが、部屋に足を踏《ふ》み入《い》れた。そして部屋を見回すと……。

「…………」

え。なんでそんな微妙《びみょう》に残念そうな顔なの？

そんなにセンスない？　いや、元々、趣味《しゅみ》とかあるわけじゃないし。余計なものを買ったりするタイプでもないから。

「……榎本《えのもと》さん。何か期待してた？」

「あ、ううん。花がないから」

ああ、なるほど。そういうことね。

俺の部屋は、勉強机とベッド、そして中央のガラステーブル、衣服をしまうシンプルなチェスト、あとは教科書とか漫画《まんが》とかの小さな本棚《ほんだな》くらいか。

「うちの猫《ねこ》が荒《あ》らすから、花はこっちにあるんだ」

俺は鍵付《かぎつき》のクローゼットを開けた。

その中を覗《のぞ》いて、榎本《えのもと》さんがぎょっと目を丸くする。

色とりどりの花を植えたLEDプランターが、所狭《ところせま》しと置かれていた。ホームセンターで買ってきた板とかを使って、クローゼットの中に何段も仕切りを作る。そして花に合わせて、大きなライトとかも追加で設置。ＬＥＤだから熱量はそれほどでもないけど、念のため、内側にはお高い防火剤《ぼうかざい》を塗《ぬ》っていたりもする。

植えている花は、色々だ。こっちは学校のやつとは違《ちが》って、趣味《しゅみ》の割合が大きい。向こうは季節ごとに採取するのが前提だけど、こっちでは宿根草……つまり冬に枯《か》れずに残り、次の年にまた花を咲《さ》かせるものを多く置いている。

今、咲《さ》いているのは、花びらのグラデーションが鮮《あざ》やかなランタナ。あとハーブとしても有名なチェリーセージだった。

榎本《えのもと》さんの普段《ふだん》のクールな表情が崩《くず》れ、目がキラキラしている。

「ゆーくん。妖精《ようせい》の国みたいだね！」

「ど、どうも、ありがとう」

すげえ可愛《かわい》い感想をもらって、俺のほうがちょっと恥《は》ずかしくなってしまった。

榎本《えのもと》さんのお家《うち》の洋菓子店《ようがしてん》も、かなりお洒落《しゃれ》だったからなあ。コビトの人形とか、季節感のある木々のミニチュアとか。そのファンシーな光景の中に焼《や》き菓子《がし》のセットとか置かれていて、俺もついお土産《みやげ》にいくつか買ってしまった。

「この前まで、クリスマスローズが咲《さ》いてたんだけどね。冬に彩《いろど》りをくれる花だから、俺も気に入ってるんだ。来年はもっと株が太くなるから、さらにいい感じになるかも。よかったら見にくる？」

「わかった。絶対にくるね！」

あ、またやっちゃった……。

だって、榎本《えのもと》さんのリアクション可愛《かわい》すぎるんだもん。今も嬉《うれ》しそうに「えへ」って笑って

る表情だけで、正直、もうこの世に未練はなくなるレベル。

（冷静になれ。今日は勉強が第一だ……）

勉強机じゃなくて、中央のガラステーブルに教科書とか参考書を広げた。ついでにクローゼットから、チェリーセージの鉢《はち》を持ち出してテーブルの端《はし》っこに添《そ》える。

「どうして花を持ってきたの？」

「チェリーセージはハーブとしても有名なんだ。葉っぱが健康によくて、イギリスでは『長生きしたければ五月にセージを食べろ』って意味の格言があるほどでさ。花の香りにリラックス効果があるから、勉強とかネットゲームとかするときは、こうやって近くに置くんだよ」

「すごい。趣味《しゅみ》と実益を兼《か》ねてる……」

「そんな大げさなものじゃないけど……」

ただ、こいつは成長するとすごくでかくなるんだ。高さは1mを超《こ》すだろうし、これ以上、室内で育てるのは難しそう。他のやつも育てたいし、どこか引取先を考えなきゃ。

「じゃあ、日葵《ひまり》が問題集を持ってきてくれるまで昨日の復習やってるからさ。榎本《えのもと》さん、わからないところあったら教えてもらっていい？」

俺の右隣《みぎどなり》に座布団《ざぶとん》を敷《し》くと、榎本《えのもと》さんがぐっと両手を握《にぎ》って意気込《いきご》む。

「大丈夫《だいじょうぶ》。なんでも聞いて」

「なんでも？」

「うん。だいたい答えられると思う」

榎本《えのもと》さんは鞄《かばん》を開け、可愛《かわい》らしいピンクのクリアファイルを取り出す。収まっていたのは、この前の中間試験の答案だった。

それを渡《わた》されて、俺は目を通し……ええっ⁉

俺が驚《おどろ》くと、榎本《えのもと》さんはいつものクールな表情でVサインを作った。

「わたし、学年二位」

「マジで⁉」

広げた答案用紙。唯一《ゆいいつ》、古文の引っかけ問題で間違《まちが》っているだけだ。つまり5教科中、4教科が満点ってことになる。ただの超優等生《ちょうゆうとうせい》じゃねえか。

「なんか、めっちゃ意外なんだけど……」

すると榎本《えのもと》さんが、じとーっとした視線を向けてくる。

「ゆーくん。わたしのこと頭悪そうって思ってた？」

「悪いっていうか、そこまでいいとは思ってなかったというか……」

俺が言うのもなんだけど、榎本《えのもと》さんって勉強できるイメージなかったんだよ。いつも日葵《ひまり》に振《ふ》り回《まわ》されてるし、だいたいアイアンクローで解決するし。

「てか、これで二位ってことは、一位は全教科満点ってことだろ？　どんなやつ？」

「………」

榎本《えのもと》さんが、嫌《いや》そうに答えた。

「一位はしーくん」

「あ、そういうこと……」

なんか真木島《まきしま》の高笑いが聞こえるような気がした。

さすが現代の大剣豪《だいけんごう》は頭の回転がズバ抜《ぬ》けている。その頭脳を、女性から刺《さ》されないように警戒《けいかい》する以外に使えないものか。

榎本《えのもと》さんは、何か強い決意と共に拳《こぶし》を握《にぎ》った。

「期末は勝つ」

「へ、へえ。なんか意外な一面……」

……つまり勉強できないの俺だけってことか。マジで調子に乗ってごめんなさい。人のことより、自分の心配をします。

参考書を広げて、シャーペンを手にする。

とりあえず数学のテスト範囲《はんい》から。

理系はひたすら反復だって雲雀《ひばり》さんが言っていた。

高校の試験レベルでは、設問パターンの種類は多くない。反復練習で、できる限りの出題パターンを掴《つか》み、試験中は設問を読んで傾向《けいこう》を理解するまでの時間を短縮する。その短縮した時間を、計算や筆記の時間にあてる。それが試験クリアへの第一歩……らしい。

……んん？

「この計算式がわからん……」

「これは二つにするやつ」

「二つ？　ああ、そういえば雲雀《ひばり》さんが言ってた……」

やっぱり一晩で完璧《かんぺき》とはほど遠い。

ときどき記憶《きおく》がすぽーんと抜《ぬ》けていて、それを思い出すのに苦労する。やっぱり付《つ》け焼《や》き刃《ば》ってのは変わらない。こういうとき、榎本《えのもと》さんがいてくれて助かる。

「ありがとね」

「ううん。わたしも見直しできるし」

相変わらず優《やさ》しい。

報《むく》いるためにも、絶対に追試をクリアしなきゃ。

俺が一人で解けている間は、榎本《えのもと》さんはクローゼットの花を観賞したり、棚《たな》の漫画《まんが》を読んだりしていた。

穏《おだ》やかな時間だ。一人で緊張《きんちょう》していたのが馬鹿みたいにも思える。

……ただ問題があるとすると、榎本《えのもと》さんの行動がナチュラルにエロいところなんだよ。

一度、気を許してから、かなり距離感《きょりかん》が近くなってしまった。しかも薄着《うすぎ》だから、いろいろ無防備で困る。身じろぎするたびに、スカートがめくれて太ももが露出《ろしゅつ》したり、こっちに身体《からだ》を乗り出した拍子《ひょうし》にちらっと下着が見えたりして……って、ちょ、ちょ、ちょ!?

「え、榎本《えのもと》さん！　なんか喉《のど》、渇《かわ》かない？」

「え？　あ、そうかも……」

よし。

俺は慌《あわ》てて部屋を出た。危ない、危ない。ちょっと今のはやばかった。口に出すのも躊躇《ためら》われる。あんなものを見た日には、勉強どころじゃなくなってしまう。

……日葵《ひまり》とは別の意味で心臓に悪い。

日葵《ひまり》はまだ、こっちをからかってやろうって意思が見えるからツッコめる。けど、榎本《えのもと》さんは天然でやってるから言いづらいんだ。

リビングで紅茶を入れる。

実は俺の手作りの自信作なので、気に入ってくれると嬉《うれ》しい。

その紅茶に、咲姉《さくねえ》さんのクッキーも添《そ》えた。後で「日葵《ひまり》にあげた」とか言えば、怒《おこ》られることもないだろう。

階段を上って、部屋のドアを開けた。

……榎本《えのもと》さんが俺のベッドに寝転《ねころ》がって「えへへへへ」と枕《まくら》を抱《だ》きしめていた。

「榎本《えのもと》さん。何してるの？」

「……っ⁉」

榎本《えのもと》さんが、慌《あわ》てて枕《まくら》を放り投げて起き上がった。ささっと髪《かみ》を整えながら、ふるふると首を振《ふ》る。

あ、何もやってないって？　そういう感じ？

……オッケー、オッケー。とりあえず、見て見ぬふりが紳士《しんし》ってことでね。俺も勉強に集中しないといけないし。

榎本《えのもと》さんに紅茶を出して、俺は問題集に向かった。ええっと、次はこの問題か。こういうパターンは……って、こら！　俺の枕《まくら》をさりげなく引き寄せないの！

「榎本《えのもと》さん！」

「っ⁉」

びくっとすると、ささっと枕《まくら》を戻《もど》して明後日《あさって》の方向を見てしまった。まるで見られてないとでも言いたげに誤魔化《ごまか》しの口笛を吹《ふ》こうとして、ぴゅ、ぴゅふぅ〜……って水道管が故障したような音が唇《くちびる》から漏《も》れている。

「榎本《えのもと》さん。さっきから何してるの？」

「……チェリーセージの香りがよかったの」

「うん。それで？」

「そしたら、なんとなく、ゆーくんのベッドからも同じ香りがして……」

どんだけ鼻がいいんですかね。あ、でもお菓子作《かしづく》りには大事な要素なのか？　よくわかんないけど、その香りの正体は察しがついた。

「……たぶん、コレだと思う」

「紅茶？」

俺の持ってきた紅茶だった。

「これ、チェリーセージの茶葉なんだ」

「ええっ⁉」

チェリーセージは、ハーブティーとしても活用される。美味《おい》しくするのには色々コツがいるけど、これはなんとかさまになった。

「この前、ベッドの上で飲んでて、ちょっとこぼしちゃったんだよ。やっぱ、洗ったほうがよかったな……」

ベッドに座ったままの榎本《えのもと》さんに、カップを渡《わた》した。

「わ、美味《おい》しい……」

「ありがと」

「うちのお店でも使いたい」

「いや、さすがにそんな量はできないよ」

俺たちは和《なご》やかに笑い合った。

「榎本《えのもと》さん。いい加減、俺の枕《まくら》、離《はな》してくれない？」

「…………」

さっきから、俺の枕《まくら》を膝《ひざ》に抱《だ》っこしているのだ。

手を伸《の》ばすと、ひょいっと避《さ》けられる。それをひょいっひょいっひょいっと繰《く》り返《かえ》し……あもう！　なんか昨日も、日葵《ひまり》と同じことしたような気がする！

「あのさ。手持《ても》ち無沙汰《ぶさた》なのはわかるんだけど、そういうの、ちょっと恥《は》ずかしいし……」

「……むぅ」

榎本《えのもと》さんは恥《は》ずかしそうに頬《ほお》を染めると、開き直る行動に出た。

俺の枕《まくら》を両腕《りょううで》で抱《だ》きしめると、ぽすんとベッドに寝転《ねころ》がってしまう。赤みのある艶《あで》やかな黒髪《くろかみ》が、いつも俺が寝《ね》ているベッドに鮮《あざ》やかに広がった。それはまるで高原で風になびくススキのような……いや、さすがにこの表現は無理があるな？

いじいじと枕《まくら》を指で突《つ》きながら、榎本《えのもと》さんは唇《くちびる》を尖《とが》らせた。

「だって、ゆーくんのこと好きなんだもん……」

「…………」

ぐはあっ……。

マジで危ねえ。危《あや》うく理性のブレーキぶっ壊《こわ》れるところだった。イオンのフラワーショップに行ったときも思ったけど、この子、気を抜《ぬ》いた瞬間《しゅんかん》に一撃《いちげき》で殺しにくるのがマジで厄介《やっかい》。

「榎本《えのもと》さん。あのときから、いきなり遠慮《えんりょ》なくなったよね……」

「………………」

ぷーっと頬《ほお》を膨《ふく》らませるのも可愛《かわい》いな、畜生《ちくしょう》！

ちなみに榎本《えのもと》さんが飲んでいるチェリーセージの花言葉は『知恵《ちえ》』『尊重』、そして『燃ゆる想《おも》い』。勉強会で「好き」って言うにはぴったりの花だね。……だね、じゃないんだよ。

（真木島《まきしま》のやつ。まさか、この展開も見越《みこ》してたわけじゃねえだろうな……）

これはいけない。榎本《えのもと》さんに意識を向けると、時間と精神を消耗《しょうもう》する。まさか今日、こんな修行《しゅぎょう》が待ち構えているとは思わなかった。

俺の今の第一目標は追試の合格だ。

今はもう、あのときのことは忘れて勉強する。頑張《がんば》れ、俺。いつもの日葵《ひまり》から悪戯《いたずら》されても気づかない集中力を見せてみろ。

「……わかったよ。もう好きにしていいから。俺は、勉強するんで！」

「はーい」

そう言って、榎本《えのもと》さんは「えへ」と笑った。

……最近は本当に、周りの女子が可愛《かわい》すぎて勘弁《かんべん》してほしい。

♣♣♣

榎本《えのもと》さんから初めて「好き」と言われたのは、二週間前……日葵《ひまり》と絶交してる間の、よく晴れた日の夕方だった。

学校の駐輪場《ちゅうりんじょう》にある中庭。

そこには、俺と日葵《ひまり》の園芸部が花を植えた花壇《かだん》がある。

俺はその花を採取していた。日葵《ひまり》が東京に行くって言いだして、それについていくために、その花たちのケジメも必要だった。なにせ園芸部とは、俺が円滑《えんかつ》にフラワーアクセを制作するための表の看板だ。俺と日葵《ひまり》の他に部員はいないし、花の世話を頼《たの》める人もいない。

ただ、やっぱり一人だと大変だった。いろいろ準備も必要だし、日葵《ひまり》へのチョーカーの代わりになる唯一無二《ゆいいつむに》のアクセを作るって目標もあったから。

それを手伝ってくれたのが、榎本《えのもと》さんだった。

何を言ったわけじゃない。いつの間にか、彼女も一緒《いっしょ》に作業してくれていた。……その時間が楽しくないといえば、嘘《うそ》だった。

七年ぶりに再会した、初恋《はつこい》の相手。

俺がフラワーアクセに出会ったきっかけは、この子に綺麗《きれい》な花を届けるためだった。そして信じられないことに、彼女もまた、俺のことを覚えていてくれた。その上、ずっと強い気持ちを持って。

でも、俺の気持ちはすでに日葵《ひまり》にあった。

「ゆーくん、好きです。……七年前からずっと」

花のなくなった花壇《かだん》の前で、榎本《えのもと》さんはそう言った。その顔が赤かったのは、春の夕日のせいではない。

すべての花が採取できた後だった。そんな細かいところでも、榎本《えのもと》さんが俺のことを気遣《きづか》ってくれていたのがわかる。

……本当に、感情っていうのは厄介《やっかい》だ。

人の行動の原動力という割に、なんでこんなに移ろいやすい？　ロボットみたいに一途《いちず》であれば、榎本《えのもと》さんを泣かせることもなかった。ついでに真木島《まきしま》の体重もキープできたはずだ。

もし、俺が日葵《ひまり》への気持ちに気づいていなかったら。

あのとき、俺はどうしたんだろうか。東京に行く日葵《ひまり》を、冷たく見送ったのだろうか。榎本《えのもと》さんの告白に、俺はなんて答えたんだろうか。

……数学の最後の設問を解いた後、そんなことを考え込んでしまっていた。

あ、採点をしなきゃ。時間がない。日曜には追試だ。今だけは忘れろ。それに榎本《えのもと》さん、退《たい》屈《くつ》しすぎて寝《ね》てるかも。

♣♣♣

「榎本《えのもと》さん。採点を……って、マジで寝《ね》てるし」

俺のベッドに寝転《ねころ》がり、掛《か》け布団《ぶとん》にくるまっていた。その肩《かた》が、穏《おだ》やかに上下している。せっかくのブラウスもスカートも、しわだらけだ。俺のチューリップのヘアピンだけは、絶対に壊《こわ》さないって感じで手に持っていた。

……すげえ安心されてるんだけど。

いいの？　ねえ、それでいいの？　俺たち、意思表明はしたけど付き合ってないよね？　榎《えの》本《もと》さん、マジで可愛《かわい》いんだから、そういうの気をつけたほうがいいと思うんだけど。

（そういえば告白を断った次の日、普通《ふつう》に「おはよ」って挨拶《あいさつ》されちゃったっけ……）

榎本《えのもと》さん、美人だけどつかみ所ないんだよなあ。天然といえばいいのか。日葵《ひまり》のからかいにも負けないし、妙《みょう》に打たれ強いんだよ。

「いや、とにかく起こさなきゃ……」

勉強もあるけど、マジで理性が危ない。動いても止まってても精神攻撃《せいしんこうげき》してくるの厄介《やっかい》すぎでは？

おっかなびっくり、榎本《えのもと》さんの肩《かた》に触《ふ》れる。

「榎本《えのもと》さん、起き……わあーっ!!」

なぜか榎本《えのもと》さんが、俺の首に抱《だ》きついてき……あ、うん。規則正しい寝息《ねいき》が聞こえる。よかった。マジで榎本《えのもと》さん、ラブコメ漫画《まんが》から抜《ぬ》け出《で》たようなヒロインムーブやらかすね。

なんか幸せそうだし、いい夢を見てるんだろうな。榎本《えのもと》さんはくすぐったそうに「えへ」と笑った。……まあ、残念ながら俺のほうは「えへ」じゃ済まないんだけどさ。

落ち着け。落ち着け悠宇《ゆう》。

冷静にいけ。日葵《ひまり》から返信はないし、到着《とうちゃく》はもう少し……とか思っていると、なぜか部屋のドアが勢いよく開け放たれる。

日葵《ひまり》だった。うちのコンビニのビニール袋《ぶくろ》を持っていた。

「ゆっう〜。ライン返事ないし、チャイム鳴らしても出てこないから勝手に……えっ？」

そして部屋の惨状《さんじょう》を見て、ピキッと固まる。

同時にその手から、うちのコンビニのケーキが落ちた。床《ゆか》に落下すると、パッケージの中のショートケーキがぐしゃっと潰《つぶ》れる。……たぶん、向こうのコンビニで咲姉《さくねえ》さんにもらってきたんだろうな。

その後ろから、エプロン姿の咲姉《さくねえ》さんが顔を出した。

「悠宇《ゆう》。あんた、日葵《ひまり》ちゃんがきたのにでないってどういう……は？」

その目尻《めじり》が、ギンッとつり上がった。両手を組んでパキポキと骨を鳴らす。咲姉《さくねえ》さんの背中から、暗黒の闘気《とうき》が湧《わ》き上《あ》がっていた。

「この愚弟《ぐてい》。日葵《ひまり》ちゃんというものがありながら、他の女の子を連れ込むとはいい度胸ね？

日葵《ひまり》ちゃんを泣かせたら殺すって言わなかったっけ……⁇」

「咲姉《さくねえ》さん、違《ちが》うんだ！　これは試験勉強をしてて……」

「高校の中間試験に、保健体育はないでしょうがあああ……っ‼」

「その親父《おやじ》ギャグ最低すぎない⁉」

こんだけ叫《さけ》んでんのに、榎本《えのもと》さん全然起きないし！

そのほっぺたを、ぺしぺし叩《たた》いた。

「榎本《えのもと》さん、榎本《えのもと》さん！　マジで起きて……てか、お菓子《かし》作《づく》りで鍛《きた》えられた握力《あくりょく》で動けないんですけど⁉」

だから「えへへ」じゃなーいっ‼

俺が逃《に》げようと必死にもがいていると……あれ、咲姉《さくねえ》さんが襲《おそ》ってこない……？　目を向けると、なぜか咲姉《さくねえ》さんがぽかんとした顔で俺たちを見ていたのだ。

「もしかして、榎本《えのもと》の妹？」

「えっ……？」

俺たちが固まっていると、後ろの日葵《ひまり》が「あ、そういうこと」と呟《つぶや》いた。ハアッとため息をついて、潰《つぶ》れたケーキを拾う。

「悠宇《ゆう》。えのっち寝《ね》てるとき、抱《だ》きつき癖《ぐせ》あるから気をつけたほうがいいよー」

「そういう大事なことは先に言って!?」

♣♣♣

10分後、俺の部屋。

榎本《えのもと》さんは起きると、めっちゃ顔を真っ赤にして平謝《ひらあやま》りを繰《く》り返《かえ》した。

「ごめんなさい、ごめんなさい。ゆーくんのベッドで寝転《ねころ》がって『毎晩、ここでゆーくんが寝《ね》てるんだなあ』って思ったら、ついとろんとして気持ちよくなっちゃって……」

「榎本《えのもと》さん？　わかったからそれ以上はやめて？　俺、別の意味で白い目で見られてるからね？」

日葵《ひまり》がジト目で、俺の脇《わき》を小突《こづ》いてくる。

「悠宇《ゆう》こそ、役得だなーとか思ってるくせに」

「この場でそういうこと言うのやめてくれない？　咲姉《さくねえ》さんが信じたらどうすんの？」

その咲姉《さくねえ》さんは、ぐしゃっとなったケーキを小皿に盛り付けていた。それを俺たちの前に置きながら、しげしげと見る。

「……まさか、榎本《えのもと》の妹とはねえ」

その視線は、もちろん榎本《えのもと》さんに注がれていた。当然ながら、咲姉《さくねえ》さんの言う榎本《えのもと》とは、榎《えの》本《もと》さんのお姉さんのことだろう。

「咲姉《さくねえ》さん。榎本《えのもと》さんのお姉さんのことも知ってるの？」

「あんた、わたしが雲雀《ひばり》くんと友だちって時点で察しなさいよ。今でも、榎本《えのもと》が帰ってきたときは一緒《いっしょ》に飲んだりするわよ。今年のお正月も、日程空いたって戻《もど》ってたし」

マジかよ。

さすがの日葵《ひまり》も、それは初耳だった感じのリアクションだ。

「咲良《さくら》さん。それ、お兄ちゃんも？」

「そうよ。聞いてない？」

「いやー。お兄ちゃん、えのっちのお姉ちゃんのこと話題にすると、すぐ機嫌《きげん》悪くなるからなー。だから今も会ってるってのは、ちょっとびっくりかも……」

「雲雀《ひばり》くんらしいわねえ。あの人、親しい人にほど自分の弱みは見せたがらないから」

くつくつと愉快《ゆかい》そうに肩《かた》を揺《ゆ》らす。

……咲姉《さくねえ》さんの、ちょっと意外な面を見た気がする。そういえば俺って咲姉《さくねえ》さんを怖《こわ》がってばかりで、あんまりプライベートの話とかしたことねえし。

「でも、よく喧嘩《けんか》にならねえなあ」

俺のつぶやきに、咲姉《さくねえ》さんはフッと笑う。

「あんたたちと違《ちが》って、わたしたちは大人なのよ」

……なんかニヒルに決めてるけど、その大人がなんで高校生たちの団らんの場に普通《ふつう》に居座《いすわ》ってるんですかねえ。お菓子《かし》はありがたいけど、用事ないならコンビニのほうに戻《もど》ってほしいんだけど。

その咲姉《さくねえ》さんが、榎本《えのもと》さんに値踏《ねぶ》みするような遠慮《えんりょ》のない視線を向ける。

「で？　榎本《えのもと》の妹はどういう知り合いなの？　まさか、うちの愚弟《ぐてい》のこと好きってわけじゃないでしょう？」

ズバリ斬り込《こ》まれる。

さすが井戸端《いどばた》のおばちゃんは、言葉をオブラートに包むということを知らない。あまりに直球で核心《かくしん》をつく言葉に、俺たち三人がつい沈黙《ちんもく》した。

「……えっ。マジなの？」

そんで言い出しっぺの咲姉《さくねえ》さんが一番びっくりしてるの何なの。いや、わかるけどさ。こんだけ可愛《かわい》い子が、いきなりそんな雰囲気《ふんいき》出してるのやばいよね。

「ええ……。あんた可愛《かわい》いのに男の趣味《しゅみ》悪いところ、姉ちゃんそっくりねえ」

気の毒そうに言うのやめてくれませんかねえ。俺もまったく同意見だけど、第三者から言われるとちょっと傷つく。

咲姉《さくねえ》さんはうんうんと一人で納得《なつとく》すると、俺を嘲笑《ちようしよう》した。

「悠宇《ゆう》。あんた子どもの頃《ころ》から冴《さ》えない愚弟《ぐてい》だなあって思ってたけど、まさか女運に極振《ごくふ》りしてたとはねえ。その微妙《びみよう》な顔も納得《なつとく》だわ」

「顔は関係ないでしょ。悪いけど咲姉《さくねえ》さんも同じ血を受《う》け継《つ》いでんだよ？」

あと日葵《ひまり》さん、「あ〜わかる〜」みたいにケラケラ笑うのやめてね？　きみ、一応、俺の好きな子なんですからね？

そして咲姉《さくねえ》さんはじろじろ日葵《ひまり》と榎本《えのもと》さんを見比べて、真剣《しんけん》な表情で唸《うな》った。

「しかし、甲乙《こうおつ》つけ難《がた》いわね……」

何の話だよ。

悪いけど、ここはあんたの老後の世話をする美少女鑑定会《かんていかい》じゃないんだよ。

「悠宇《ゆう》。あんたがもうちょっと甲斐性《かいしよう》ある男だったら、迷わず二人とももらっておいでって言うところなんだけどねえ……」

「今ほど男として魅力《みりよく》なくてよかったと思うことないよ。てか、咲姉《さくねえ》さん。そろそろ休憩《きゆうけい》終わりでしょ？　戻《もど》ったほうがいいんじゃない」

「まったく。あんた、そういうところお父さんに似てきたわよねえ」

咲姉《さくねえ》さんは立ち上がると、榎本《えのもと》さんの肩《かた》をとポンと叩《たた》いた。

「いつでもおいで。あ、今度はお家《うち》のケーキ食べさせてね。あんたの姉ちゃん、全然食べさせてくんないんだもん」

「は、はい。持ってきます！」

さりげなく後輩《こうはい》にお菓子《かし》をたかるのやめてほしい。

咲姉《さくねえ》さんが出ていった後、窓から道路を見下ろす。……よし、ちゃんとコンビニに入っていった。

「咲姉《さくねえ》さん、余計なことばかり言うんだよ」

「わたしはいいお姉さんだと思うけど」

榎本《えのもと》さん、まさかの好印象。

日葵《ひまり》も咲姉《さくねえ》さんには懐《なつ》いてるし、あの人のどこがいいわけ？　……とか思ってると、榎本《えのもと》さんがどんよりした表情で吐《は》き捨《す》てる。

「少なくとも、お正月に地元に帰っても連絡《れんらく》一つ寄こさないうちのお姉ちゃんよりはずっといいと思う……」

おおっと。まさかの地雷《じらい》踏《ふ》み抜《ぬ》いた。

咲姉《さくねえ》さんが余計なこと言ったせいで、余所《よそ》さまの姉妹《しまい》関係に亀裂《きれつ》が入っちゃったじゃん。真《ま》木島《きしま》がちらっと言ってたけど、本当に姉妹仲《しまいなか》よくないのかなあ……。

すげえ気まずい沈黙《ちんもく》を味わってると、日葵《ひまり》がぐしゃっとなったケーキをフォークで突《つつ》きながら首をかしげる。

「てかさー。アタシ、ちょい気になったんだけど……」

「な、なんだよ？」

じろじろと、俺と榎本《えのもと》さんと見比べる。

「悠宇《ゆう》とえのっち、さっき咲良《さくら》さんに茶化されても、その、けっこう普通《ふつう》だなーって……」

なんか、すごく気まずそうにフォークで口元を隠《かく》す。

そういえば、今、普通《ふつう》になんかそういう感じに振《ふ》る舞《ま》っちゃった。いや、別に隠《かく》してるわけじゃないし、日葵《ひまり》にはすぐバレるとは思ってたけど……。

「日葵《ひまり》と喧嘩《けんか》してる間に告白された」

「ぐふっ⁉」

「おい、ケーキで咽《む》せんな」

「え？　あっ、……え？」

完全に想定外って感じで、あたふたしている。その手元では、グサグサとケーキが蜂《はち》の巣《す》になっていた。

「え。悠宇《ゆう》、それでアタシと東京行くって言ってたの？　どういうこと？」

「…………」

気まずくて、俺は視線を逸《そ》らした。

「いや、断ったからさ」

「あ、そ、そうなんだ……」

どこかホッとした感じで続けた。

「でも、その割にずっと普通《ふつう》だったじゃん？ もしかして、オトモダチから始めましょー的な感じ？」

「オトモダチからっていうか……」

榎本《えのもと》さんに目配せする。

彼女は平然とした感じで、こくこくとうなずいた。

「これまで3回告られてる……」

「3回⁉ どういうこと⁉」

なんか顎《あご》が外れそうな勢いで日葵《ひまり》が驚《おどろ》いている。

いつも飄々《ひょうひょう》としてるから、かなり珍《めずら》しい顔だ。目先の「いいね」を稼《かせ》ぐためだけに写真に撮《と》ってインスタにアップしたい欲求まである。

「あ、さっきのやつカウントするなら、4回だけど……」

「さっきのやつって何⁉ アタシがいない間に、そんなことあったの⁉」

俺と日葵《ひまり》は、榎本《えのもと》さんに目を向ける。

榎本《えのもと》さんは「うーん」と神妙《しんみょう》な表情で唸《うな》ると、ビシッと左手の指を四本立てた。

「4回で」

はい。4回、頂きましたー。

俺が小さく拍手《はくしゅ》すると、榎本《えのもと》さんが照れた感じで「えへ」と笑った。この子の気を許した笑《え》顔《がお》はマジで可愛《かわい》いよなあ。こっちはインスタにはアップしたくない魅力《みりょく》がある。

すると日葵《ひまり》が割って入った。

「ちょー、ちょー、ちょーっ!!」

「どうした。おまえ、この前から微妙《びみょう》に余裕《よゆう》ないリアクション多くないか?」

「アタシのリアクションにダメ出ししてる場合か⁉ ほんと悠宇《ゆう》、どうしちゃったの⁉ もしかしてえのっちの好意をいいことに、女子をキープするような悪い子になっちゃったわけ⁉」

日葵《ひまり》は俺の膝《ひざ》に手をのせると、さらにぐいぐい近寄ってくる。

わーやめろ。その綺麗《きれい》な顔を近づけるんじゃねえよ。なんか息が荒《あら》いし、ヨーグルッペの匂《にお》いがするんだよ。科学室での「経験しとこ?」を思い出しちゃうだろ。

「いや、キープっていうか、断っても榎本《えのもと》さんが諦《あきら》めてくれないんだよ。次の日には普通《ふつう》に『おはよ』って挨拶《あいさつ》してくるし、美味《おい》しいクッキー焼いてきてくれるし」

「クッキーで餌付《えづ》けされてるんじゃなーいっ! そんなの健全じゃないし。いくら初恋《はつこい》の女の子だからって、そういう曖昧《あいまい》なのダメでしょ!」

「男女の健全な関係とか、おまえにだけは説教されたくないんだけど。てか、何をさらっと初恋《はつこい》とかぶっちゃけてくれちゃってんの？」

本人を前にして、恥《は》ずかしいってレベルじゃないんだよ。それに恥《は》ずかしいとかいう前に、ちょっと問題もあるし……。

「ゆーくん！　そうなの⁉」

ほらきた。

榎本《えのもと》さん、普段《ふだん》はクールだけど、恋愛《れんあい》になると攻《せ》めっ気《け》がすごいんだよ。マジでピラニアみたいに食いついてくるし。

榎本《えのもと》さんは日葵《ひまり》の両手を握《にぎ》ると、ぐわっと顔を近づける。

「ひーちゃん。詳《くわ》しく」

「え？　あ、えっと、あのな？　実はアタシ、えのっちと悠宇《ゆう》が初めて会った植物園のエピソード聞いててさ。悠宇《ゆう》って、中学の頃《ころ》からずっとえのっちのこと好きーって言ってたわけ。だからてっきり、えのっちが告白すれば絶対イケるって思ってたんだよなー……」

榎本《えのもと》さんの迫力《はくりょく》に圧倒《あっとう》されて、日葵《ひまり》が全部ゲロってくれたよ。さすが親友、超優《ちょうやさ》しくて涙《なみだ》が出ちゃう。

俺はその気まずさに耐《た》えられず、言い訳を口にする。

「初恋《はつこい》は、初恋《はつこい》だろ。今でも榎本《えのもと》さんが好きなのかって言われたら……ちょっと自信ないっていうか。榎本《えのもと》さんが可愛《かわい》いからってオッケーするようなのは、俺にはできないし……」

「ゆーくん……」

榎本《えのもと》さんに目を向けた。

さすがに、こんな言い方をすれば幻滅《げんめつ》されるはずだ。でも、それもいいかもしれない。確かに日葵《ひまり》の言うように、榎本《えのもと》さんとの関係は健全じゃない。七年も想《おも》っていた相手が、こんな女々《めめ》しいことを言う男だとわかれば榎本《えのもと》さんも……ん？

榎本《えのもと》さんはスマホにタタタッと何かを打ち込むと、ぐっと拳《こぶし》を握《にぎ》った。

「わかった。次の参考にするね」

「めっちゃ前向き」

前々から思ってたけど、この子のメンタル構造どうなってんの？

日葵《ひまり》が鞄《かばん》からヨーグルッペの紙パックを取り出すと、ちゅーっと飲んだ。さすがにクールダウンが必要だったらしい。

「……悠宇《ゆう》。アタシ、ドン引き」

「あえて言うなし。俺も自覚はしてる」

俺はぐしゃっとなったケーキにフォークを刺《さ》した。

「てか、おまえたちはどうなの？」

「アタシたち？」

「いや、今朝まで、なんかぎこちなかったっていうか……」

具体的に言うと、榎本《えのもと》さんが日葵《ひまり》のことをガン無視してた。

するとなぜか、榎本《えのもと》さんのほうが反応した。

「あっ」

やべって感じで口元を隠《かく》すと、慌《あわ》てて日葵《ひまり》から離《はな》れる。そして正座をすると、ツーンとそっぽを向いた。

……え。これ、もしかして無視してるつもり？　さっきから……てか、昼間からがんがんラインやり取りしてたじゃん。

「榎本《えのもと》さん。さすがに無理あると思う」

「……ハァ。そういえば忘れてた」

あえなく白旗をあげると、榎本《えのもと》さんは事情を言った。

「わたし、ひーちゃんと絶交してた」

「何それ？　初耳なんだけど」

「一昨日から」

「短っ」

この温度感よ。

しかも俺の家で勉強会になった瞬間《しゅんかん》に忘れてるし。俺と日葵《ひまり》が二週間もどんちゃんやってたの何なのってレベル。

　ぶすーっとした顔で、榎本《えのもと》さんが言った。

「ひーちゃん。わたしのこと応援《おうえん》してくれるって言ったのに、ゆーくんのこと連れていこうとするし」

「ううっ……」

　じとーっとした目で見られて、日葵《ひまり》がたじろぐ。

「で、でも、アタシも悠宇《ゆう》がついてくるなんて思わなかったし……」

「それは、まあ、俺の責任でもあるし……」

　榎本《えのもと》さんが、小さなため息をつく。

「絶対に嘘《うそ》。ひーちゃん、ゆーくんが止めてくれるってわかってたよ。正直、東京に行くつもりだったのかも怪しいと思う」

「何それ。どういうこと？」

「ひーちゃん。昔から同じことやってたから。お祖父《じい》ちゃんに怒《おこ》られるとき、いつも家出したふりしてお屋敷《やしき》の中に隠れてた。ひーちゃんのお母さんから、わたしの家に『いませんか？』って電話きたこともあるし」

「…………」

　おい日葵《ひまり》、視線逸《そ》らすな。こっち見てみ？

日葵《ひまり》が最高に綺麗《きれい》なスマイルを浮かべた。両手をグーにして口元を隠し、「うふっ」と可愛《かわい》こぶりポーズを取る。ついでに綺麗なウィンクも忘れない。

「んふふー。でも悠宇《ゆう》、そのおかげでアタシたちの強い絆《きずな》を確認できてよかったじゃーん。雨降って地固まるっていうかさ。30までコンビは安泰《あんたい》だって！」

「え、それで誤魔化《ごまか》せると思ってる？　日葵《ひまり》さん、さすがに舐《な》めすぎでは？」

俺さ、マジでビビってたんだけどね？

東京で芸能人になった日葵《ひまり》に見捨てられて、俺だけ野垂《のた》れ死《じ》ぬところまでシミュレーション済みだったんだよ？

俺と日葵《ひまり》の一触即発《いっしょくそくはつ》ムードを止めたのは、榎本《えのもと》さんの一言だった。

「でも、それってわたしが悪いんだよね」

あまりに意外な言葉だった。

俺と日葵《ひまり》がぽかんと呆《ほう》けていると、榎本《えのもと》さんは目元を伏《ふ》せた。膝《ひざ》の上の両手をきゅっと握《にぎ》ると、気まずそうに言った。

「しーくんに言われたの。『文句は一番になる努力をした後に言え』って。ひーちゃんは、ゆーくんの一番になるために二年かけた。それを何もしてないわたしがもらえると信じるほうがどうかしてる。全部を他人任《ひとまか》せにしているやつは、足下《あしもと》をすくわれて当然だって」

「…………」

俺は何も言えずにいた。

榎本《えのもと》さんが悪いなんて、あり得ない。だって、これは俺と日葵《ひまり》が、自分勝手な気持ちをぶつけて喧嘩《けんか》をしただけだ。榎本《えのもと》さんは、それに巻き込まれただけ。

悪いのは、日葵《ひまり》でも榎本《えのもと》さんでもなく、俺なんだ。そんなまっすぐな気持ちを差し出されるほど、俺はできた人間じゃない。

だから榎本《えのもと》さんが自分のことを悪いと言うのは、すごく心が苦しい。俺の身勝手のせいで、榎本《えのもと》さんが傷つく必要はない。いっそ、俺のことを悪者として罵《のの し》ってほしいくらいだ。

それだけは、絶対にこの場で言わなければいけない。

「あの、榎本《えのもと》さん。俺が言うのも変だけど、榎本《えのもと》さんは絶対に……」

俺が言おうとした瞬間《しゅんかん》だった。

榎本《えのもと》さんが、ものすごく意気《いき》込《ご》んで宣言した。

「だから、わたし、ゆーくんとひーちゃんの一番になるね」

一瞬《いっしゅん》の沈黙《ちんもく》。

その意味を考えた結果、俺の口から変な声が出た。

『……はい？』

俺と日葵《ひまり》の声がハモった。

俺たちの冷め切った空気と反して、榎本《えのもと》さんは強い決意を込《こ》めて瞳《ひとみ》を燃やしている。

「今のゆーくんに一番好きになってもらえて、ひーちゃんにも一番の友だちって思ってもらえたら──全部オッケーだよね」

「…………」

「…………」

何この子、怖《こわ》い！　メンタル強すぎんだけど⁉

つまり『俺と日葵《ひまり》の仲を壊《こわ》すのは申し訳ないから、二人とも自分のものにしちゃえばいいよね』ってことだよな？　普通《ふつう》、その発想ある？　生まれた時代が違《ちが》ったら、有名な戦国武将として教科書に載《の》ってるよ？

「あ、あの、榎本《えのもと》さん？」

「大丈夫《だいじょうぶ》。今回のことで、わたしも自分なりに考えてみたの。ひーちゃんがゆーくんのモデルとして頑張《がんば》ってきたのに敬意を表するのは当然だし、これからも尊重するべきだと思う」

「榎本《えのもと》さん？　ちょ、聞いて？　ちょっと止まって？」

「ゆーくんのために頑張《がんば》るには、同じことをしてもダメだよね。だから、わたしは裏方として頑張《がんば》ろうと思う。そうすれば、ひーちゃんはモデルのほうに集中できるし、ゆーくんのアクセ作りのお手伝いの時間も増えるでしょ？」

「う、うん。その考えはいいと思うけど……」

「やった！　それに、この役割分担はわたしにとっても都合がいいんだよ。わたしは吹奏楽部《すいそうがくぶ》もあるから、やっぱり裏方のほうが時間の都合がつきやすいし。それにネットでの注文とか配送を勉強しておけば、いつかうちのお店でも役に立つと思うし！」

「そ、そうか。榎本《えのもと》さんの役にも立つなら、よかった、よ……？」

「あ、でも、そうだよね。いきなり『任せろ』って言われても心配だよね」

「心配？　いや、心配っていうよりは……榎本《えのもと》さん？　聞いて？」

榎本《えのもと》さんは聞かずに、バッグに手を突《つ》っ込《こ》んだ。

そこから、一冊のノートを取り出す。お家《うち》の洋菓子店《ようがしてん》の収益が、余すことなくビシーッと記されていた。それと、さっきの中間テストの答案も一緒《いっしょ》に掲《かか》げる。

「わたし家計簿《かけいぼ》もつけてるし、なんといっても学年二、位だから！」

めっちゃ強調してくるんだけど。

やっぱり真木島《まきしま》に負けたのがショックだったらしい。そりゃ1問ミスで明暗が分かれたなら当然か。……てか、この子もそんなことない風を装《よそお》ってるけど、かなり負《ま》けず嫌《ぎら》いだね？

日葵《ひまり》と目を合わせる。

なんか疲《つか》れた顔で、ヨーグルッペをちゅーっと飲んでいる。「こうなったら、えのっち聞かないからな～」って感じだ。

それから、二人でうなずき合う。

俺は榎本《えのもと》さんに、深く頭を下げた。

「じゃ、じゃあ、よろしくお願いします」

「うん。頑張《がんば》るね！」

……なんかよくわかんないけど、榎本《えのもと》さんがいいって言うし、いいか。

こっちが了承《りょうしょう》したことで、榎本《えのもと》さんの背後では気合いの炎《ほのお》がメラメラ燃えている。

「ということで、まずはこの勉強会で株を上げていくから」

「ぐ、具体的には……？」

フッとクールに微笑《ほほえ》むと、バッグから小さなフライパンとお玉を取り出して構えた。……そのバッグ、さっきから何でも出てくるね。容量どんだけ？

「ゆーくん。今日の晩ご飯、期待しててね」

「マジで？　やった！」

でも、それは素直《すなお》に嬉《うれ》しい。

母さんは出張でいないし、咲姉《さくねえ》さんも夜勤だ。俺も日葵《ひまり》も料理はできないし、今夜は店屋物かコンビニ弁当だと思っていた。

榎本《えのもと》さんはバッグを持つと……てか、めっちゃチュールも雪崩《なだれ》出てきてんだけど。

「あ、忘れてた。ゆーくん、猫《ねこ》！」

……そういえば、前にうちで猫《ねこ》と遊びたいって言ってたっけ。

「たぶん一階のテレビ裏とかで寝《ね》てると思うけど」

「じゃあ、料理しながら探してくるね！」

部屋を出ると、パタパタとスリッパの音が遠ざかっていった。

ちょっとして、うちの白猫《しろねこ》・大福の「ニギャアアア」という鳴き声が響《ひび》いてきた。……なんでこんな悲痛な感じなのかは、まあ、知らないほうがいいんだろう。

日葵《ひまり》が息をつくと、ヨーグルッペのストローを曲げながらぼやく。

「いやー。えのっち、すごいなー」

「そっすね……」

うりうりと肘《ひじ》で小突《こづ》かれた。

「んふふー。悠宇《ゆう》、これはやばい女に目をつけられちゃいましたなー？」

「そういう言い方すんな。榎本《えのもと》さんは純粋《じゅんすい》に応援《おうえん》してくれてるんだ」

ヨーグルッペの紙パックが、ずずっと音を立てる。

日葵《ひまり》はそれを畳《たた》むと、トンとテーブルの上に置いた。

「じゃ、えのっちがご飯の用意してくれてる間に……アタシたちで楽しいことしよっか？」

「えっ？」

いきなり日葵《ひまり》が、正面から俺の肩《かた》に手を置いた。

そして、ぐっと身体《からだ》を寄せてくる。俺が後ろに逃《に》げようとしても、ぎゅっと両腕《りょううで》で首を押さえられる。……え。いきなり何なの？

「んふふー。そんなに驚《おどろ》かなくてもいいじゃん。えのっちと付き合ってるわけじゃないなら、別にやましいことないでしょ……？」

「いや、榎本《えのもと》さんと付き合ってるからどうという話じゃなくて……」

とか言いながら、日葵《ひまり》の顔が急接近する。

否応《いやおう》なしに俺の身体《からだ》が強張《こわば》り、心臓が跳《は》ねた。その様子に、日葵《ひまり》は気をよくした感じだ。俺の頬《ほお》を撫《な》でると、ぺろっと自分の唇《くちびる》を舐《な》めた。

そして、そっと耳元でささやく。

「今夜は、寝《ね》かさないからね？」

「ひ、日葵《ひまり》……」

……とか困惑《こんわく》した感じで言ってるけど、その後ろ手にあるものはすでに見えている。俺たちは目を合わせながら「ウフフ」「ハハハ」と意味深な笑《え》みを浮《う》かべた。

日葵《ひまり》が見せたのは……雲雀《ひばり》さんの問題集だった。

「さ、勉強しよ♡」

「今の茶番、やる必要あった？」

「いやー。えのっちが悠宇《ゆう》にラブラブなもんで、ここはアタシもやっとくかーって」

「やっとくかーじゃないよ。どういうポリシーが働くとそうなるの？」

……まあ、やっと通常運転に戻《もど》ってきたなあって感じもしないでもないけど。

現在、夜の7時前。……今日中にベッドに入るのは無理だろうなあ。

◇◇◇

24時。

かなりギリギリまでやって、えのっちと一緒《いっしょ》に悠宇《ゆう》の家をおいとました。

えのっち、ほんとにお泊《と》まりの準備してきてるし。明日もうちでやるって説得して、どうにか連れ出すことに成功した。

お兄ちゃんの車で、えのっちを自宅まで送った。えのっちのお母さんは明日の仕込《しこ》みとか大変そうだからって、こっちから連絡《れんらく》を入れたのだ。

「ひーちゃん。ばいばい」

「あ、うん。また明日……」

えのっちは普通《ふつう》に帰っていった。……ほんとに今朝までの絶交とはいったい。

我が家に帰る間、ずっとお兄ちゃんはぶちぶちと文句を言っていた。

「まさか榎本《えのもと》の血縁者《けつえんしゃ》を、僕の車に乗せることになるとはっ……一生の不覚だ‼」

「お兄ちゃん。まだ言ってるし……」

「当然だろう！　なぜ、僕が送らなきゃいけない。タクシーを呼べばよかったんだ」

「明日はうちにくるんだよ。慣れておくのも大事でしょ？」

「本気なのか。僕の腕《うで》を見ろ。さっきから蕁麻疹《じんましん》が止まらない！」

「えのっちは正式にアタシたち〝you〟のメンバーになったの。悠宇《ゆう》のこと応援《おうえん》するなら、えのっちのことも認めてあげてよ」

「……くっ！　悠宇《ゆう》くんのためとはいえ、これほどの試練に耐《た》えなければいけないとは！」

まったく、この人は相変わらずだ。えのっちのお姉さんのことになると、普段《ふだん》の冷静な顔が一瞬《いっしゅん》で消えちゃうんだもんなー。

「でも、アタシ聞いたよ？　お兄ちゃん、今でも榎本先輩《えのもとせんぱい》と会ってるんだって？」

「……咲良《さくら》くんか。まったく、彼女は昔から口が軽くて困る」

へぇー。ほんとだったんだ。

咲良《さくら》さんから話を聞いても半信半疑だったから、ちょっとびっくり。

「ねえねえ。もしかして、まだ未練あるの？」

「ない。あの頃《ころ》の友人グループで集まると、どうしても同席することになるだけだ」

「え〜？　お兄ちゃん、そういうので流されるタイプじゃないじゃーん。ほんとは気持ち残ってるんじゃないの〜？」

「………………」

赤信号で停《と》まると、お兄ちゃんがビシッとデコピンしてくる。

「あいたっ！」

「僕のことより、自分の心配をしろ。榎本《えのもと》の妹を仲間に入れるなど、おまえは自分が何をしているのかわかっているのか？」

……むぅ。

アタシはおでこをさすりながら、ぶーっと唇《くちびる》を尖《とが》らせた。

「しょうがないじゃん。あんなまっすぐ、アタシのこと友だちだって言ってくるんだもん」

正直なところ、すごく酷《ひど》いことをした自覚はある。

七年も片思いし続けた運命の相手を、たった二年、一緒《いっしょ》にいただけのアタシが所有者ぶって盗《ぬす》んでいこうとした。それも最初は応援《おうえん》するって言っときながら、自分が心変わりした途端《とたん》に手のひらを返す。

……人として、終わってる。えのっちから『ひーちゃんともう口利《くちき》かない』ってラインで送られたときは平気なふりしてたけど、ほんとはずっと眠《ねむ》れなかった。

(なんで、よりによってえのっちと被《かぶ》っちゃったんだろ……)

窓の外を眺《なが》めていると、お兄ちゃんがフッと笑った。

「やはりおまえも、鬼《おに》になりきれないか」

「……未熟ですみませんね」

おまえも、ね。

　でも、口にはしない。また余計なこと言って、怒《おこ》らせちゃたまらないし。

「日葵《ひまり》よ。正直なことを言うと、僕はおまえに心底……いや、本当なら家族の縁《えん》を切って道端《みちばた》に放り出していいと思うほどには今回のおまえの愚行《ぐこう》を恨《うら》んでいる」

「え？　嘘《うそ》だよね？　しないよね？」

「…………」

「お兄ちゃん!?」

　あーっ、ちょっと待って！　何もない道端《みちばた》に停《と》まろうとしないで！

　アタシがジタバタ後部座席に逃《に》げようとするのを、お兄ちゃんが右腕《みぎうで》でがっしりと摑《つか》み止《と》める。てか、スカート！　スカート下がっちゃうんですけど！

「まあ、それは冗談《じょうだん》として。しかし、今回の件で、僕も悪かったと反省をしたよ。……おまえがもっと冷静に徹《てっ》することができると見誤ったのは、明らかに僕のミスだ」

「うっ……」

　アタシが助手席に戻《もど》ると、お兄ちゃんは真剣な顔で言う。

「日葵《ひまり》よ。昨日も存分に叱《しか》ったので、このことを蒸《む》し返《かえ》すことはしない。ただ、これからの方向性をすり合わせるのは大事なことだと思わないか？」

「これからの方向性？」

「そう。……悠宇《ゆう》くんの夢をサポートし続けるという、僕との未来への約束だ」

アタシは、慌《あわ》てて否定した。

「で、でも、それはアタシがしっかりやれるし……」

「いや、無理だ。易々《やすやす》と榎本《えのもと》の妹にほだされている時点で、すでに頼《たよ》りない」

「そ、そんなのやってみなきゃ……」

「やってみなきゃわからない方法に、他人である悠宇《ゆう》くんの人生を賭《か》けることは倫理《りんり》に反すると思わないか？」

アタシは黙《だま》った。

お兄ちゃんの言葉は、どこまでも正しい。この人の正論を倒《たお》すことは……生半可な邪論《じゃろん》では無理だ。あるいは……それ以上の正論をぶつけるしかない。

でも、それはアタシにはなかった。

「……悠宇《ゆう》のサポートをやめろってこと？」

「それはまだ早い。この段階でそんなことをしたら、悠宇《ゆう》くんへの精神的な負担になるのは目に見えている。悠宇《ゆう》くんのアクセ制作の不利益になっては意味がないだろう」

「あ、そっすね……」

あくまで悠宇《ゆう》のためなんだね。

いや、知ってたけど。こういうとき、お兄ちゃん割と本気でアタシより悠宇《ゆう》のほうを気に入ってるの実感する。

「今回、僕を欺《あざむ》いたことを申し訳ないと思うなら、おまえの誠意を見せろ」

「誠意？　どういうこと？」

それって『一生、悠宇《ゆう》のフラワーアクセの店を支える』とは違《ちが》うもの？

「今回の一件で浮《う》き彫《ぼ》りになった問題……おまえと悠宇くんのパワーバランスが、親友と謳っていながらまったく対等ではないというものだ。それは、わかっているか？」

「え、そう？　アタシだって頑張《がんば》ってるし、悠宇《ゆう》のアクセを売るために色々と……」

ブーッとクラクションを鳴らされた。

なんか違《ちが》ったらしい。お兄ちゃんは、すっっごく大きなため息をついた。

「それはあくまで『フラワーアクセの店を開く』というビジネスでの目標の話だ。僕は人間としてのマナーの話をしている」

「ど、どういう意味でしょうか……？」

「ハアッ。要領はいいくせに、ここまでバカとは。……おまえが選択《せんたく》を誤れば、悠宇《ゆう》くんがその責任を負って夢を諦めざるを得ない状況に陥ると学んだばかりだろう？」

「あぐっ……」

アタシが東京に行くと言い出した一件だ。

アタシは悠宇《ゆう》から謝らせるために、非常に狡《ずる》い手段を用いて……その結果、悠宇《ゆう》がアクセ制作をやめなきゃいけない状況《じょうきょう》にまで追い込んだ。

アタシと悠宇《ゆう》の運命共同体《しんゆう》の、デメリットが顔を出した形だった。

「おまえの無敵のおねだりは、使いどころを誤れば諸刃《もろは》の剣《つるぎ》になる。悠宇くんがアクセ制作を断念すれば、一番の被害を受けるのはおまえ自身だということを忘れるな」

「はい。仰《おっしゃ》る通りです……」

「今回、おまえと悠宇《ゆう》くんは二人揃《そろ》ってビジネスとプライベートの境界を踏《ふ》み違《ちが》えた。当然だが、悠宇《ゆう》くんにも落ち度はある。だが、おまえがパワーバランスを勘違《かんちが》いし、感情にまかせて対処を間違《まちが》えたせいで、現状では悠宇《ゆう》くんに五分以上の責任と賠償《ばいしょう》が課せられた結果だ」

ちらと横目で、アタシの首元を見る。

アタシのチョーカーに組まれた、悠宇《ゆう》の最高傑作《さいこうけっさく》……『親友』のリング。

悠宇《ゆう》はこれを制作するために、二週間もずっと厳しい作業に打ち込んだ。アタシと東京に行くことを認めてほしくて、他の全部を捨てて見せた。

……ずっと大事にしてた、七年前の初恋《はつこい》も。

なのに、アタシは何もしていない。何も支払《しはら》っていない。ただ、いつものようにわがままを許してもらっただけ。

「その結果の一つとして、本来は必要のないこの追試だ。わかるか？　おまえは親友を名乗りながら、現実として悠宇《ゆう》くんの足を引っ張っている。互《たが》いを高め合う存在でないのなら、そもそもコンビなど解消したほうが互《たが》いのためだ。ゆえに、おまえが悠宇《ゆう》くんの本当の『親友』になれるように、僕はおまえに新しい課題を提示する」

じろっと睨《にら》み付《つ》けられる。

「異論はあるか？」

「ないです……」

では、とお兄ちゃんが咳《せき》をする。

アタシがドキドキしながら構えると、それは提示された。

「これから、悠宇くんに嘘をつかないこと」

「……嘘《うそ》をつかない？」

ちょっと考えて、ああ、と納得《なっとく》した。

確かにアタシと悠宇《ゆう》の関係は、バランスが悪い。それはアタシが嘘《うそ》つきで、悠宇《ゆう》が馬鹿正直という、一方的なパワーの方向性で動いているからだ。

……そもそも今回の一件が必要以上に拗《こじ》れた原因って、アタシが悠宇《ゆう》に「東京行く」って嘘《うそ》ついたことだし。アタシがパワーの出力を間違《まち》えると、今回のようなことになる。

「この課題は、おまえの悪癖《あくへき》を矯正《きょうせい》するためでもある。おまえは常に、成功への道ではなく、逃《に》げ道《みち》を確保する癖《くせ》があるからな。それを叩《たた》き直《なお》さない限り、悠宇《ゆう》くんと対等になることはおろか……榎本《えのもと》の妹にも勝てんぞ」

「………」

それは、わかる。

アタシはいつも、悠宇《ゆう》に対して『今より落ちないための一手』を忍《しの》ばせている。それが、えのっちとの決定的な差だ。それを今日は、まざまざと見せつけられた。

……まさか、もう気持ちを伝えていたなんて。しかも3回……4回だっけ？　冗談《じょうだん》みたいな話なのに、全然冗談《じょうだん》じゃないし。どうして二人ともあんなに普通《ふつう》にしてるわけ？

二ヶ月前、アタシに「男の人と付き合った経験あるよね？」とか恥《は》ずかしそうに聞いてたのは何なんだ。「えのっちは奥手《おくて》さんだからなー」とかのんびり構えてる場合じゃなかった。

お兄ちゃんは最後に、ぐっと髪《かみ》をかき上げて言った。

「おまえの覚悟《かくご》を見せろ。そうすれば、僕を欺《あざむ》いたツケはチャラにしてやる」

「……もし、アタシが課題をクリアできなかったら？」

もしかして、昨日よりもさらに酷《ひど》いお叱《しか》りが……？

アタシがガクガク震《ふる》えていると、お兄ちゃんはフッと勝《か》ち誇《ほこ》った笑《え》みを浮《う》かべた。

「おまえには今のポジションから外れてもらう。僕と悠宇《ゆう》くんが仲睦《なかむつ》まじくフラワーアクセショップを経営する様子を眺《なが》め、一生、歯がみして生きていくがいい！」

「ああっ！　お兄ちゃん、最低！　鬼畜《きちく》！　外道《げどう》っ‼」

「ハッハッハ！　バカめ。悠宇《ゆう》くんの夢のサポートを、おまえがしなくてはいけないというルールはないのだ。おまえが不適任だとわかれば、すぐさま悠宇《ゆう》くんを犬塚家《いぬづかけ》の養子として迎《むか》える！　そうすれば、おまえの初恋《はつこい》もお終《しま》いだなあ!?」

「ぐぬぬぬぬ……っ！」

うちのお兄ちゃん、性格悪すぎない？

あ、でも、それってノーリスクで悠宇《ゆう》と一緒《いっしょ》に暮らせるって意味では？　考えようによっては、アタシにも悪い話では……ええい、そういうのがダメだって言ってるんでしょ！

（……悠宇《ゆう》の隣《となり》っていう『特等席』じゃなきゃ、アタシには意味ないんだから）

アタシは自分の両頰《りょうほお》を、強く張った。

「わかりました。その課題、やります」

アタシは、はっきりうなずいた。

お兄ちゃんは「それでいい」と言って優《やさ》しく微笑《ほほえ》んだ。

「さて、日葵《ひまり》。今日は悠宇《ゆう》くんの勉強を手伝って疲《つか》れたろう。日曜の模試の結果次第《しだい》だが、まずはよくやった」

「あ、ありがとう、ございます……？」

「ハッハッハ。そんなに硬くなるな。もうお説教は終わりだ。……ああ、そうだ。家に帰る前に、コンビニで甘いものでも買っていこうか」

「え。こんな時間だけど、いいの？」

「今日の勉強会の丸投げは、榎本《えのもと》の妹を受け入れられなかった僕に責任がある。おまえはそれを補填《ほてん》したのだから、ちょっとはいい目を見ないとな」

それに……と言って、お兄ちゃんは肩《かた》をすくめた。

「日葵《ひまり》よ。もうちょっと身体《からだ》に脂肪《しぼう》をつけないと、榎本《えのもと》の妹に対抗《たいこう》できんぞ？」

「……あー、お兄ちゃんもそう思う？」

「GWのインスタではエプロンをつけてたから印象が薄《うす》かったが、実際に見ると凄《すさ》まじい。僕は三次元のバストには興味ないが、悠宇《ゆう》くんは初心《うぶ》だからな。本気で色仕掛《いろじか》けに転じられたら、彼の理性など木の葉のように吹《ふ》き飛《と》ぶかもしれん」

「あ、わかるー」

アハハーと笑い合う。

お兄ちゃんって堅物《かたぶつ》だけど、割とこういう冗談《じょうだん》は言ってくるんだよね。さすが犬塚家《いぬづかけ》のDNAの持ち主。……たぶん、アタシが萎縮《いしゅく》しすぎないためにってのもあるんだろうけど。

和《なご》やかな雰囲気《ふんいき》でコンビニに向かう。この道だったら、ファミマがあるよね。アタシ、あその汁《しる》なし担々麺《たんたんめん》大好き。カロリーやばいけどすっごいお腹《なか》減ってるし、お兄ちゃんの許可も出たし、まあいっか！

ファミマに到着《とうちゃく》した。駐車場《ちゅうしゃじょう》に車が停《と》まる。

外に出る前に、ふと気になったことを聞いた。

「あ、お兄ちゃん。ちなみに、なんだけど？」

「なんだい、日葵《ひまり》？」

「さっきの嘘《うそ》ついたらダメって話……どこからがアウトなの？」

――ひゅっと、車内の温度が下がった。

あれ？　いきなり冷房《れいぼう》つけた？

でも、車のエンジン、切ったよね？

「……フ、フフ、フハハッ」

車を降りようとしていたお兄ちゃんが、笑いながらこっちに顔を向ける。

その笑顔《えがお》が、明らかに三秒前と違《ちが》っていた。具体的に言うと、昨夜、アタシを叱ってたときに戻っている。……いや、あのときより、冷たい、かも、なー。

ぐわしっと、アタシの頭を鷲《わし》づかみにする。

まるでラグビーボウルを掴《つか》むように、ギリギリギリと握力《あくりょく》を込《こ》めていった。アタシの口から「もぎゃあぁ」って悲鳴がひねり出される！　えのっちのアイアンクローが児戯《じぎ》に思えるくらいの圧迫感《あっぱくかん》！

そして地の底から湧《わ》き上《あ》がるような声で、お兄ちゃんが言った。

「日葵《ひまり》ぃい。そういうところだぞ？」

「ごめんなさい、ごめんなさい、ごめんなさいっ!!　つい反射的に、聞いちゃっただけなんです！　ＯＫラインギリギリの逃《に》げ道《みち》を探してやろうとか思ってないですうううううっ！」

とにかく謝りまくった。お兄ちゃんが本気になったら、アタシの頭なんて一ひねりでゴールに叩《たた》き込《こ》まれちゃう！

「そういう無意識の一言が、悠宇《ゆう》くんの平静さを奪《うば》うと言っているだろう⁉　あの子の異常な繊細《せんさい》さは、おまえが一番知っていることだ!!」

「はい！　わかってます！　悠宇《ゆう》と対等な親友になるために、アタシは今日から正直者になります!!」

深夜。コンビニの駐車場《ちゆうしやじよう》で、アタシは土下座した。結局、汁《しる》なし担々麺《たんたんめん》はお預け。

……まあ、納屋《なや》に縛《しば》られるよりはマシかなーって夜でした。てへ☆

Ⅲ

Turning Point. 〝雨〟

翌日の土曜日は、犬塚家《いぬづかけ》で雲雀《ひばり》さんと二人でみっちり勉強会をしてすごした。

ここでは、雲雀《ひばり》さんの制作した予想問題をひたすら反復。女子たちは一歩も部屋に入ることが許されず、結局、日葵《ひまり》の部屋で〝you〟の裏方業務のやり方とかを教えていたっぽい。

……榎本《えのもと》さんを俺のアクセ販売《はんばい》のチームって紹介《しょうかい》したら、雲雀《ひばり》さんも渋々《しぶしぶ》、屋敷《やしき》に入れてくれたらしい。おかげで、俺の勉強のスパルタ度が気持ち上がってたけど。

そして日曜日に登校し、追試を受けた。

その日のうちに採点。

5科目の答案用紙を見た進路指導の先生が、その目を吊《つ》り上《あ》げた。

「追試でオール満点とれるんなら、最初っから真面目にやれ!!」

「スミマセンっした……っ‼」

……落ちても受かっても叱《しか》られるって、ちょっと理不尽《りふじん》すぎでは？

てか、雲雀《ひばり》さんの予想問題がピンポイントで刺《さ》さりまくったおかげなんだよ。試験中、ずっと「あ、これ雲雀塾《ひばりじゅく》で見た！」って思ってたし。……あの人、マジで未来が視《み》えるんじゃないだろうな。

「ああ〜〜……疲《つか》れたあ！」

俺は学校を出ると、曇天《どんてん》に向かって伸《の》びをした。グラウンドからは、野外練習に励《はげ》む運動部の掛《か》け声《ごえ》が聞こえてくる。運動部は、来月から地区予選が始まる頃《ころ》だ。

俺も、ようやくアクセ制作に集中できる。

次はどんなアクセを作ろう。校内で育てていた花はすべて採取しちゃったし、本当にまっさらの状態から再スタートだ。

俺が足取り軽く駐輪場《ちゆうりんじよう》に向かっていると、ぽつぽつと雨が降り出した。

それはすぐに、強い土砂降《どしゃぶ》りになった。俺はその雨に手のひらをかざしながら、ぼんやりと思う。

……そういえば榎本《えのもと》さんの月下美人のアクセを修理した日も、帰りにいきなり雨が降ったなあって。

Ⅳ

〝燃ゆる想い〟

追試を終え、月曜日になった。

五月の最終週ともなると、学校生活に目に見えた変化が訪《おとず》れる。俺もそうだ。でも、あえて言うまい。俺が言うまでもなく、どうせ向こうからやってくるし。

朝、教室に向かおうと階段を上っていると、上の階から手を振《ふ》るやつがいた。

「ゆっう～。おっはよーっ！」

当然だけど日葵《ひまり》だ。

俺がくるのを、踊《おど》り場《ば》で待ってたらしい。相変わらずの暇人《ひまじん》だった。

俺が階段を上りきるのと同時に、日葵《ひまり》が軽いステップで寄ってくる。クリーニング下ろしたての半袖《はんそで》ブラウスが眩《まぶ》しく、スカートも軽《かろ》やかに舞《ま》った。アクセントとして腰《こし》に巻いたカーデイガンが、日葵《ひまり》の中性的なイメージにぴったりだった。

つまり夏服の解禁だ。

うちの高校も、他と同じように六月から衣替《ころもが》えだ。先週からちらほら見かけたけど、大体は週明けの今日から着てくる。俺も同じように夏服で登校していた。

「おはよう、日葵《ひまり》。追試の面倒《めんどう》見てくれてありがとな」

「んーん。まあ、アタシのせいでもあるからなー」

そんなことより、と日葵《ひまり》が小さく咳《せき》をする。

その場で半歩ほど身体《からだ》を傾《かたむ》けると、ちょっとエロい感じで人差し指を唇《くちびる》にあてた。反対の手で襟《えり》をつまんで、ちらっと鎖骨《さこつ》の辺りを見せるように挑発《ちょうはつ》する。

……さすが専属モデル。俺のフェチズムをしっかり把握《はあく》していた。

わかってる。夏服を褒《ほ》めてほしいのだ。

でも、ここでうっかり思惑《おもわく》に乗るのはダメだ。褒《ほ》めたが最後、向こう三日間くらいは「アタシの夏服が大好きな悠宇《ゆう》」「アタシの夏服から目が離《はな》せない悠宇《ゆう》くーん」と調子に乗った冠辞《かんじ》をつけて呼ばれる。おかげで俺は、同級生の極一部《ごくいちぶ》から『鎖骨《さこつ》愛好家』とか『うなじフェチ』と思われているらしい。……まあ、間違《まちが》ってないけどさ!!

とにかく、俺はにこりと微笑《ほほえ》んで言った。

「あ、日葵《ひまり》。そういえば昨日の『ザ!鉄腕《てつわん》!DASH!!』観《み》た?」

「ねえ！　絶対にわざとでしょ！」

「うるさいよ。去年、クラスメイトの前で公開処刑《しょけい》してくれたの忘れてねえから」

「大丈夫《だいじょうぶ》だって。みんな人には言えない変態性の一つや二つ持ってるもんだからさー」

「それは隠《かく》して一人で楽しむから許されるのであって、公共の場で晒《さら》していいもんじゃないんですけど？」

「えー。公共の場で悠宇《ゆう》のお目々大好きーって公言してるアタシに喧嘩《けんか》売ってる？」

「もしかして、それ吹聴《ふいちょう》して回ってるの？　嘘《うそ》でしょ？」

「いやー。よく『夏目《なつめ》くんのどこが好きなの？』って聞かれるからさー」

「やめてよ。おまえ、また変に誤解されたらどうすんの？」

「どんな風に？」

「あ、いや、その……」

……どんな風にって、決まってるだろ。

日葵《ひまり》はこっちを上目遣《うわめづか》いに見て「ほれほれ～。どういう風に見られちゃうのかな～？」っていう感じで挑発《ちょうはつ》している。

こいつ、わかってる。その上で、俺に言わせようとしてるんだ。

いつもは困り果てる場面だけど、今日は違《ちが》った。衣替《ころもが》えということで、このシチュエーションは想定していたからだ。伊達《だて》に二年も親友やってない。

（先週のリベンジのチャンス……っ！）

冷静になれ、悠宇《ゆう》。おまえはやれる。

反省点はわかっている。俺が恥《は》ずかしすぎて「なーんちゃって」が早かった。

よく思い返せば、日葵《ひまり》がからかうときは、俺がリアクションするまで待つ。そして「お、おま……っ！」ってなった瞬間《しゅんかん》に「ぷっはーっ」と刺《さ》す。

大事なのは、我慢《がまん》だ。

勉強と一緒《いっしょ》だ。忍耐《にんたい》の果てに、成果が生まれる。俺は雲雀塾《ひばりじゅく》で、その忍耐《にんたい》を得た！　俺はできるだけマジっぽい表情を作ると（以下略）！

「俺とおまえが付き合ってるって見られることだよ。おまえ本当は、そうやって俺と付き合えたらいいなーっとか思ってんじゃないの？」

ついでに壁《かべ》ドンもおまけだ。

以前、日葵《ひまり》とこういうシチュエーションになったとき、やけに顔を赤くして慌《あわ》てたことあるからな。俺が分析《ぶんせき》するに、こいつは案外、こういうベタベタなのが苦手と見た！

（ほらこい。早く顔を赤くして慌《あわ》てふためくがいい。てか、マジで恥《は》ずかしすぎるから早くしてお願い日葵《ひまり》さん……っ!!）

とか思っていると、なぜか俺の制服の襟《えり》がつままれた。

あれ？　なんで日葵《ひまり》さん、ちょっと口元を隠《かく》してうつむいてるの？　しかも、ちょっと目が潤《うる》んで泣きそうになってない？　いや、泣きそうは泣きそうでも、いじられて泣いてるっていうよりは「やっと思いが通じてアタシ感情が抑《おさ》えられないっ……」って感じ。

いや、確かに頬《ほお》は赤いけど、なんか思ってたのと違《ちが》うっていうか。

「……じゃあ、ほんとにアタシと付き合っちゃう？」

え？

日葵《ひまり》が俺の頬《ほお》に手をあてる。俺の身体《からだ》が、ビシッと硬直《こうちょく》した。

日葵《ひまり》の顔が近づく。やばいんですけど。なんで目を閉じているんですかね。ちょっと唇《くちびる》も突《つ》き出《だ》して、いつでも準備オッケーっていうか、これからまさにする感じの……いや、そもそもココ階段なんですけど……マジで他の生徒とかくるかもしれないし……。

うわ、ぶつかる！

………。

……………………あ、このパターン、覚えあるわ。

そっと目を開けると、日葵《ひまり》が涙目《なみだめ》になってぷるぷる震《ふる》えていた。確かに顔は真っ赤だけど、俺が狙《ねら》ってたものとは遥《はる》か遠《とお》い感じ。……まあ、うん。そっすよね。

「ぷっはあああああああああああっ!!」

「…………」

日葵《ひまり》が噴《ふ》き出《だ》した瞬間《しゅんかん》。

俺の渾身《こんしん》のデコピンが、その額にビシーッと決まった！

「うらあ――――っ‼」

「本気で痛いっ⁉」

日葵《ひまり》が仰《の》け反《ぞ》って、その拍子《ひょうし》に後ろの壁《かべ》にゴンッと頭をぶつける。「もぎゃああっ」と汚《きたな》い悲鳴を上げた。

「悠宇《ゆう》、えのっちの反骨精神真似《まね》するのやめてよ！」

「うるせえ！　おまえが紛《まぎ》らわしいことするからだろ⁉」

「悠宇《ゆう》が恋愛《れんあい》くそ雑魚《ざこ》なだけじゃーん。自分で仕掛《しか》けておいて自爆《じばく》とかウケちゃうなー」

「否定できないのがつらい……っ‼」

日葵《ひまり》のやつ、どんだけ俺をからかうの強いんだよ。マジで泣きそう……。

「さーてと。悠宇《ゆう》からいいリアクションもらったし、そろそろ教室行くかー」

「……俺、もう家に帰りたいなあ」

そんなことを言っていると、階段の下から声がした。

「あ、ゆーくん」

俺のことをゆーくんと呼ぶ相手は、あんまり多くない。というか、世界で一人だけだ。下のほうに目を向けると、榎本《えのもと》さんがパタパタと階段を上ってくる。

（わあっ……）

いや、今の感嘆詞《かんたんし》が何を示しているのかは、計算式：榎本《えのもと》さん＋夏服＝⁇を解いてもらえればわかると思う。一応、人畜無害《じんちくむがい》で通っている陰《いん》キャの口からはとても言えない。

するると日葵《ひまり》が、真面目な顔で呟《つぶや》いた。

「うーわ。えのっち。相変わらず、おっぱい凶暴《きょうぼう》だなー」

「おまえも相変わらずはっきり言うね……」

春は制服をだぼっと着崩《きくず》してたし、ちょい厚着だったからそういう印象はなかった。でも、さすがに夏服ではそうはいかない。半袖《はんそで》ブラウスの上にベストのカーディガンを着用しているが、その程度の防御《ぼうぎょ》でこれを隠《かく》せるわけがない。日葵《ひまり》とは別の意味で、この田舎町《いなかまち》の高校の野暮《やぼ》ったい制服には見えねえ……。

そんな俺たちのゲスすぎる思惑《おもわく》は知らず、榎本《えのもと》さんが上にたどり着いた。ちょっと息を切らせながら、前髪《まえがみ》を整える。

「ゆーくん。おはよ」

「お、おはよう」

……いかん。顔がだらしなかったら幻滅《げんめつ》される。

ここは絶対に冷静に普通《ふつう》にいかなければ死ぬところ。頑張《がんば》れ、俺の表情筋!!

「榎本《えのもと》さん。夏服いいね」

「あ、ありがと……」

いつもの「えへ」じゃなくて、照れた感じでもじもじスカートの長さを気にしている。おい待て。そういうパターンもあるの？　勘弁《かんべん》してよ。そんな立場じゃないんだけど、本気の本気で他の男子の前で軽々しくやってほしくない。……そんな立場じゃないんだけどさ‼

「………」

ふと隣《となり》から、刺《さ》すような視線に気づく。

目を向けると、日葵《ひまり》が怖《こわ》い顔でにこーっと笑っていた。

いや、言いたいことはわかる。「真夏の太陽を前にますますフレッシュ可愛《かわい》いアタシへのリアクションとだいぶ違《ちが》うじゃねえかぶっ殺す」って感じか。確かに日葵《ひまり》にも四季折々の可愛《かわい》さがあるのは認めるけど、さっきのは完全に日頃《ひごろ》の行いのせいだろ。

「ゆーくん。今日から、何かするの？」

「あー。そうだな。新作について考える前に、まずは身辺の整理かな」

「身辺の整理？」

「まず止めていたアクセへの客注を再開したり、学校の花を使って大量に作ったアクセを捌《さば》いたり。それをしながら、新作の構想とか考える感じで。今回は花を育てるところから始めるから、準備はじっくりやんなきゃ」

「あ、なるほど」

榎本《えのもと》さんが、ぐっと両手を握《にぎ》る。

つまり新・裏方である自分の出番だと悟《さと》ったのだろう。まさにその通りなんだけど、榎本《えのもと》さん吹奏楽部《すいそうがくぶ》のほう優先で大丈夫《だいじょうぶ》だからね？

「じゃ、また放課後ね」

手を振《ふ》って、自分の教室のほうに行ってしまった。去り際はクールに可愛《かわい》い。

「なんか、奇妙《きみょう》な感じだ」

「悠宇《ゆう》。黄昏《たそが》れてどしたん？」

「ちょっと前まで、普通《ふつう》に『じゃ、ぼちぼちやりますかー』って感じだったのに。榎本《えのもと》さんが入っただけで、なんというか活気が違《ちが》うよなあ」

「アハハ。恋《こい》する乙女《おとめ》だからなー」

しれっと茶化してきやがる。

まあ、その件はまだ出口は見つからないけど。

でもそのうち、はっきりさせなきゃいけない。いつまでもこんな宙ぶらりんなのは、榎本《えのもと》さんに申し訳ない。

それに日葵《ひまり》への気持ちも、未《いま》だにぐちゃっとしてる感じもする。あまり変化がないようにも見えて、内情は全然違《ちが》う。

……前に咲姉《さくねえ》さんが、俺と日葵《ひまり》の関係を箱庭と表現したことがある。それをどうにかすることが、俺のアクセクリエイターとして前進するのに必要なことだとも。

果たして、これがそうなのだろうか。確かに刺激《しげき》という意味では、毎日、持て余しているくらいだけど。

まあ、これ以上そうそう変化はないだろ。

……と高をくっていたのが遠い過去のように思える変化が、その日の放課後には起こっていたのだった。

♣♣♣

別棟《べつむね》にある科学室は、俺と日葵《ひまり》の園芸部の拠点《きょてん》である。

主にLEDプランターを使い、室内で手軽に生育できる花を調査し、定期的にレポートにまとめる。セラピー効果とか、社会福祉《しゃかいふくし》になる活動の研究って名目だ。

しかし裏では、俺のフラワーアクセを制作する工房の確保、および材料になる花の生育を行っている。誤解しちゃいけないのは、園芸部の活動が終わった後の余り時間を有効活用しているだけってこと。……まあ、園芸部の活動はだいたい日葵《ひまり》がやってくれてるんだけど。

今日は珍《めずら》しく会議だった。俺と日葵《ひまり》、そして榎本《えのもと》さん。六人掛《が》けのテーブルに座って、榎本《えのもと》さんの持ってきたクッキーを食べながら今後の活動について話している。とても美味《おい》しい。

「やっぱり在庫の処理からか？」

「そだねー。プリザーブドフラワーっていっても、やっぱり新しいうちのほうが見栄《みば》えはいいからさ」

榎本《えのもと》さんが聞いてくる。

「でも、枯《か》れないようにしてるから大丈夫《だいじょうぶ》じゃないの？」

「以前も話したかもしれないけど、プリザーブドフラワーは生花を仮死状態に近い感じにして枯《か》れづらくしたものなんだよ。端的《たんてき》に言えば、まだ花は生きてる。だから、時間が経つごとに色味が変化するんだ。今が一番鮮《あざ》やかで、どんどん渋《しぶ》みが増していく感じ」

それはそれで味が出るのだが、どうしても写真でサンプルを見てもらう以上は新しく鮮《あざ》やかなほうが目を引く。作ってから時間が経《た》ったものは、売れる割合も落ちてしまうのだ。

「これまでは一点のサンプルをインスタに投稿《とうこう》して、注文数に応じてプリザーブドフラワーを制作していたんだ。今回はもう作っちゃった後だから、ひたすら時間との勝負ってこと」

「そ、そっか。大変だね……」

榎本《えのもと》さんは真剣《しんけん》な顔でスマホにメモっている。真面目だ。

「売れなかったら、どうするの？」

「あ、それは心配しなくても大丈夫《だいじょうぶ》。最近はこういうことはなかったけど、インスタを利用して通販《つうはん》を始める前はけっこう売れないことあったから。いくつかは渋《しぶ》めなのが好きな人のために保管しておいて、他のは地域の知り合いに配るんだよ」

「地域の知り合いって？」

「普段《ふだん》からお世話になってる生花店とか、これまでインスタ撮影《さつえい》に協力してくれた店かな」

「あ、わたしのヘアピンの部品を作ってくれたところとか？」

「そうそう。あの工芸品店にも行くと思う。使ってくれたら嬉《うれ》しいし、そっちの伝手《つて》で俺たちの活動に興味を持ってくれるお客さんもいるから。それでも余れば、他にも俺がお世話になった生け花教室とか、うちのコンビニにも置いてもらうかな」

日葵《ひまり》がヨーグルッペをちゅーっと飲み、にまにましながら言った。

「うちのお兄ちゃんにお願いして、市役所で引き取ってもらったこともあったよねー」

「あー、あったな。あのときは参ったよ。まだインスタでの通販《つうはん》を始めたばかりの頃《ころ》でさ。まず意気込《いきご》んで大量に作ったはいいけど、全然、注文が入らなくて。見かねた雲雀《ひばり》さんが、市役所が協賛してる民芸市場に出品してくれたんだよね」

その代わり、地域の大掃除《おおそうじ》ボランティアでめっちゃこき使われた。でも、そのおかげで工芸品店とかに知ってもらえて、その流れで地元の素敵《すてき》なお店紹介《しょうかい》っていうインスタの方向性が決まったわけだ。

とりあえず、これからについての方針は定まった。

「この在庫をいくつかチョイスして、インスタにのせよう。どこか撮影《さつえい》を引き受けてくれる店があるといいんだけど……」

ふと、日葵《ひまり》が俺の肩《かた》をツンツンした。

目を向けると、なんかどや顔で自分の胸をポンポン叩《たた》いている。

「……わかってる。日葵《ひまり》がモデルだ」

「んふふー。いやー、悪いなー。なんか催促《さいそく》したみたいで嫌味《いやみ》だったかなー？」

なんか面倒《めんどう》くさいムーブを覚えたなあ。

すると今度は、榎本《えのもと》さんと目が合った。そっちは両手をぐっと握《にぎ》って、こっちに乗り出してくる。

「わ、わたしは裏方だから！」

「わかってるから。日葵《ひまり》に対抗《たいこう》しなくていいって」

この申告《しんこく》してくるの、どういうシステムなの？　もしかして、毎回やらなきゃダメ？

そんな感じで話していると、異変が起こった。

『コンニチワァ――――――――ッス!!』

大声とともに、科学室のドアがノックされた。

俺たちは顔を見合わせる。

誰《だれ》だろう？　これまで放課後、この科学室に来客は数えるほどしかない。最近は榎本《えのもと》さんがよく出入りしていたが、真木島《まきしま》も先日の覗《のぞ》き見《み》のときにしかきたことはない。顧問《こもん》の先生だって、最後にきたのはいつだったか怪《あや》しいレベル。

「んん？」

ドアの曇《くも》りガラスの向こうに、女子生徒らしきシルエットが見える。それも一人ではなく複数っぽい。その上、向こうから微《かす》かに賑《にぎ》やかな話し声が聞こえた。

「いない？」

「でも、電気ついてね？」

……どこかで聞いたような。

とりあえず迎《むか》えることにした。今はアクセの制作道具はだしていないし、特に居留守をする必要もない。

日葵《ひまり》がドアを開けると、大人ポニテと金髪《きんぱつ》ミドルの女子二人が科学室を覗《のぞ》き込《こ》んできた。

「やっほー。日葵《ひまり》さーん」

「夏目《なつめ》くんもやっほー」

……あ、見覚えがある。

さすがに先週、会話した女子を忘れることはない。真木島《まきしま》のクラスに遊びにいったとき、俺に話しかけてきた女子たちだ。

俺が〝you〟だって知ってて、フラワーアクセにもちょっと興味あるんだっけ。

「ね、日葵《ひまり》さん。入っていい？」

「それとも、ちょいお邪魔《じゃま》だったー？」

日葵《ひまり》が一瞬《いっしゅん》、面倒《めんどう》くさそうな顔になった。でもすぐに優等生の表情になると、好意100％の笑顔《えがお》で迎《むか》える。

「わっ。二人とも、どしたー？　ほら、入って入って〜♪」

……日葵《ひまり》マジック、恐《おそ》ろしや。

そんな本性《ほんしょう》などつゆ知らず、二人はご機嫌《きげん》な感じで入ってきた。向こうのテーブルに鞄《かばん》を置くと、椅子《いす》を引きずってくる。

ふと、予想外の面子《メンツ》に二人が歓声《かんせい》を上げた。

「あ、榎本《えのもと》さんもいた！　やばい、この空間だけ顔面偏差値《がんめんへんさち》が異常に高い！」

「夏目《なつめ》くん、モテるんだねー？　へえ、すっげー。さすがアクセ職人」

俺は返事ができず、曖昧《あいまい》に口を引きつらせるだけ……同級生を迎《むか》えるというより、森の中で熊に遭遇《そうぐう》したときのリアクションって感じだろう。

（……榎本《えのもと》さんは二人と友だちだったりするのか？）

その榎本《えのもと》さんは、普段《ふだん》のクールな雰囲気《ふんいき》で黙《だま》っていた。……あ、嘘《うそ》。いきなりのアウェーな空気に、カチンコチンになってるだけだ。これは友だちではなさそう。

……って、わっ！

なぜかいきなり、二人が俺を挟《はさ》むように座った。それから遠慮《えんりょ》ない感じで、肩《かた》をさすったり手を叩《たた》いたりしてくる。

「ねえねえねえ。どっち？　どっちが本命？」

「あのさ、あのさ。わたし予想では、日葵《ひまり》さんが正妻枠《わく》で、榎本《えのもと》さんが愛人枠《わく》？」

「え、でも榎本《えのもと》さんって、あの女たらしと付き合ってるんじゃないの？　インスタでも一緒《いっしょ》に映ってたじゃん？」

「マジで？　あいつ、この前、テニス部の一年とイオン歩いてたよ？」

何なの？　俺と話してるの？　それとも二人で、俺を居たたまれない空気にしようゲームでもしてるの？

てか、マジでテンション高いね？

日葵《ひまり》とはまた別のタイプの陽キャ代表って感じがする。正直、俺としてはちょっと苦手なタイプだ。……まあ、悪気がある感じではないけど。

「それで、二人はどしたんー？」

日葵《ひまり》が会話を引《ひ》き戻《もど》した。

瞬時《しゅんじ》にこの場のボスを察した二人が、慌《あわ》てて事情を説明する。

「いやさ！　さっき、ささっちと会ってさ～」

「夏目《なつめ》くんの追試、終わったって言うじゃん？」

ささっち。あの進路指導の先生のことだ。本名は笹木《ささき》先生っていう。

あの鬼怖《おにこわ》い進路指導の先生すらフランクにあだ名呼びしちゃうあたり、この二人のコミュ力の高さがうかがえる。

「で、この前、約束してたアクセ作ってもらいにきたわけ！」

「すっげー楽しみにしてたんだよーっ！」

……はい？

日葵《ひまり》と榎本《えのもと》さんも「えっ」と俺を見る。「おまえ、そんな約束してたの？」って感じ。いや、むしろ俺のほうが聞きたいんだけど。

（あれ？　でも、ちょっと待て……）

なんか、そんな記憶《きおく》があるような。

いつだ？　そもそも、この子たちと話したのは、先週、真木島《まきしま》に会いに行ったときだったから……あっ⁉

『わたしらにもアクセ作ってよ！』

『ま、まあ、時間があるときなら。今、ちょっと中間の追試で忙《いそが》しいし……』

……しちゃってた。

いやでも、あんなの本気にするか？　リップサービス的なやつだと思うだろ。陽キャの解《かい》釈《しゃく》違《ちが》い怖《こわ》い。

「ね、ね。いつ作ってくれる？」

「あー。そうだな。準備とかあるし、今ココでってわけには……」

「うわー、本格的！　あ、売ってるんだから当たり前かー」

「あ、いや、あんまり俺の手とか引っ張らないでほしいというか……」

アハハと謎《なぞ》の笑い声が上がる。俺、今、なんかおもしろいこと言った？

あははは……と誤魔化《ごまか》し笑いをしていると、ふと冷たい視線が刺《さ》さった。そっちに目を向けると、日葵《ひまり》と榎本《えのもと》さんにじと〜〜〜っとした目で睨《にら》まれている。

（ひいいっ⁉）

めっちゃ不機嫌《ふきげん》そう。

俺だってイチャつきたいわけじゃないんですけど。てか、見てないで助けてほしい。

俺はテーブルに積んだアクセの段ボール箱を指さした。

「あ、あのさ。そこに用意してあるアクセなら、何でも持っていっていいよ」

「ええ〜〜〜っ！　それ寂《さび》しくない⁉」

「特注がいい！」

そうなっちゃうのかあ。

気持ちはわからなくもないけど、俺もやっと自由な時間を手に入れたばかりだし。

そう思っていると、日葵《ひまり》がため息をついて助け船を出してくれる。

「とりあえず、要望だけ聞かせてもらっていいかなー？　こっちも色々やんなきゃいけないこともあるし、あくまで悠宇《ゆう》の意思でやってるからさ。それに特注品だと普通《ふつう》より割高になる可能性もあるし、予算も検討しなきゃいけないでしょ？」

「あ、そっかそっか！　ごめんね。いつも売ってるのと同じだと思ってたよー」

大人ポニテのほうが、金髪《きんぱつ》ミドルの子を指した。

「いやー、こいつがさー。来月、カレシと一周年なわけ！」

「ペアのアクセほしーって話してたんだけど、いまいちピンとくるものなくてさー」

俺は聞き返した。

「つまり、女性用と男性用で同じものを二つ？」

「そ、そ！」

ニコニコしながらうなずく金髪《きんぱつ》ミドルの子。

それを見ながら、俺は思った。

（……面白《おもしろ》い）

これまで俺のアクセは、女性ユーザーを想定して作ってきた。

それがメインターゲット層であるのは確かだが、このような視点で他の層へのアプローチができるという事実は新鮮《しんせん》だった。

日葵《ひまり》がこっちを見た。俺がうなずくと、金髪《きんぱつ》ミドルの子へ返答する。

「悠宇《ゆう》は前向きに検討するってさー」

「やった！」

金髪《きんぱつ》ミドルが喜ぶのと同時に、大人ポニテの子が驚《おどろ》く。

「え⁉ でも今、夏目《なつめ》くん、なんか喋《しゃべ》ったっけ⁉」

「あ、確かに何も言ってない！」

「わあ。なんか、阿吽《あうん》の呼吸ってやつ？」

「わかり合ってる感が半端《はんぱ》ないんだけど！」

……余計な一言を。

俺が微妙《びみょう》に気まずい感じになっていると、日葵《ひまり》がやれやれと乗っかってくれた。

「ま、正妻だからなー」

それに二人が「きゃーっ！」と盛り上がる。……背中に榎本《えのもと》さんのじとーっとした視線を感じる。なんで俺が針のむしろになってんの？

日葵《ひまり》が、ン、ンン、と咳《せき》をした。

「とにかく。まだ形《かたち》次第《しだい》で予算とかの問題が出てくるし、そのカレシくんとも話す時間作れるかなー？」

「うん、うん！ 昼休みとかだったら、大丈夫《だいじょうぶ》だと思う」

「じゃあ、アタシのライン知ってるよね？ 急ぎじゃなくていいから、いくつか時間の候補を出してくれると……」

日葵《ひまり》がバリバリ進めてくれるので、俺は一旦《いったん》、会話から外れる。日葵《ひまり》の鞄《かばん》のポケットからヨーグルッペを取り出して、ちゅーっと飲んでクールダウンした。……やっぱり、知らない女子と話すのって疲《つか》れる。

（……んん？）

榎本《えのもと》さんが熱心に、スマホへ何かメモっていた。

「ゆーくんのあの表情は『前向きに検討』っと……」

「真面目か」

ついツッコむと、榎本《えのもと》さんは無表情でVサインをつくる。いや、褒《ほ》めたわけじゃないんだけどね……。

「じゃーね！」

「よろしくーっ！」

二人が出ていくと、やっと緊張《きんちょう》の糸が切れた。

俺はテーブルにぐでえっと身体《からだ》を投げ出す。

「もうダメだ……」

「悠宇《ゆう》。さすがにメンタル弱すぎ。せっかくユーザーとも積極的に関わっていこうって決意したのになー」

「あの二人は攻撃力《こうげきりょく》高すぎだろ。もっと大人しいお客さんがいい」

「いや、むしろ積極的にアクセ欲《ほ》しがるのは、あっちのタイプのような気もするけど……」

榎本《えのもと》さんが意気込《いきご》んで聞いてくる。

「わ、わたしは何をすればいいの⁉」

「榎本《えのもと》さんも落ち着いて。まずは、あの子のカレシにも話を聞いてからじゃないと」

「あ、そっか。えへへ……」

むしろその照れた笑顔《えがお》だけで癒《い》やされるから、マジで何もしなくていいです。絶対に口に出しては言えないけど！

「じゃあ当面は、あの二人の依頼《いらい》を検討しながら、こっちの在庫を捌《さば》いていく感じで……」

ということで、俺たち新体制〝you〟の最初の仕事は幕を開けた。

♣♣♣

それから三日後。

金髪《きんぱつ》ミドルの子と、そのカレシを科学室に招いた。

まさか三年生とは思わず、俺は終始、緊張《きんちょう》していた。……まあ、会話のほとんどは日葵《ひまり》が進めてくれたんだけど。

諸々《もろもろ》の話が終わり、二人が帰っていった。

俺たち三人は、会話の内容を記録したメモを囲んだ。それに目を通しながら、俺はふと口に出した。

「なんか、ちょっと意外な組み合わせだった」

日葵《ひまり》が首をかしげる。

「そうかなー？　優《やさ》しそうなカレシだったじゃん」

「むしろ、だから意外だったというか……」

あんな陽キャ代表みたいな女子のカレシですよ？

てっきり、真木島《まきしま》みたいなチャラ系男子だと思っていた。熊みたいなおっとり巨漢《きょかん》さんが現れたときは、何かの冗談《じょうだん》かと思った。二人と話している間、ずっと『森のくまさん』が頭の中で流れていたし……。

「アハハ。外見より中身を見れる子ってことでしょ？」

「確かに、すげえラブラブだったなあ……」

話している間、ずぅ～～～っと目の前でイチャイチャしてるんだもん。手を握《にぎ》ったり、肩《かた》を寄せ合ったり、完全に二人の空間って感じ。ここ、いつも俺たちが使ってる科学室だったか不安になるレベル。

榎本《えのもと》さんが微妙《びみょう》な顔で言った。

「ゆーくんとひーちゃん、いつもあんな感じだけど……」

「マジっすか……」

それ、さすがにショックなんだけど。

日葵《ひまり》を見ると、ポッと頬《ほお》を赤らめて言った。

「じゃあ、いっそほんとに……」

「付き合わねえよ？　あと榎本《えのもと》さん、『じゃあわたしは⁉』みたいに手を上げるのやめて」

圧がすごい、圧が。

今はアクセ作りに集中したいので、そっち方面は控《ひか》えてほしいんだけど。

「で？　実際に見た感想は？」

「……受けよう。イメージもできた」

俺の即答《そくとう》に、日葵《ひまり》が意外そうにした。

「へぇー。早いじゃん。えのっちのときは、あんなに悩《なや》んでたのに」

「いや、カレシさんと話してて、あんまりアクセとかつけたことないって言ってたからさ。こだわりがないなら、むしろ気安くて助かる」

「なるほどなー。確かに、えのっちは元々お洒落《しゃれ》さんだからねー」

「そういうことだ。こっちの意見もすんなり受け入れてくれそうな人だったし、むしろやりがいがでてきた感じ」

テーマも、ぼんやりとだけど想像できていた。

榎本《えのもと》さんと一度やった経験も活《い》きているのかもしれない。

「今回のテーマは『贈《おく》り合《あ》うアクセ』だ。花はサンシュユを使いたい。暦《こよみ》の上では五月までの花だから、咲《さ》いてるか微妙《びみょう》だけど」

日葵《ひまり》のほうは「へぇー?」って感じのリアクション。

榎本《えのもと》さんはわからず、首をかしげていた。

「サンシュユって?」

「春に花をつける落葉高木だよ。榎本《えのもと》さんも、実のほうなら見たことあるかも……」

スマホで画像を検索《けんさく》する。

小さな赤いグミのような実だ。それを見て、榎本《えのもと》さんが目を丸くする。

「ゆーくん。これ見たことある」

「サンシュユは日本全土に分布してるから。都会じゃなければ、案外、通学路とかに植わっているかもね」

「この黄色い花も、可愛《かわい》いし綺麗《きれい》だね」

「うん。日本では、別名ハルコガネバナって呼ばれてる。明るさと可憐《かれん》さが合わさった、春の代表花の一つだ」

そして秋に生《な》る実は、秋珊瑚《あきさんご》と呼ばれるくらいに瑞々《みずみず》しく美しい。

「これの花言葉は?」

「『持続』や『耐久《たいきゅう》』。あとは『成熟した精神』とか」

「ペアアクセなのに、愛の花じゃないの？」

確かに、榎本《えのもと》さんの疑問もその通りだ。

でも、それには俺なりの理由がある。

「サンシュユは滋養強壮《じようきようそう》の花……つまり健康を願う花だ。あの二人を見てると、ことさらに愛の強さをアピールするよりも、そういう実の部分を願って贈《おく》り合《あ》ったほうがいいような気がしたんだよ」

ちなみにサンシュユの実は、栄養ドリンクとかの成分にも含《ふく》まれている。健康を象徴《しようちよう》するにはぴったりの植物でもあった。

「あのカレシさんは野球部だし、大学でも続けたいって言ってた。そんなカレシのことを想《おも》うなら、それがいいかなって。……まあ、ちょっとジジくさい考え方かもしれないけど」

日葵《ひまり》と榎本《えのもと》さんは顔を見合わせると、うんうんとうなずき合った。

「いいんじゃないかなー。ま、お花を確保しないと話になんないけどね」

「わたしも、それでいいと思う。この花も可愛《かわい》いし」

あざーっす。

ちょっとクサすぎて、笑われたらどうしようかと思った。

……ということで、今回はサンシュユのペアアクセだ。俺たちはさっそく、生花店や知り合いの伝手《つて》を頼《たよ》ってサンシュユを探すことにした。

週明けに、再び金髪《きんぱつ》ミドルさんとカレシさんを日葵《ひまり》に呼んでもらった。

サンシュユの花がギリギリ確保できたので、それを使ったペアアクセを提案してみる。もちろん、その意図もだ。さすがにクライアントがオーケーを出さなきゃ、俺たちのナルシシズムになってしまう。

「……という感じで、どうでしょうか。予算に関しては、花がすぐに見つかったので、俺たちが普段《ふだん》やっている基本料金で収まると思うんですけど」

直接、俺の口から説明する。

めっちゃ緊張《きんちょう》しながらになっちゃったけど、二人は最後まで聞いてくれた。そして顔を見合わせると、うんとうなずいた。

金髪《きんぱつ》ミドルさんがビシッと親指を立てる。

「可愛《かわい》いならオッケーッ！」

「あざーっす！」

さっそく計測に入った。

金髪《きんぱつ》ミドルさんは、日葵《ひまり》たちが担当。カレシさんは、俺がメジャーで細かく計測する。

アクセの形状はネックレスに決まったので、カレシさんの首回りのデータを重点的に採っていく。その途中《とちゅう》で、彼が照れた感じで言った。

「おれ、あんまりアクセとか似合わないからさ。ネックレスとか、どうなんだろ……？」

「そんなことないですよ。先輩《せんぱい》、体格がしっかりしてるので、ちゃんと合うと思います。パーツも柔《やわ》らかい印象のものにするので安心してください。あ、このアクセをつけるときは胸元《むなもと》を開ける感じにしてください。中途半端《ちゅうとはんぱ》に見せるより、しっかりとアピールするほうが逆に恥《は》ずかしくないです」

「そ、そうなんだ。……きみも、なんかさっきより明るいね？」

「……イマドキっぽい女子と話すの、ちょっと苦手で」

「……あ、おれも。カノジョだけ大丈夫《だいじょうぶ》」

顔を見合わせて、アハハと笑い合う。

うーん。あの金髪《きんぱつ》ミドルさんがこの人を選んだのもわかる気がする。話していると、すげえ落ち着くんだよなあ。

その二週間後には、アクセが完成した。

品質も十分なものができた。二人のリアクションもよかった。今回のアクセは一般販売《いっぱんはんばい》しないので、制作実績としてインスタにアップさせてもらう。

その間に、在庫のアクセたちの販売計画《はんばいけいかく》も進んでいた。インスタ撮影《さつえい》する店も決まって、週末に三人でそれを撮《と》りにいく。すべて順調だった。

……思えば順調すぎたのが、今回の一件の始まりだった。

♣♣♣

六月中旬《ちゅうじゅん》。

すでに梅雨入《つゆい》り宣言はされたけど、毎年、言うほど雨は降らない。

毎年、なんでニュースでダムの映像ばかり流すのかと不思議だったけど、俺が生まれた頃《ころ》まで は、この時期は毎日のように土砂《どしゃぶ》降りだったらしい。

先月と同じように、降るか降らぬかの天気の下で怯《おび》えながら登校し、そして屋根の下で学問を学び、俺は放課後にアクセを作る。それが梅雨時期《つゆじき》の俺の日常で、そこには日葵《ひまり》との平和な日常があった。先月からは、榎本《えのもと》さんが加わった。それだけのはずだった。

その日の放課後、また科学室に来客があった。

「〝you〟さんに、自分専用のアクセサリーを作ってもらえるって聞いたんですけどー」

そう言って明るく話すのは、なんかイマドキっぽい感じのふわふわボブカットの女子生徒だった。友だちと二人連れだった。

なんか部活の先輩《せんぱい》にアタックしたいのだが、うまいこと彼の趣味《しゅみ》にあったアクセは作れないかということだった。

……その言葉の内容よりも、まず「この子、誰《だれ》？」って疑問のほうが強かった。

俺は完全に初対面だ。日葵《ひまり》も、指で小さく『×』を作って首を振《ふ》った。榎本《えのもと》さんの吹奏楽部《すいそうがくぶ》繋《つな》がり……でもなさそう。めっちゃカチンコチンになってるし。

いつものように、日葵《ひまり》がにこーっと笑って要件を確認《かくにん》する。

「その話、誰《だれ》に聞いたのかなー？」

で、判明したことによると。

あの大人ポニテと金髪《きんぱつ》ミドルの二人組が、めっちゃ〝you〟のことを宣伝してくれているらしい。運動部を中心に話題が広まっていて、けっこうな感じで盛り上がっているとか。

とりあえず、その下級生の子たちを帰した。

日葵《ひまり》がヨーグルッペでクールダウンしながら唸《うな》った。

「まず、どんだけ事態が進んでいるか確認《かくにん》しないといけないよなー」

「わたしも、この後の練習で吹奏楽部《すいそうがくぶ》の子に聞いてみる」

俺は在庫アクセを発送するための梱包《こんぽう》をしながら、ぼんやりと言った。

「でも、そんなに慌《あわ》てることか？」

「ええ？　悠宇《ゆう》、けっこう余裕《よゆう》じゃん……」

「余裕《よゆう》っていうか、そもそも俺のアクセの需要《じゅよう》、うちの学校でそんなに高かったか？」

「あ、なるほどなー。悠宇《ゆう》にしては冴《さ》えてるかも……」

「俺にしては冴《さ》えてて悪かったよ……」

日葵《ひまり》がスマホで、〝you〟の販売履歴《はんばいりれき》をチェックする。

「ちゃんとしたデータは、うちのパソコン見なきゃわからないけど。とりあえずこれまで、10代以下のお客さんは、全体の10%もないかな……」

「そうだろ。俺のアクセ、けっこう高く設定してるし」

これは、日葵《ひまり》の含蓄《がんちく》によるものだ。

商品というのは、安く設定すれば顧客《こきゃく》の裾野《すその》は広がる。でも、同時に商品のブランド性は低くなる。目先の利益だけを考えて安くしすぎても、将来、店を持った後に金額を上げることはできない。それは日葵《ひまり》が幼い頃《ころ》から、お家の土地を借りていった事業者たちを見て実感することだった。

……何が言いたいのかというと、俺のアクセは少なくとも高校生がホイホイと買えるものじゃないということだ。

10代以下のユーザーは、全体の10%に満たない。その上でうちの学校の生徒だけに限定すると、本当にごく少数だ。あの金髪《きんぱつ》ミドルさんたちが一年のときに買ってくれたのも、経年のせいで価格を下げたやつだったと思う。

これまで日葵《ひまり》がインスタのモデルをしていても、熱心に〝you〟の正体を暴こうとするやつがいなかったのは、そういう理由もあった。自分が買えない商品の制作者より、毎日のテレビ番組の内容のほうがよほどホットな話題だ。

「それで、榎本《えのもと》さんはなんで手を上げてるの？」

すると榎本《えのもと》さんが、すごく真剣《しんけん》な顔で言った。

「でも、わたしみたいな例もあるかもしれないし！」

「いやあ、それはどうかなあ……」

言っちゃ悪いけど、榎本《えのもと》さんのパターンって奇跡《きせき》に近い気がする。

そもそも、この中学時代の初代フラワーアクセを未《いま》だに身につけてくれている人、日葵《ひまり》と榎《えの》本《もと》さん以外には見たことないし。……なんか申し訳なくて、つい微妙《びみょう》な表情を浮《う》かべるだけになっちゃったけど。

日葵《ひまり》の飲んでいた紙パックが、ずずっと音を立てる。

「いや、えのっちの言うことは一理あるかもなー」

「マジで？　なんで？」

「確かにこれまでは、悠宇《ゆう》って目立たない陰《いん》キャくんだったわけじゃん？　でも、これからは違《ちが》うかもしれない……」

「いやいやいや。これからって何？　何もないよ？」

「いやいやいや。悠宇《ゆう》は楽観視しすぎだよ。状況《じょうきょう》は刻一刻と変わるんだから」

「ちょっと目立つようになったからって、何か不都合ある？」

日葵《ひまり》は空になったヨーグルッペの紙パックを、ぐしゃっと握《にぎ》りつぶした！

「悠宇《ゆう》がモテちゃ……」

「ゆーくんがモテちゃうかもしれないじゃん!!」

日葵《ひまり》のやつ、榎本《えのもと》さんに決《き》め台詞《ぜりふ》を取られて「ぐぬぬ」ってなってる。

てか、榎本《えのもと》さんがぐいぐい袖《そで》を引く。

「ね、ゆーくん。そうなると困るよね？」

「いや、榎本《えのもと》さんもちょっと黙《だま》ってて。話が進まないから」

榎本《えのもと》さんがシュンとした。

「ゆーくん。最近、言葉が鋭《するど》い……」

「あ、ゴメン。なんか、つい日葵《ひまり》と同じ感覚でやっちゃうっていうか……」

でも榎本《えのもと》さんって天然なだけで、日葵《ひまり》と違《ちが》ってわざとやってるわけじゃないし。そう考えると、同じように扱《あつか》うのはダメな気が……。

と思ってたら、榎本《えのもと》さんがぐっと拳《こぶし》を握《にぎ》った。

「それってひーちゃんに追いついてる証拠《しょうこ》だよね！」

「めっちゃ前向き」

本人がよさそうなら、まあいっか……。

「とにかく、日葵《ひまり》たちは大げさに考えすぎだと思う。それに、考えようによってはいいことじゃないか？」

「そう？」

「だって俺は上のステージを目指すために、ユーザーに積極的に関わっていくって決めたじゃん。むしろ、向こうからきてくれるのはありがたいかも」

「まあ、確かにそうかもなー。こっちから興味ないユーザーに営業かけるのは、ちょっと違《ちが》うだろうし……」

のんびり話していると、科学室のドアがノックされた。ドアを開けると、三人の女子グループが立っている。……さっきとは違《ちが》う子たちだ。

その一人が緊張《きんちょう》した感じで、俺たちに言う。

「す、すみません！　こちらに〝you〟さんがいるって聞いたんですけど！」

「…………」

俺たちは顔を見合わせて、口元を引きつらせた。

……これは、ありがたいとか言ってる場合じゃないかもしれない。

♣♣♣

三日後の昼休み。

俺たちは科学室で、また来客の対応をしていた。その女子生徒は、ふんふんと興奮しながら聞いてきた。

「〝you〟さんのアクセをつけると、絶対に恋《こい》が叶《かな》うって本当ですか！」

ないです。

そういうスピリチュアルな効果は確認《かくにん》されておりません。

……その女子生徒からの要望を聞いて、とりあえず帰した。ドアに鍵《かぎ》を閉めて、俺たちはテーブルに突っ伏《ぷ》す。

「疲《つか》れたあああ……」

「アタシも、さすがにこの連チャンはしんどいかもなー……」

「吹奏楽部《すいそうがくぶ》に行くと、みんなからアクセ作ってほしいって言われて困る……」

顔を上げた。

日葵《ひまり》が注文の概要《がいよう》をノートにまとめている。

「日葵《ひまり》。今ので、何人目だっけ？」

「今の子で、12人……」

「嘘《うそ》だろ……」

「男子合わせると、16人かなー……」

「そんなにいたの……？」

ここ数日、アクセの注文がひっきりなしだった。その対応に一杯一杯《いっぱいいっぱい》で、アクセ制作ができないほど。

なんでだ。金額を下げたわけじゃない。これまで見向きもしなかったユーザーが、わんさか出てくるんだけど。

日葵《ひまり》がこれまでの要望を見返しながら、

「んー。やっぱり特注品っていうのが効きすぎてるんだよなー」

「どういうこと？」

「ほら。これまでは、こっちが制作した汎用品《はんようひん》を売ってたわけじゃん？　でも今回は、完全オーダーメイドでアクセを作ってもらえる。これまでとほぼ同じ予算で世界に一つしかないアクセができるってなると、やっぱり期待値が上がるんじゃないかなー」

……なるほど。

それは理解できる話だ。修学旅行で観光地に行くとき、自分の名前を入れられるお土産《みやげ》をこぞって買うのと同じじってことか。

「しかも、あの二人が宣伝上手なんだよなー」

「あの二人って、サンシュユのアクセ作った子たちのこと?」

「そーそー。話を聞いてて思ったんだけど、あの二人の宣伝の仕方がどんどん進化してるんだよ。最初はオリジナルアクセってだけだったけど、昨日は世界で一つだけのオーダーメイドアクセ、そして今日は絶対に恋《こい》が叶《かな》うアクセになってるし……」

「あー、そういうことか……」

いろんな女子の反応を見ながら、より興味の湧《わ》く名目を追加しているわけだ。

実際、花言葉というのは基本的に恋愛絡《れんあいがら》みのものだ。フラワーアクセが恋愛《れんあい》に御利益《ごりやく》があると言われれば、すんなりと信じてしまう子も多いだろう。

榎本《えのもと》さんが、疲《つか》れた感じのため息をつく。

「あの二人に、宣伝をやめてもらえないの……?」

「それなんだけどなあ……」

もちろん、それは考えた。

実際、初日の放課後に、日葵《ひまり》と一緒《いっしょ》にそれを言いに行ったんだよ。でも、逆に「わたしらが宣伝隊長になるよ!」とか提案されてしまったのだ。

「あんなにいい笑顔《えがお》で『任せて!』とか言われると、断りづらいっていうか……」

「アタシも、ここまでになるとは思わなくてなー。最初に『いいよ』って言った以上、今更《いまさら》、撤回《てっかい》するのもばつが悪いし……」

何より、あの二人の効果は、こっちにも『向こうから勝手にお客さんがきてくれる』というメリットがある。

この現状に陥《おちい》った原因は、むしろ二人の拡散力を見誤って初手の対応を見過ごした俺たちにあるのだ。こっちが悪いのに、二人の善意を否定することはできない。

「でも実際、あの二人も変なスイッチ入ってない……？」

「それは昨日、お兄ちゃんが言ってたなー。若い子って、お金とかよりも『自分の働きの成果が目に見える』っていうのが一番の労働意欲に繋《つな》がるって。そこをうまく雇用者《こようしゃ》に利用されて、低賃金のアルバイトに縛《しば》られるみたいな問題もあるらしいんだけど……」

世知辛《せちがら》い話は、とりあえず脇《わき》に置いておき……。

「とにかく俺たちにやれることは、依頼《いらい》をきっちりこなすことだけだろ」

「でも、こんな数、これまでないよ？　悠宇《ゆう》やれる？」

「やるしかないし。今は通販《つうはん》の在庫が余裕《よゆう》あるし、来月の期末も……まあ、雲雀塾《ひばりじゅく》の成果が残ってるし大丈夫《だいじょうぶ》だと思う」

「うわー、不安しかないなー」

とりあえず、科学室を閉めることにした。

俺たちがここにいると、どうしても来客の対応をせざるを得なくなる。それで完全に注文が停《と》まるわけじゃないけど、少しは勢いが落ち着くだろう。あの二人組には、なんかいい感じの言い訳をでっちあげるしかない。

日葵《ひまり》と榎本《えのもと》さんと、目的もなく廊下《ろうか》を歩いていく。

その間、これからの活動内容について話し合った。

「しかし、どこで作業するか……」

「うちの空き部屋しかなくない？」

「ええ。そうすると雲雀《ひばり》さんが……」

「でも、悠宇《ゆう》の部屋は大福くんが荒《あ》らすんでしょ？」

「マックとか……」

「いや、無理でしょ。さすがにあんな器材を広げてたら迷惑《めいわく》じゃん」

榎本《えのもと》さんがちょっと拗《す》ねた感じで頬《ほお》を膨《ふく》らませていた。

「ゆーくん。わたしが行けなくなる……」

「…………」

くそ可愛《かわい》……じゃなかった。

危《あや》うく口に出してしまうところだ。偉《えら》いぞ、俺の表情筋。

「榎本《えのもと》さん。おうちのお手伝いとか、どんな感じなの？」

「高校で吹奏楽《すいそうがく》を始めてから、夜は休みの日にしか手伝ってないの。今は朝早くの仕込《しこ》みを手伝ってるから、部活が終わってからでも……」

日葵《ひまり》が提案した。

「じゃあ、えのっち。帰りはお兄ちゃんに送ってもらえばいいよ。自転車は……」

俺たちがそんな話をしていると、廊下《ろうか》の向こうから見知った顔が歩いてきた。

真木島《まきしま》だった。珍《めずら》しく一人で歩いている。

「ナハハ。えらく華《はな》やかな美女たちを引き連れているやつがいると思ったら、やはりナツではないか。こんなところで会うとは奇遇《きぐう》だな？」

「よう、真木島《まきしま》。おまえは、そういう皮肉を言わないと気が済まないわけ？」

そして日葵《ひまり》は、俺の腕《うで》を両手で抱《だ》きしめて露骨《ろこつ》に所有権をアピールすんのやめて。ここ廊下《ろうか》だから、他の学年の生徒にも見られちゃう……榎本《えのもと》さんも反対の腕《うで》で真似《まね》しようとしないの!!

「あの、日葵《ひまり》さん？」

「んふふー。悠宇《ゆう》、どうしたのー？」

「いや、さすがに歩きづらいからやめて……」

「えー。いつものことじゃーん。悠宇《ゆう》って照れ屋さんだなー♡」

いや、いつもはこんなこと……いや、いつもこんなもんだわ。榎本《えのもと》さんが、あの金髪《きんぱつ》ミドルさんカップルと似たようなものって言ってたのも納得《なっとく》……。

反対の榎本《えのもと》さんに目を向けた。

そっちでは顔を真っ赤にした榎本《えのもと》さんが「わたしもやる？　わたしもやるべき？」って感じでじりじりと目で訴《うった》えている。

「いや、榎本《えのもと》さんはやんなくていいから……」

「でも、ひーちゃんがやってるし……」

「それでもやんなくていいから……」

というか、さすがにそれはやばい。日葵《ひまり》は慣れてるからギリギリ平静を保ってるけど、榎本《えのもと》さんにやられたらマジで取り返しがつかないことになっちゃう。

「真木島《まきしま》。助けて……」

「贅沢《ぜいたく》なやつめ。……リンちゃん、ナツが困ってるからやめたまえ。それと身体《からだ》の密着は頻度《ひんど》が多すぎると、いざというときに慣れで攻撃力《こうげきりょく》が下がってしまう。ここぞというときに取っておくのが上策だ」

榎本《えのもと》さんが「あ、そっか」と言って距離《きょり》を取る。そして今の言葉を、スマホにタタタッとメモった。……この子、本当に真面目だね？

「真木島《まきしま》、マジで恋愛《れんあい》指南役なの？」

「ナハハハ。リンちゃんは吸収スピードが速くて教え甲斐《がい》がある。すぐに日葵《ひまり》ちゃんなど追い抜《ぬ》くから楽しみにしていたまえ」

扇子《せんす》をパチンパチンと鳴らしながら、その日葵《ひまり》とバチバチと火花を散らせている。

「なあ、日葵《ひまり》ちゃん？　そっちは身体《からだ》を密着させているにもかかわらず、ずいぶんと意識されていないではないか？」

「んふふー。おあいにく様ー。悠宇《ゆう》はこれで内心では心臓が止まりそうなくらいドキドキしてるんですー。真木島《まきしま》くんは人のことより、自分がいつあの後輩《こうはい》の子に愛想尽《あいそつ》かされないか心配してたほうがいいと思うけどなー？」

「ほう？　今のは恋に浮つく乙女への皮肉だが、ずいぶんと素直《すなお》に乗ってきたものだな？」

「……っ⁉」

一瞬《いっしゅん》、日葵《ひまり》の顔がムッと歪《ゆが》む。

俺はため息をついた。

「日葵《ひまり》、真木島《まきしま》。それよりおまえらの会話がくっそ恥《は》ずかしいんだけど、俺、ここから逃《に》げちゃダメ？　ねえ、ダメかな？」

なぜか日葵《ひまり》と真木島《まきしま》が、ハアッとため息をついた。

「これだから悠宇《ゆう》はヘタレなんだよなー」

「独活《うど》の大木とは、まさにナツのために用意された言葉だな」

おまえら、俺をディスるときだけやけに仲いいよね？

ちなみに春の山菜として有名な独活《うど》だけど、成長しすぎると硬すぎて食用にはできず、柔《やわ》らかすぎて建築資材にもならない。ここから『図体《ずうたい》ばかり大きくて役に立たないもの』という意味のことわざになるわけだ。そして成長した独活《うど》は夏頃《なつごろ》になると、巨大《きょだい》な雪の結晶《けっしょう》みたいな綺麗《きれい》な花を咲《さ》かせる。たんぽぽの綿みたいだと言う人もいるな。独活《うど》は越冬《えっとう》せずに枯《か》れるので、実際は樹木ではなく……って、こういう豆知識はどうでもいいんだよ。

「それよりナツよ。たまにはオレと食事でもどうだ？」

「ええ。なんか露骨《ろこつ》に怪《あや》しいんですけど」

「ナハハ。そう嫌《きら》うな。どうせ今日、アクセ制作はでき、でき、できないのだろう？」

……なるほど。

俺は日葵《ひまり》たちに断ると、真木島《まきしま》と一緒《いっしょ》に屋上へと向かった。

♣♣♣

屋上に到着《とうちゃく》すると、そこには下級生の女子がいた。

見覚えがある。真木島《まきしま》の今のカノジョさんだ。その子はこっちに気づくと、満面の笑《え》みで俺にぺこっと頭を下げた。……相変わらず、いい子っぽいオーラが凄《すさ》まじい。

「もしかして待ち合わせしてたの？」

「ああ、そうだったな」

おいこら。

この気まずい空気どうすんの……って、アレ？　カノジョさんのほうが空気を読んで「では☆」と行ってしまった。

……できた子だなあ。

「あの子、なんで真木島《まきしま》のカノジョやってんの？」

「ふうむ。正直、オレにもわからん。同じテニス部なのだが、いつの間にか一緒《いっしょ》に行動していてなあ。成り行きでそうなったが、本当にオレのことが好きなのかもわからん」

あ、そうっすか。

モテ男の恋愛観《れんあいかん》は一生、理解できる気がしない。

「しかし、ナツはずいぶん疲労《ひろう》しておるようだな？」

まったく悪びれない態度は、まあ、いつものことだ。

「真木島《まきしま》さ。〝you〟を身バレさせたの、この状況《じょうきょう》を狙《ねら》ってたろ？」

「ナハハ。ナツもオレを疑うということを覚えてきたか。いい傾向《けいこう》だ。イエスと答えさせてもらおう」

……やっぱり。

これまで起こっていること、なんとなく流れがスマートすぎると思ったんだ。うまく言えないけど、誰《だれ》かに転がされているというか。

「あの二人にアクセの宣伝をさせてるのも真木島《まきしま》なの？」

「いや、それは違《ちが》うな。あくまで、あの二人の意思だ」

「じゃあ、なんであんな積極的に……？」

俺のアクセが広まっても、あの二人に見返りがあるわけじゃない。

そりゃオーダーメイドのアクセは作ったけど、ちゃんと代金はもらっている。あの二人の行動は、明らかにそれ以上だ。

すると真木島《まきしま》が答えた。

「あの二人は、いわゆるオタクに優《やさ》しいギャルだ」

「はい？　オタクに優《やさ》しいギャル？」

「ネットスラングというやつだよ。生粋《きっすい》の陽キャでありながら、どんな属性違《ちが》いの生徒にも同じスタンスで接することができる高いコミュニケーション能力の持ち主。二年では日葵《ひまり》ちゃんの次くらいに人気のある女子コンビなのだが、その様子では知らんかったようだな」

それは知らなかった。

……でも、確かに言われれば、一年のときに何度か話しかけられたような気もする。いつもアクセのこと考えてて、ちゃんと返事してなかったけど。

「あの二人は生来のお節介焼《せっかいや》きだ。純度100％の善意でしか動かない。ナツのアクセを素晴《すば》らしいと思っているから、ああやって甲斐甲斐《かいがい》しく広めてくれているのだ。その点に関しては、誓《ちか》って嘘《うそ》はない」

「じゃあ、なんか裏があってやってるわけじゃないのか」

「まあ、アレはアレで希有《けう》なタイプだがな。……だからこそ、オレはあの二人を選んで〝you〟を身バレさせたのだ」

「どういうこと？」

真木島《まきしま》は扇子《せんす》を広げると、にっと笑いながら口元を隠《かく》す。

「純度100％の善意は、ときに純度200％の悪意に勝《まさ》るからな」

「……いや、意味わからん」

意味はわからないけど、よからぬことを企《たくら》んでいるのはわかった。

「今日、ナツと話したかったのは、先に謝罪するためだ」

そして真木島《まきしま》は、あっけらかんと宣言した。

「オレの想定通りに事が運べば、おそらくナツは精神的にちょ～っとだけ、きつい目に遭《あ》うはずだ」

「ええ……」

どういうことだよ。

てか、それを言われてどういうリアクションをしろと……？

「真木島《まきしま》。榎本《えのもと》さんのアクセの完成披露会《ひろうかい》のときも、日葵《ひまり》にちょっかいかけてたよな。マジで何がしたいわけ？」

真木島《まきしま》はバッと両腕《りょううで》を広げる。

いつもの決めポーズだ。そしてどこか恍惚《こうこつ》とした表情で言う。

「すべてはリンちゃんの勝利のために」

「いや、そこまで榎本《えのもと》さんに肩入れする理由を聞いてるんだけど」

「幼なじみの幸せを願うのは当然だろう？」

「普通《ふつう》ならな。おまえが言うと説得力がないの」

真木島《まきしま》はからから笑った。

「オレはリンちゃんに大きな借りがある。初恋くらい叶《かな》えてやらんと割に合わんほどの大きな借りがな」

「…………」

いつもの軽薄《けいはく》な表情の奥に、真剣なまなざしがあった。俺がじっと見つめていると、真木島《まきしま》は肩をすくめる。

「オレを殴《なぐ》ってもいいのだぞ？　前回も含め、ナツはそのくらいする権利がある」

「……そりゃ、余計なことすんなっていう気持ちはあるけど」

俺はため息をつくと、素直《すなお》な気持ちを述べる。

「しょうがないだろ。仮に、俺が親友である日葵《ひまり》の恋路《こいじ》を応援《おうえん》しようとしたとき、おまえと同じことをしないとは限らない。お互《たが》いの大事な目的がかち合えば、そういうこともあるんじゃねえか？」

「…………」

真木島《まきしま》はぽかんとした顔で、俺を見ていた。

やがてくつくつと喉《のど》を鳴らすように笑い、扇子《せんす》を閉じて俺の胸をツンツンする。

「おまえに応援《おうえん》できるのか？　日葵《ひまり》ちゃんのことを好きになってしまったくせに？」

「例えばの話だ、例えばの！」

真木島《まきしま》は高笑いを上げた。

「ナハハ。だから、ナツは好きだぞ♪」

「いや、マジで男子に好きとか言われたくないから勘弁《かんべん》して」

まったく、厄介《やっかい》なやつと友だちになってしまったものだ。

……真木島《まきしま》といい、雲雀《ひばり》さんといい、俺って変な男に好かれやすいのかなあ。

♣♣♣

そのまま、二週間が経《た》った。

放課後。

犬塚家《いぬづかけ》のお屋敷《やしき》の一室で、俺はアクセ制作に取り組んでいた。とにかく種類が多い。花もそうだけど、アクセの形状もバラバラだ。それを間違《まちが》えないように、一つずつ丁寧《ていねい》に組み上げていく。

花のほうは、意外に手を取られる時間は短い。色素を抜《ぬ》いたり乾燥《かんそう》させたりと、集中的に作業した後、じっと待つ時間が長いのだ。

その間の作業に、アクセの基礎部分《きそぶぶん》の作業を進める。

「……よーし。とりあえず一段落」

ハアッと息をつく。

これで何個目だ？　アレからまた注文が入って、もう20個くらいか？　そろそろ最初の段階で注文してくれた生徒たちのアクセが完成する。

とか思っていると、背後から人の気配がした。振《ふ》り返《かえ》る間もなく、日葵《ひまり》が後ろから首に抱《だ》きついてくる。

「ゆっう〜。やってるぅ〜？」

「お、日葵《ひまり》か……」

ちょっとびっくりした。

てか、やっぱり緊張《きんちょう》する。真木島《まきしま》は、俺が日葵《ひまり》から腕《うで》に抱《だ》きつかれても平然としているとか言ってたけど、本当は心臓ばくばくでしょうがないんだよ。……この心臓の音、聞こえてないよな？

「てか、ごめんな。おまえがいないのに、お家《うち》に上がらせてもらっちゃって……」

「アハハ。それはいいけどねー。お祖父《じい》ちゃんとお母さんも、悠宇《ゆう》がきてくれて嬉《うれ》しがってるからさー」

雲雀《ひばり》さんに相談したら、さすがに科学室を空けるのはよくないって言われたんだよ。ということで、18時までは日葵《ひまり》が待機してくれることになった。俺は作業に集中するために、学校が終わったら一足先に犬塚家《いぬづかけ》へお邪魔《じゃま》している。

お祖父《じい》さんは退院してたし、お母さんもいらっしゃる。それなのに、普通《ふつう》に家に上げてくれる。空き部屋も使わせてもらえることになったし、作業は順調だ。

その上、めっちゃ世話を焼かれるんだけど。

見てよ、このテーブルに積まれた菓子《かし》の山。作業中は脳に糖分が必要って言っても、限度があるでしょ。……ああ、ロイズのチョコポテチうまい。たまにイオンの駐車場《ちゅうしゃじょう》に、移動販売《いどうはんばい》のトラックきてるんだよね。

「あ、今日の夕飯、悠宇《ゆう》の好きな唐揚《からあ》げの甘酢《あまず》かけつくるって」

「マジかよ。そこまで俺に合わせてくれなくていいんだけど……」

「いいんじゃない？　うちって偏食家《へんしょくか》ばかりだから、むしろ献立《こんだて》考えるの楽だってお母さんも言ってたし」

「それなら、いいんだけど……」

初日に雲雀《ひばり》さんとお祖父《じい》さんが高級寿司《こうきゆうずし》にするかイタリアンにするかで揉《も》めたとき、お母さんの「わたしの作った食事で不満があるのかしら？」の一言で終戦したんだよな。……この家で一番権力があるの実はお母さん疑惑《ぎわく》が生まれた瞬間《しゆんかん》だった。

日葵《ひまり》はご機嫌《きげん》そうに俺の頭をなで回しながら、テーブルの上のアクセたちを眺《なが》めた。

「調子どう？」

「雲雀《ひばり》さんが手配してくれた環境《かんきよう》が素晴《すば》らしすぎて、もうダメになりそう……」

「ぷはっ。存分にダメになってしまうがいいよ。跡目《あとめ》はお兄ちゃんが継《つ》ぐし、アタシは気ままな事実婚《じじつこん》でもいいからさー」

「その最後の一言が余計なやつですねえ……」

ぶっちゃけ、マジで洒落《しやれ》にならないんだよ。

科学室にも器材は準備しとかなきゃいけないから、わざわざこっちで新しい器材とか準備してくれたんだ。

普段《ふだん》使っている器材とほとんど同じやつなんだけど、明らかに上位互換《ごかん》っていうか。レジンを固めたりとかの一つ一つの作業が早いし安定してる。それに連続して作業しても疲労《ひろう》をそれほど感じない。何より、なんとなくできあがりの見栄《みば》えがいいんだよ。器材が手に吸い付く感じというか、自分の一部という感じがすごいのだ。

……今の時代、いろんなものが安く出回ってるけど、やっぱり高いものはそれだけの恩恵《おんけい》をくれるんだよな。そういうのを再確認《さいかくにん》させられてしまった。

「でも、さすがに二週間ぶっ通しは疲《つか》れた……」

「そりゃねー。最近、学校以外はずっとここに籠《こ》もってるもんなー。……あ、そっちのチョコちょうだい？」

日葵《ひまり》の口の前に、ロイズのアーモンドチョコを差し出す。それを日葵《ひまり》は、ひな鳥のようにつ
いばんで口に入れる。……なんかエロいなって思ってしまった。

いかん。親友、親友。親友は相手をエロい目で見ないの。

「夕飯、いつごろ？」

「さっき鶏肉《とりにく》を切ってたから、あと一時間くらいじゃないかなー」

「じゃあ、ちょっと休憩《きゅうけい》」

「いいよー。えのっちがきたら、起こしてあげる」

仮眠《かみん》を取ろう。

最近は日付が変わるまでここで作業して、家に帰ってもアクセの案とか考えててあまり寝《ね》れてない。休み時間とかも寝《ね》たいんだけど、なんか声を掛《か》けられることが多くて。特に日葵《ひまり》が科学室で留守番してくれるようになって、一人で行動することが増えたからなあ。

「……で、何してんの？」

「へい、悠宇《ゆう》。こっちこっち」

日葵《ひまり》が正座して、ぺんぺんと膝《ひざ》を叩《たた》いている。……冗談《じょうだん》でしょ？

「いや、そっちの座布団《ざぶとん》とって……あ、おまえ、後ろに隠《かく》すな」

「ダメですー。むしろ可愛《かわい》いアタシの膝枕《ひざまくら》を拒否《きょひ》るとか、悠宇《ゆう》ってほんとにアホなの？」

いや、むしろおまえが可愛《かわい》いから拒否《きょひ》ることになってんだろ。

……まあ、いいか。誰《だれ》に見られることもないし、日葵《ひまり》が言いだしたら聞かないから。

日葵《ひまり》の誘導《ゆうどう》で、その膝《ひざ》に後頭部をのっけた。不思議な感覚だ。天井《てんじょう》と、日葵《ひまり》のご機嫌《きげん》そうな顔が見える。

（あれ。これって……？）

ある疑惑《ぎわく》をもって日葵《ひまり》の顔を見つめていると、ふとその額に『※』が見えた気がする。

「ねえ、悠宇《ゆう》……」

「な、何だ？」

「えのっちだったら顔が見えないんだろうなーって思ってない？」

ぎくっ……。

え、何なの？　こいつエスパーなの？　一寸《いっすん》の狂《くる》いもなく言い当ててきたんだけど。俺はそっと、視線を明後日《あさって》のほうに向けた。

「そんなことあるわけないじゃん。日葵《ひまり》さんの膝枕《ひざまくら》、マジで最高ッス！」

「うわー。悠宇《ゆう》、最近、真木島《まきしま》くんのチャラいところうつってるときあるよねー。アタシ、あいつだけはやめといたほうがいいと思うんだけどなー？」

俺の額を、小気味よいリズムでぺしぺし叩《たた》いてくる。

痛い、痛い。おまえ、人の額を叩《たた》くのやめ、ちょ、やめって……ちょ!!

「しつこい！　寝《ね》かせろ！」

「きゃあーもうっ！　悠宇《ゆう》、くすぐるの禁止！　アハハ、ほんとやばいやめて！」

ビシビシと頬《ほお》を引っぱたかれたので、あえなく降参する。

ぐでえっと身体《からだ》の力を抜《ぬ》くと、なんとも言えない疲労感《ひろうかん》が身体《からだ》を包んだ。……今日、ここのお風呂《ふろ》使わせてもらえないかなあ。雲雀《ひばり》さん、今日はいつごろ帰ってくるんだろ。

「日葵《ひまり》さ。ちょっと聞いていい？」

「んー？」

心地《ここち》よい睡魔《すいま》に任せて、ちょっと恥《は》ずかしいことを聞こう。

でないと、ミスったとき誤魔化《ごまか》せないし。

「おまえ、榎本《えのもと》さんのアクセ作ってたときに言ってたじゃん？」

「何を？」

「ほら、おまえ専用の『恋《こい》』のアクセほしいって」

「…………」

んぎゃっ。

なぜか鼻をつままれた。

「恥《は》ずかしいこと覚えてんじゃないし」

「ええ。理不尽《りふじん》すぎでは……？」

まあ、こんなこと唐突《とうとつ》に聞く俺も悪いけど。

でも、こうやってオーダーメイドアクセを作ってると、どうしても脳裏《のうり》にこびりついたまま離《はな》れないんだ。だってアレだけが、俺が作らずに残してしまったものだから。

「何々？　悠宇《ゆう》、アタシに『恋心《こいごころ》』、感じちゃった？」

「うるせえ。俺ってか、おまえはどうなの？」

「アタシ？」

「おまえ、恋愛嫌《れんあいきら》いだったじゃん。中学のとき、真木島《まきしま》の元カノから道路に突《つ》き飛《と》ばされたってやつ。……その、今はどうなん？」

「ん～～……」

日葵《ひまり》が、感情の読めない感じで唸《うな》る。

おいこら、人の前髪《まえがみ》を結ぶんじゃない。ちゃんと解《ほど》けるんだろうな？　俺が内心でそわそわしていると、日葵《ひまり》がぽつりと答えた。

「嫌《きら》い」

「じゃあ、なんで『恋《こい》』のアクセほしいって言ったし……」

「アハハ。あのときは、ほら、えのっちが可愛《かわい》かったからさー。つい熱にあてられたっていうかなー？」

「まあ、それはわからんでもない……」

……なんだ。そういうことか。

てっきり、日葵《ひまり》が恋《こい》に目覚めちゃったのかと思った。……もしかしたら、他に好きな男ができたのかと焦《あせ》ってしまった。

奇妙《きみょう》なものだ。

これまで日葵《ひまり》にカレシができても「だから何？」って感じだった。強《し》いて言うなら、日葵《ひまり》のこと大事にしてくれるやつがいいなあって感じ。

でも、今は違《ちが》う。よく知りもしない男なんかに渡《わた》したくない。恋人《こいびと》じゃなくて親友でもいいから、ずっと手元にいてほしい。そして自分にはそれができるんだっていう、そんな卑怯《ひきょう》なことを思ってしまう自分を自覚する。

でも、それは日葵《ひまり》に対して不誠実なんだろう。日葵《ひまり》は優《やさ》しいから、俺が願えばそうしてくれる。きっと好きな男も捨てて、結婚《けっこん》もせずに、ずっと俺と親友やってくれるんだろうなって思う。

だからこそ、日葵《ひまり》の優《やさ》しさに付け入るような真似《まね》はできない。それがわかっているから、俺は上を目指すんだ。

あの中学の文化祭、日葵《ひまり》が俺に誓《ちか》ってくれた友情に報《むく》いるために。

せめて日葵《ひまり》に対等な人間として認めてもらえるように。

……俺たちにとっての幸せな未来は、きっと今の道の先にはないと思っているから。

◇◇◇

「寝《ね》ちゃった……」

悠宇《ゆう》はもにょもにょ言いながら、ぐうっと寝《ね》てしまった。悠宇《ゆう》の前髪《まえがみ》いじって遊ぶのに夢中で聞いてなかったけど、どうせアクセのことでしょ。

疲《つか》れてんなー。まあ、そりゃそうか。最近、ずっとアクセ作りに集中してるから。てか、以前よりすごく熱心になってる気がするんだよね。いや、そりゃ以前も熱心だったけどさ。でも、あのときは『自分が満足できればオッケー』って感じだった。アクセ作ってるときの瞳《ひとみ》が、すごく鮮《あざ》やかにキラキラ光ってた。まるで子どもみたいに無邪気《むじゃき》な感じ。

今は根本的に何かが違《ちが》ってる。えのっちの『初恋《はつこい》』のヘアピンを作ってから、どんどんアクセ作りにのめり込んでる。瞳《ひとみ》が輝《かがや》いてるっていうよりも……燃えている。少しでも上を目指したいって気持ちが溢《あふ》れている。

今の悠宇《ゆう》のほうが、ゾクゾクする。でも、同時に怖《こわ》いときがある。またアタシだけ置いて、どっかに行っちゃうんじゃないかって。あるいは……そう遠くない未来に燃え尽きちゃうんじゃないかって。

……やっぱり、えのっちが原因なのかな。

そりゃそうだよなー。あんな可愛《かわい》い子から「好き」って連打されりゃ、普通《ふつう》の男の子は燃えちゃうよねー。そう思うと、ちょっとだけ胸が痛むよ。

でも、いいんだよ。

アタシはずっと、悠宇《ゆう》を助けていくって決めたから。どこに行こうと、アタシだけはついていくよ。その先で、アタシは悠宇《ゆう》を手に入れるって決めたんだ。

悠宇《ゆう》の無防備な寝顔《ねがお》を、ぺちぺちと叩《たた》いた。

安心しきってやがる。この前髪《まえがみ》が解《ほど》けなくなったの、あとで気づいたときのリアクションが楽しみだなー。

「嘘《うそ》じゃないよ」

恋愛《れんあい》なんて嫌《きら》いだよ。

この二週間、恋《こい》する乙女《おとめ》たちからの注文のせいで、アタシ、悠宇《ゆう》と過ごす時間減ってるんだもん。ほんと他人の都合なんてお構いなし。やっぱり恋愛《れんあい》は害悪だ。

「嘘《うそ》じゃないよ」

あの『恋《こい》』のアクセをほしがったのも、えのっちの熱に当てられただけ。

だって今、アタシは『恋《こい》』のアクセなんかほしくないから。このニリンソウのリングがある限り、悠宇《ゆう》はずっとアタシといてくれるって信じてる。

……でも最近は、ちょっと恋愛《れんあい》もいいかもなって思ってるんだよね。

悠宇《ゆう》と過ごす時間が、前より何百倍も楽しいよ。

えのっちのことも、前より大事にしたいなって思うようになったよ。

真木島《まきしま》くんのことは嫌《きら》いなままだけど、あいつもあいつなりに大事なものがあるのかもなって思うようになったよ。

お兄ちゃんは……うん、まあ、ちょっと前より怖《こわ》いかなー。

でも前みたいに心の底から「親友だ」って言い合える時期に戻《もど》りたいかって聞かれたら、それは絶対にノーなんだ。

だって悠宇《ゆう》のこと好きだって気づかなかったら、きっと今以上の幸せを摑《つか》みたいなんて思うこと、なかったから。

アタシの人生は、きっと今が一番楽しい。

……ほんとのほんとに、それは嘘《うそ》じゃないんだよ。

V　Turning Point.〝紫〟

七月になった。

その月曜日は、朝からしとしとと粘《ねば》っこい雨が降っていた。登校した俺は廊下《ろうか》の窓から、ぼんやりと小雨の降る景色を眺《なが》めていた。

先週末から、少しずつ特注アクセの引《ひ》き渡《わた》しを始めた。

反響《はんきょう》は上々で、日葵《ひまり》によるとまた注文が増えたらしい。もちろん嬉《うれ》しいことなんだけど、その分、自分のアクセ制作が滞《とどこお》ってるのは考えものだ。次に植える花も決まってないし、どうにか夏休みまでには時間を取りたい。

「夏目《なつめ》。ちょっと話がある」

「……え？」

振《ふ》り返《かえ》ると、進路指導の笹木《ささき》先生がいた。

連れて行かれたのは、進路指導室だった。そこには、担任もいた。教頭先生もいる。あと、園芸部の顧問《こもん》の先生も。

やけに物々しいと思っていると、笹木《ささき》先生があるものをテーブルに置いた。

「これは、おまえが作ったものだな？」

「あっ」

俺のフラワーアクセだった。

先週、ある女子生徒に引《ひ》き渡《わた》した特注品だ。紫《むらさき》のキキョウのプリザーブドフラワーを用いたヘアゴム。なんで先生が持ってるんだ？

「確かに、俺が作りました。……それが、どうしたんですか？」

すると笹木《ささき》先生が、ううむと唸《うな》った。ちらと教頭先生の反応をうかがい、そのまま俺に事情を説明する。

「土曜日、このアクセサリーを買ったという女子生徒の保護者から、学校に苦情が入った」

「苦情？」

笹木《ささき》先生が、大きくうなずいた。

「その保護者が言うには、『娘《むすめ》が生徒の自作アクセを押しつけられ、無理やり料金を取られた』ということらしい」

俺は言葉を失った。

「それは事実か？」

「ち、違《ちが》います！　俺は、ちゃんと相手の要望を聞いて、アクセのモチーフや、料金も事前に伝えました。そして相手の了解《りょうかい》の上で、制作しました！　それに……」

「その証拠《しょうこ》は？」

「……ッ!?」

俺の否定の言葉は、その一言でぴたりと止められる。

「……引《ひ》き渡《わた》しの際の、領収書だけ。こっちの控《ひか》えは、日葵《ひまり》が持ってます」

「犬塚《いぬづか》か。わかった。それは、後でそっちからも話を聞く」

笹木《ささき》先生がメモを取る。

きっと後で日葵《ひまり》も呼び出されるんだろう。

「つまり、事前の料金などについて合意を取ったという証拠《しょうこ》は残っていないんだな？」

「…………はい」

先生たちの重いため息が満ちる。

それは現状、その保護者の言葉が真実に近づいたということだ。

先生４人が無言で視線を交《かわ》している。とはいっても、それは主に笹木《ささき》先生と教頭先生だ。担任の先生と顧問《こもん》の先生は「面倒《めんどう》くさいことになった」という苦い表情を浮《う》かべるだけだ。

笹木《ささき》先生が言った。

「そもそも自作アクセの販売《はんばい》は、ちゃんとした手順に則《のっと》っているのか？」

「うちの学校、アルバイト禁止じゃないから……」

「それはあくまで、しっかりとした雇用主《こようぬし》が存在する場合だ。生徒が勝手に金儲《かねもう》けを始めるのは、問題があるとわかるだろう？」

「あ、それは、えっと……」

それは事前に対処してある。

というか、これまでもそれを聞かれることはあった。日葵《ひまり》に言われているように、俺たちの販売経路《はんばいけいろ》の説明をした。

「お、俺たちのアクセは、うちの経営するコンビニの事業の一環《いっかん》として計上しています。法的な手続きも、ちゃんとしてますから……」

「……ああ、なるほど。ならば、おまえの保護者にも一度、話を聞いて……いや、そういえば夏目《なつめ》の姉は、あの咲良《さくら》だったか？」

「あれ。咲姉《さくねえ》さんのこと……？」

「おれが初めてクラスを受け持ったときの生徒だ。当時から馬鹿みたいに口が達者でな。あいつが出張ると、本当に面倒《めんどう》くさい……」

嫌《いや》そうに舌打ちする笹木《ささき》先生を、教頭先生がじろっと睨《にら》んだ。

笹木《ささき》先生は「あちゃあ」って感じで顔を引き締《し》めると、真面目な顔で続ける。

「詳《くわ》しく検討してみないとわからんが、仮におまえが言うとおり、おまえたちの活動に問題はないと学校側が判断しても……」

んんっ、と咳払《せきばら》いした。

そして俺の顔を、しっかり真正面から見据《みす》えて言った。

「事情を知らない保護者は、そうは思わん。わかるか？」

「あっ……」

俺は唇《くちびる》を噛《か》んだ。

そのリアクションに、笹木《ささき》先生も小さくうなずく。

「このアクセの金額も聞いたが、決して安いものではない。それこそ高校生が買うには、やや行きすぎたものだ。おまえだって、それはわかっているだろう？」

「……はい」

そうだ。俺のアクセは、金額が高い。

それはブランド性の確保もあるが、何より金額の見合った顧客《こきやく》に窓口を向けるためだ。その観点では、俺のアクセの10代以下の顧客《こきやく》は全体の10％に満たない。

……つまり本来は、未成年に売ることは控《ひか》えるべき。そのことは俺たちが弁《わきま》えるべきことでもあったのだ。

「法的には正当な取引とか、保護者はそういう事情は勘定《かんじょう》に入れない。自分の子どもが、同じ学校の生徒に、手作りアクセの対価として、それだけの料金を払《はら》っているという事実だけを見るものだ。そうなると、心配するのは当然のことだと思わんか？」

「……わかります」

わかる。

たとえどんなに情熱を込《こ》めたって。

どんなに見劣《みおと》りしないクオリティに仕上げたって。

興味のない人たちから見れば、所詮は、ただの手作りアクセなのだ。

それは俺が、あの中学の文化祭のときに身に染《し》みたことだ。今より遥《はる》かに安い５００円でだって、誰《だれ》も買ってくれなかった。日葵《ひまり》がいなきゃ、俺の夢はあそこで終わっていた。

（……それも、これで終わりか）

やりすぎた。

この特注品の取引は、金儲《かねもう》けが目的ではなかった。ユーザーの生の声を取り入れ、上のステージを目指すことが第一の目的。

でも、もっと脇《わき》を固めて取り組むべきことだった。目先の目標に気を取られ、見失うべきではないものを見落とした。それは紛《まぎ》れもなく、俺の致命的《ちめいてき》なミス。

実際に金銭が絡《から》む問題だ。次第《しだい》によっては……警察が動く可能性もある。これは、本当にマズい。俺だけじゃない。すでにたくさんの人が……日葵《ひまり》や榎本《えのもと》さんだって関わっていることなんだ。たとえ「他の人は協力してくれてるだけ」と主張したところで……事情を知らない他人は、そ、そうは思ってくれない。

頭が真っ白になりかけていると、笹木《ささき》先生が急に肩《かた》を叩《たた》いた。

「夏目《なつめ》。この件は、色々と検討すべき項目《こうもく》が多い。アクセを作るなとは言わんが、しばらく販《はん》売《ばい》は控《ひか》えておけ。今、注文を受けているものがあるなら、おれからそう言われたと説明して待ってもらうこと。いいな？」

「……え？」

その言葉に、俺は先生を見つめ返した。

「そ、それで、いいんですか？」

「あん？　文句があるのか？」

「あ、いえ。すみません。……わかりました」

指導室から出て、大きく肩《かた》を落とす。

「笹木《ささき》先生……めっちゃ優《やさ》しい」

てっきり問答無用で「アクセ販売禁止《はんばい》」って言われると思った。いつも怖《こわ》いからビビってたけど、意外と生徒から好かれる人なんだよな。

それはそれとして、首の皮一枚という気分だった。とぼとぼ歩いていると、担任の先生が早足で俺を追《お》い抜《ぬ》いていった。

うちの教室に向かっている……ということは、日葵《ひまり》を呼んでくるつもりなんだろう。

（クールダウンしなきゃ……）

階段下の自販機《じはんき》コーナーに向かった。

先生が日葵《ひまり》を連れていく前に話せたらよかったんだけど。そんなことを思っていると、自販《じはん》機《き》コーナーの前に日葵《ひまり》と榎本《えのもと》さんがいるのを見つけた。

「あれ。日葵《ひまり》たち、何やってんの？」

「あ、悠宇《ゆう》。おはよー」

「ゆーくん。おはよ」

話を聞くと、今、二人で登校してきたらしい。

「榎本《えのもと》さん、昨日、あのまま日葵《ひまり》の家に泊《と》まったんだ？」

「うん。お母さんには、先に許可もらってたから」

日曜日は、日葵《ひまり》の家でちょい遅れの追試合格のお祝いしてもらったんだよ。……正直、俺の身から出た錆《さび》だし、逆に申し訳なくてしょうがなかったんだけど。

「なあ、日葵《ひまり》。ちょうどよかった。緊急《きんきゅう》事態なんだけど」

「ん？　どしたー？」

日葵《ひまり》は自販機《じはんき》からヨーグルッペの紙パックを大量に鞄《かばん》へ詰《つ》めていた。今日の常備分なんだろうけど、最近、明らかに摂取量《せっしゅりょう》が増えてるんだよなあ。

「それが、俺のアクセを売った生徒から……」

さっきの呼び出しの件を説明する。

聞いていくにつれて、日葵《ひまり》と榎本《えのもと》さんの顔色が変わっていった。ヨーグルッペをちゅーっと飲んでいた日葵《ひまり》が、ぐしゃっと紙パックを握《にぎ》りつぶす。

「はあ⁉ 何それ、おかしいでしょ‼」

中身空っぽにして握《にぎ》りつぶすとか、おまえ器用な怒《おこ》り方《かた》するね……。

榎本《えのもと》さんも、すごくムッとした顔でつぶやく。

「……その子、将来、面倒《めんどう》くさいクレーマーになりそう」

榎本《えのもと》さんの怒《おこ》り方は、なんか妙《みょう》に体験がこもってて嫌《いや》だなあ……。

「とにかく、日葵《ひまり》にも話を聞くって担任の先生が教室で待ってると思うんだけど」

「それは先に聞いててよかったかも。ちょっとお兄ちゃんに電話してみよ。もう市役所着いてたら、電話でると思うけど……」

そのとき、階段の上から足音が聞こえた。

「悠宇《ゆう》、えのっち。科学室で話そ。あんまり人に聞かれたくないし……」

「あ、そうだな」

俺たちは別棟《べつむね》のほうに歩き出した。

日葵《ひまり》は雲雀《ひばり》さんへ電話を掛《か》けながら、俺に聞いてくる。

「笹木《ささき》先生は何て言ってた？」

「日葵《ひまり》からも話を聞いて、あとはいろいろ検討するって。結果が出るまでは、アクセの販売《はんばい》はいったん停止にしろとも言われた」

「あの先生らしいなー。お兄ちゃんも、笹木《ささき》先生は話がわかる人だって言ってたし……そのお兄ちゃん、電話でないんだけど。もう、悠宇《ゆう》のピンチなんだぞー」

日葵《ひまり》はスマホの通話を切ると、ラインでメッセージを送った。今後の行動について、簡単にすり合わせていく。

「とりあえず、こっちの主張はきちんとしていこ。嘘《うそ》ついてるのはあっちなんだし、ちゃんとほんとのことを伝えるだけでいいから。サイン入りの領収書もあるから、あの宣伝隊長の二人にも協力してもらって……」

ガタン、と音がした。

向こうの自販機《じはんき》で、階段から降りてきた生徒が飲み物を買ったらしい。なぜか俺は立ち止まった。

虫の知らせとでもいうのか。日葵《ひまり》たちが歩いていくのを眺《なが》めながら、ふと自販機《じはんき》のほうに振《ふ》り返《かえ》る。

向こうの生徒の甲高《かんだか》い怒声《どせい》が聞こえた。

「マジで無駄《むだ》なもの買わされたし！」

「ねー。あの先輩《せんぱい》たちが言うから、信じたんだけどねー」

女子の二人組らしい。やけに機嫌《きげん》が悪そうだ。――プシュッと、炭酸飲料の蓋《ふた》を開ける音がする。

「ほんとムカつく！」

ガシャン、と何かを叩《たた》きつける音。

プシャアッと、炭酸飲料が飛び散る音もした。

「うわ、汚《きたな》っ。こぼれちゃったじゃん」

「うるさい。掃除《そうじ》のとき拭《ふ》くでしょ」

「ちょっと荒《あ》れすぎじゃない？」

「だって絶対に両思いになれるっていうから、あんなに高い金だして買ったんだよ？」

俺はふと、その言葉が気になった。

足音を忍《しの》ばせて、そっちの会話に耳を澄《す》ませる。

「一発でフラれたもんねー」

「マジで許さない。あの勧《すす》めてきた先輩《せんぱい》たち、前からウザくて気に入らなかったし」

「それ、返品できないのかな？」

「じょーだん。わたしフラれましたって言いに行くようなもんじゃん」

「確かにねー。そう考えると、うまい商売だよねー」

ゴミ箱が蹴飛《けと》ばされて、空《あ》き缶《かん》が散らばる音が廊下《ろうか》に響《ひび》いた。

「これ作ったってあの男も、ほんと死ねばいい」

クシャッと、軽めの何かが握《にぎ》りつぶされる音がした。相方の「うわあ。もったいねー」という言葉が聞こえる。

「…………」

心臓が、バクバクとうるさく高鳴っている。

嘘《うそ》だろ、そんなはずねえし、ありえねえだろ。そんな否定の言葉を必死に頭に浮《う》かべながらも、冷静な部分ではすでに確信していた。

……あの声に、聞き覚えがあったんだ。

なんか、お洒落《しやれ》にうるさそうな子だった。そして、ちょっと気の強そうな子だった。正直に言うと、かなり苦手な感じの女子だったよ。

同じ部活の先輩《せんぱい》が好きなんだと言っていた。その先輩《せんぱい》は、大人しめな子が好きなんだと言ったらしい。だから、ちょっと大和撫子《やまとなでしこ》っぽいイメージがつくようなアクセがほしいと言っていた。

「…………」

その先輩《せんぱい》がすごく格好いいと言うときの、ちょっと幼くなる表情がいいと思った。

つい、自販機《じはんき》コーナーのほうに歩みだした。

その光景に、俺は呆然《ぼうぜん》と立《た》ち尽《つ》くす。

「あっ」

その女子二人が、ぎょっとした顔で俺を見た。いや、そんなことはどうでもいい。俺の目に映っていたのは……その足元だった。

廊下《ろうか》に、紫色《むらさきいろ》の炭酸飲料が広がっていた。

メーカーはよく知らないけど、ファンタとかより格安で買えるワンコインのグレープジュース。

ピンク色のクロッカスのプリザーブドフラワーが、ぐしゃぐしゃに握《にぎ》りつぶされて、その安っぽい匂《にお》いのするジュースに浸《ひた》っていた。

俺と目が合った女子生徒たちが、慌てて逃げようとする。

「待てッ!!」

彼女らの肩を摑んで引き留めたのは、俺の後ろから戻ってきた日葵《ひまり》だった。次の瞬間、その腕を振り上げてショートボブの女子の頰を鋭く張る。

「一生懸命作ったアクセなのに、どうしてこんなことすんの!?」

日葵《ひまり》が珍《めずら》しく感情に任せて放つ怒声《どせい》が、耳に焼き付くように感じた。

俺はあることに気づくと、そのグレープジュースの中に膝《ひざ》をついた。榎本《えのもと》さんが後ろから

「ゆーくん、汚《よご》れるよ」って引っ張ってくれるけど、俺はそれを振《ふ》り払《はら》うようにアクセを拾う。

「…………」

淡い色の花被《かひ》が、嫌《いや》な紫《むらさき》のグラデーションに染まっていた。それを置いた手のひらが震《ふる》えているのを感じた。

……異性を想《おも》う気持ちは、素晴《すば》らしいものだと思う。

俺は日葵《ひまり》への恋心《こいごころ》を自覚して、さらに上を目指したいと強く思うようになった。

でも、その日葵《ひまり》は恋《こい》を害悪だって言う。

中学の頃《ころ》、真木島《まきしま》が五股《ごまた》かけた別のカノジョから嫉妬《しっと》されて、車道に突《つ》き飛《と》ばされて、車に轢《ひ》かれかけたことがある。そのときの心の傷は、まだ消えていないのだろう。……いや、あるいは一生、消えることはないのかもしれない。

だってその言葉は、ただの真実なのだと、俺はやっと理解したから。

好きな人を想《おも》う美しい気持ちが、必ずしも清いとは限らないんだ。

VI

〃不滅の愛〃 for Flag 2.

◇◇◇

三日後の木曜日。

笹木《ささき》先生からご沙汰《さた》が下った。

とりあえず、お咎《とが》めナシ。苦情を言ってきた保護者には、笹木《ささき》先生から事情を説明してもらって返金という形で納得《なっとく》してもらった。他の生徒も同じで、もし返品したい生徒は領収書とアクセを持って職員室にくるって感じ。

（はー、よかった……）

とりあえず、首の皮一枚つながった。お兄ちゃんが「笹木《ささき》先生に任せていい」って言ってたけど、ほんとあの人って生徒思いだよなー。お兄ちゃんたちが高校生の頃《ころ》も、かなりお世話になったみたいだし。

……ただ、朝のHRでアクセの返品のことが通達されたのは頂けない。周囲のクラスメイトたちの視線が、こっちに刺《さ》さる。他の生徒が同じように注文するのを抑《おさ》えるためとはいえ、この公開処刑《こうかいしょけい》は悠宇《ゆう》のメンタルに効くだろうなー。

ま、ここはアタシがばっちりサポートするからさ。

こういうときのための正妻ですし？　日葵《ひまり》ちゃんの優《やさ》しく包み込むような慈愛《じあい》のムーブに、悠宇《ゆう》からの信頼度《しんらいど》もアップアップって寸法よ。

アタシは隣《となり》の席の悠宇《ゆう》に手を伸《の》ばして、その背中をビシッと叩《たた》いた。慌《あわ》ててこっちに振《ふ》り向《む》くと、悠宇《ゆう》は口元を引きつらせて言った。

「ええ。何々？　いきなり何？」

「んーん？　これからも頑張《がんば》ろうねって話」

「……あー、そうだな」

悠宇《ゆう》はそれだけ言うと、アタシから顔を背《そむ》けて窓の外を眺《なが》めていた。

……悠宇《ゆう》。ここ数日、元気ないなー。

そりゃそっか。目の前であんなことされちゃ、さすがにショック大きいか。

どうにか元気づけられないかなー。でも、悠宇《ゆう》って趣味《しゅみ》が仕事のタイプだし。アタシと親友になってからはテレビとかゲームも嗜《たしな》むけど、あくまで流行《はや》りの研究っていうか。本当の意味で気が休まるのって、やっぱりお花と触《ふ》れあってるときだから。

とりあえず、ここは週末にパーッと遊んで厄払《やくはら》いしよう。

そして来週から、また新生〝you〟として活動再開ってことで。

大丈夫《だいじょうぶ》、大丈夫《だいじょうぶ》。

アタシたちの長い『夢』の前には、こんなの小石に躓《つまず》いたみたいなもんだしさ。

◇◇◇

その放課後、アタシは運悪く委員会の集まりだった。

それが終わると、慌《あわ》てて科学室に向かう。

その途中《とちゅう》、廊下《ろうか》でえのっちとばったり鉢合《はちあ》わせする。

「あ、えのっち。吹奏楽部《すいそうがくぶ》のほうは？」

「今日は休むって伝えてきた」

「ゴメンなー。やっぱり気まずかったりする？」

「ううん。うちの部活の子は、まだアクセ注文してなかったし」

二人で悠宇《ゆう》の待つ科学室に向かった。

「ひーちゃん。これから、どうするの？」

「んー。とりあえず、週末はお休みかなー。ちょっと悠宇《ゆう》の気分転換《てんかん》に、どこかに連れだそっかなーって」

「ええ、それで大丈夫《だいじょうぶ》？」

「どういうこと？」

えのっちは不安そうに、左手首の月下美人のブレスレットを握《にぎ》った。

「だって、あんな酷《ひど》い目に遭《あ》ったんだよ？　そんなに簡単に切《き》り替《か》えられるかな……」

それを聞いて、アタシは「ぷはっ」と笑った。首元のチョーカー……その『親友』のリングをぎゅっと握《にぎ》る。

「アハハ。大丈夫《だいじょうぶ》だって。悠宇《ゆう》のお花好きさは尋常《じんじょう》じゃないからさ。だって、これまで一日も欠かさずにお花を触《さわ》ってたんだよ？　あんなのすぐ立ち直って、アクセ作りに熱中するから」

「…………」

それでも、えのっちの顔色は冴《さ》えなかった。

アタシの顔をまっすぐ見つめると、はっきりと言う。

「好きだからこそ、壊《こわ》れたときは一生消えない傷が残るんだよ」

「……っ」

何か言おうとした言葉は、喉《のど》の奥まで引いてしまった。ポケットからヨーグルッペを取り出すと、ちゅーっと飲んでクールダウンする。

「そうやってアタシを揺《ゆ》さぶるのも、真木島《まきしま》くんの入《い》れ知恵《ちえ》？」

えのっちは、むっとした。

「しーくんは関係ないよ」

「でも、この状況《じょうきょう》って、真木島《まきしま》くんが仕組んだことなんでしょ。えのっちだって、一枚嚙《か》んでてもおかしくないよねー？」、
えのっちが「カッチーンッ」て感じで言い返す。

「そんなわけないじゃん！　ひーちゃん、わたしのこと疑ってるの⁉」

乗ってきた。アタシはにまーっと笑う。

「えー。だってさー、えのっち、天然のふりしてけっこう策士じゃん？　この前の勉強会だって、寝《ね》たふりして悠宇《ゆう》に抱《だ》き着いてたし？」

「……っ‼」

えのっちの顔が、いつもの五割増しでボッと赤くなる。そして、この別棟《べつむね》に響《ひび》き渡《わた》りそうな大声で否定した。

「寝《ね》たふりなんかしてないし‼」

「ぷはーっ。めっちゃ焦《あせ》ってるのが図星っぽいんだよなー。てか、あんだけばっちりお洒落《しゃれ》決めてて、何も期待しないってのは嘘《うそ》じゃん？」

「それは、ご家族に会うかもしれないから……」

「ほっほぅ～？　この前からアタシん家《ち》に通ってるけど、あんなに気合い入ったお洒落《しゃれ》してき

たことあったたっけなー？」

「〜〜〜〜〜〜‼」

アタシたちがキャッキャと騒《さわ》いでいると、廊下《ろうか》の向こうから声がした。

「おい、日葵《ひまり》。ここ廊下《ろうか》だぞ。大声で騒《さわ》ぐなよ」

「あ、悠宇《ゆう》……」

悠宇《ゆう》は小さな段ボール箱を抱《かか》えていた。

てか、なんでアタシだけだし。えのっちだって騒《さわ》いでたじゃん。

悠宇《ゆう》はこっちに歩いてくると、普通《ふつう》に合流した。

「悠宇《ゆう》、科学室いたんじゃないの？」

「笹木《ささき》先生のとこ。返品されたアクセ引き取ってきた」

「あ、そっか。立《た》て替《か》えてもらった代金は？」

「一緒《いっしょ》に払《はら》ってきた。先生はいらないって言ってたけど、そういうわけにはいかんし」

科学室に到着《とうちゃく》すると、悠宇《ゆう》が鍵《かぎ》を開けて先に入る。

アタシは入る前に、廊下《ろうか》でえのっちに振《ふ》り返《かえ》った。その顔を真正面で睨《にら》み、悠宇《ゆう》に聞こえない声で告げる。

「アタシの悠宇は、えのっちみたいに弱くないから」

「………」

えのっちは不機嫌《ふきげん》そうに、アタシを睨《にら》み返《かえ》した。

「ひーちゃん。そういうところ、ほんと嫌《きら》い」

「…………」

二人で「べぇーっ」と舌を出し合って、科学室に入った。

悠宇《ゆう》は先に段ボール箱を開けて、その中身をテーブルに並べていた。

合計、10個くらい。

全部とは言わないけど、半分は返品されてしまった。

先生たちが問題として取り上げたのが、影響《えいきょう》として大きかった。親御《おやご》さんとかにバレなくても、やはり学校で問題になったアクセを返品したいという気持ちはわかる。

えのっちが、悲しそうにその一つを手にした。

「これ、どうするの？」

「んー。残念だけど、もう再販《さいはん》はできないからなー。個人への実績としてインスタに載《の》せているし、小さい傷とかあったら大変だからさ」

小さい傷……その言葉に、アタシたちの視線は自然とあるアクセに集中した。

紫色《むらさきいろ》に染まったクロッカスの花。

結局、これも返金対応で処理した。

「アタシ、まだ納得《なっとく》できないんだけど」

悠《ゆう》宇がため息をついて、それを段ボール箱に戻《もど》した。

「しょうがないだろ。向こうからすれば、『俺たちが騙《だま》して売りつけた』って認識《にんしき》だろうし」

「悠《ゆう》宇はそれで納得《なっとく》できるの？　あんなに頑張《がんば》って作ったのに……」

「あながち間違《まちが》いでもないからな。俺たちだって『恋《こい》が叶《かな》うアクセ』って触《ふ》れ込みで依頼《いらい》がくるならオッケーって思っちゃってたわけだし」

「………」

なんか、おかしい。

悠《ゆう》宇にしては、すごく大人な意見っていうか。いつもは悠《ゆう》宇がぶちぶち文句を言うのを、アタシが諭《さと》す感じなのに。

（ま、いっか。悠《ゆう》宇が割り切ってるなら、アタシがだらだら言うのもおかしいし）

それに、ほらね？

あのとき、感情的になってつい女の子を引《ひ》っ叩《ぱた》いちゃったし？

いやー、あれはマズかった。笹木《ささき》先生が状況《じょうきょう》を理解して仲裁《ちゅうさい》してくれたのと、向こうがビビッて何も言わなかったからよかったけどさ。普通《ふつう》にタイミング最悪だったからなー。保護者からの苦情と暴力行為《こうい》とか、下手したら停学まであった。……うん、アタシ自重。

（さて、ちょっと空気重いしな？　ここはムードメーカー兼《けん》美少女のアタシが、ばっちり気分を盛り上げていかなきゃねーっ！）

アタシはコホンと咳《せき》をした。

そして両手をパチンと合わせて、一際《ひときわ》明るい声を出した。

「じゃあさ！　ちょっと気分転換《きぶんてんかん》に、週末はどっか遊びに行こうよ。悠宇《ゆう》だって、最近はずっと根詰《こんつ》めてたし、ゆっくり休むのも必要だって。えのっちも、一緒《いっしょ》に行くよねー？」

「う、うん。帰ってお母さんに聞いてみるけど、忙《いそが》しい日じゃないから大丈夫《だいじょうぶ》だと思う」

「いいねー。さすが新生〝you〟のメンバー！　それじゃ、たまには遠出してみるかー？　ほら、隣《となり》の大きなイオン行こうよ。アタシ、ちょっと気になる映画あるんだよなー」

「あ、じゃあ、わたし紅茶屋さんのテナント行きたい。ゆーくん家《ち》でチェリーセージの紅茶飲んでから、新しいの試《ため》したいなって思ってて……」

えのっちが空気を読んで、アタシの話に乗ってくる。

二人で割とガチな遊びの予定を立てながら、悠宇《ゆう》に向いた。アタシは最強に可愛《かわい》いゴッドスマイルを浮《う》かべると、両手を組んで「ね？」とおねだりポーズを取る。

「そんで、週明けからまた今後の方針とか話し合お？　オーダーメイドアクセの注文対応で、花壇《かだん》に何を植えるかも決めてなかったしさ。そっちから、元の活動にシフトしてこーね？」

「…………」

悠宇《ゆう》はしばらく黙《だま》っていた。

そしてぽつりと、まるで自分に言い聞かせるような感じで言う。

「……あのさ。俺、ちょっと考えたことがあって」

「ん？　どしたー？」

アタシは「あっ」と口元を手で覆《おお》った。

「ハッ。まさか悠宇《ゆう》、もう次のアクセのイメージできてるの？　いやー、さすがお花バカは違《ちが》うなー。びっくりしたけど、アタシそんな悠宇《ゆう》が大好きだぞー♪」

ぺしぺしと肩《かた》を叩《たた》きながら言った。

でも悠宇《ゆう》はアタシを一瞥《いちべつ》もせず、予想外のことを告げる。

「──アクセ作り、高校卒業までやめようかなって」

場がしんと静まった。

あれ？

今の、何？　……聞《き》き間違《まちが》いかな？

悠宇《ゆう》の横顔を見つめる。アタシの視線から逃《に》げるように、悠宇《ゆう》は顔を逸《そ》らした。えのっちに振《ふ》り返《かえ》った。何か悲しそうな……でも、何かを悟《さと》ったような諦《あきら》めの表情を浮《う》かべている。

アタシは一人、へらっと笑いながら言う。

「あ、アハハー。悠宇《ゆう》、さすがにその冗談《じょうだん》はぷはれないかなー？　そういう趣味《しゅみ》悪いドッキリしてると、友だちなくしちゃうぞー？」

「…………」

悠宇《ゆう》の腋《わき》にツンツン攻撃《こうげき》をしようとすると、ちょっと乱暴に払《はら》われた。悠宇《ゆう》がやけくそっぽい感じで言い捨てる。

「だから、マジだって。さすがに今回でわかったよ。学生のうちから金儲《かねもう》けするのが、そもそもおかしいんだ。いろんなところに迷惑《めいわく》もかけるし、今は活動休止して……」

アタシは慌《あわ》てて止めた。

「ま、待ってよ。そんな言い方することないじゃん。そりゃ、今回はちょっと間違《まちが》っちゃったけどさ。笹木《ささき》先生だって、未成年に売らなければ活動は続けていいって……」

「でも、俺たちの活動が悪いものって思われてるのは本当のことじゃん。この前から、めっちゃ陰口《かげぐち》言われてるの気づいてんだろ？」

「そ、それは、知ってるけどさ。そんなの無視すればいいでしょ。ああいうのは暇《ひま》つぶしを見つけて喜んでるだけなんだから」

「それは、おまえみたいにメンタルくそ強いやつの意見だろ。俺みたいなやつには、ああやってジロジロ見られるの耐《た》えられないんだよ」

……なんか、おかしい。

確かに悠宇《ゆう》は、あんまりメンタルが強くない。それでもアタシと一緒《いっしょ》に行動するようになってからは、他人の視線とかにかなり耐性《たいせい》がついていた。クラスメイトたちからアタシとの関係を茶化されても、軽く受け流すくらいには鍛《きた》えられてたし。

アタシは悠宇《ゆう》の肩《かた》を揺《ゆ》すった。

「ね、ね？　落ち着こ？　えっと、ほら、ちょっとヨーグルッペ飲んで？」

鞄《かばん》から取り出したヨーグルッペを差し出したら、ぺしっと叩《たた》かれた。ムカッとしてストローを悠宇《ゆう》の口に差し込もうと奮闘《ふんとう》する。

アタシの両腕《りょううで》を押さえながら、悠宇《ゆう》が呻《うめ》いた。

「てかさ、別にいいじゃん。もう作らねえって言ってるわけじゃないし、卒業まで見識を広める時間だと思えば……」

「そんな甘いこと言って、その間に〝you〟が忘れられたらどうすんの⁉　卒業まであと二年もあるんだよ⁉」

「そのときは、また一からやり直せばいいだろ。インスタで宣伝するノウハウはあるんだし、またすぐに巻き返せる。いや、これまでの反省点を活《い》かせば、もっと……」

「お兄ちゃんが言ってた！　チャンスっていうのは流浪《るろう》の旅人！　一度、手放したら二度と帰ってこないって！　いざというときに勢いに乗れないやつは、一生童貞《どうてい》なの！」

「童貞《どうてい》で悪かったな‼　こういうときにえぐい下ネタぶっこむのやめてくんねえ⁉」

ぎりぎりぎりとヨーグルッペのストローが、悠宇《ゆう》の口に近づく。それが差し込まれる寸前、悠宇《ゆう》が本気でアタシを押し返した！

「日葵《ひまり》、いい加減にしろ！」

「んぎゃっ⁉」

その勢いで、アタシは手に持っていた紙パックを握《にぎ》りつぶす。ストローからヨーグルッペが噴《ふ》き出《だ》して、悠宇《ゆう》の制服にかかった。

「うわっ。日葵《ひまり》、おまえ……っ！」

「ゆ、悠宇《ゆう》が悪いんじゃん。いきなりアクセ作りやめたいなんて言うし……」

「だから高校卒業までって言ってんだろ。卒業したら、工房《こうぼう》になる部屋を借りて、ずっと作業に専念するから。それまでは、普通《ふつう》にバイトして金貯《た》めるし……」

アタシはすがるような気持ちで、その制服の裾《すそ》をつかんだ。

「い、嫌《いや》だよ。アタシ、いつも言ってるじゃん。悠宇《ゆう》のアクセ作ってるときの瞳《ひとみ》が一番好きなんだって。ね、なんか理由があるんでしょ？　もしかして、また誰《だれ》かに何か嫌《いや》なこと言われたの？　アタシにできることだったら……」

「…………」

悠宇《ゆう》はアタシの顔を、じっと見つめた。その表情は、やけに悲しそうというか……どこか失望したというような感情がある。

そして視線を逸《そ》らすと、ぼそっとつぶやいた。

「……なんだよ。結局、俺はアクセ作り続けなきゃ価値なしって言いたいわけ？」

悠宇《ゆう》の吐《は》き捨《す》てるような物言いに、アタシはたじろいだ。

「そ、そんなこと言ってないじゃん。アタシはただ、夢のためにはこれまでの頑張《がんば》りを無駄《むだ》にするようなのはダメだって……」

「……っ！」

悠宇《ゆう》はアタシの腕《うで》を振《ふ》り払《はら》った。

そして感情に任せて、思いきり怒鳴《どな》りつける。

「アクセショップ開くのは、俺の夢だろ⁉　日葵《ひまり》は手伝ってるだけなんだし、そこまで強制される筋合いないんだよ‼」

「……っ⁉」

アタシは押《お》し黙《だま》った。

……何、それ？

確かに、そうだけどさ。

そっちこそ、そんな言い方する必要なくない？

「…………」

アタシはぎゅっと拳《こぶし》を握《にぎ》りしめた。

こっちに視線を向けようともしない悠宇《ゆう》に、一気に怒《いか》りが湧《わ》き上《あ》がる。

テーブルの上のアクセを、全部段ボール箱に放り込んだ。それを抱《かか》えると、科学室の窓を開ける。この二階から見下ろすと、ちょうど駐輪場《ちゆうりんじよう》の屋根が見えた。

「ひ、日葵《ひまり》……?」

悠宇《ゆう》が何か言おうとしたけど、アタシは止まらなかった。

その段ボール箱を頭上に振《ふ》り上《あ》げ……。

「ちょ、おま……っ⁉」

「ひーちゃん!」

……段ボール箱を投げずに、そっとテーブルの上に置く。

「〜〜〜っ‼」

鞄《かばん》からヨーグルッペを取り出して、ぢゅううううっと飲み干した。それをぐしゃっと握《にぎ》り潰《つぶ》す。

アタシ、めっちゃクール‼

「…………」

「…………」

悠宇《ゆう》とえのっちが、呆然《ぼうぜん》とそれを見ていた。

その二人の同じリアクションが、なんだかアタシの気分を逆なでする。すごくイライラした気分のまま、アタシは思いっきり怒鳴《どな》った。

「悠宇《ゆう》の気持ちは、よくわかった‼」

アタシは涙《なみだ》で滲《にじ》む目を乱暴に拭《ぬぐ》って、科学室を飛び出した。

◇◇◇

その日の夜。

アタシが自室のベッドでうつ伏《ぶ》せになっていると、ドアがノックされる。枕元《まくらもと》のリップクリームをドアに投げつけると、向こうから開いた。

お兄ちゃんが、アタシを見てため息をつく。

「日葵《ひまり》。夕飯も食べずに、何を不貞腐《ふてくさ》れてるんだ？」

「……悠宇《ゆう》がアクセ作りやめるって言いだした」

お兄ちゃんが思考に入る。

カシャ、カシャ、カシャ――と脳をフル回転させて状況《じょうきょう》を正確に導き出すと……はあああっと、ことさら大きなため息をついてみせた。

「それで、悠宇《ゆう》くんの夢に対して部外者扱《あつか》いされたのが気に食わなかったと？」

ばふんばふんと脚《あし》をばたつかせる。

お兄ちゃんは頭痛を堪《こら》えるように眉間《みけん》を押さえた。

「日葵《ひまり》よ。おまえは馬鹿か？　あんなことがあって、悠宇《ゆう》くんのメンタルが弱っているのはわかりきっていることじゃないか。それなのに『次だ、次だ』と急《せ》かされれば、心にもない暴言を吐《は》いてしまうのも仕方ないだろう？」

ばふばふばふばふと脚《あし》をばたつかせて抗議《こうぎ》する。

アタシが馬鹿じゃないし。それは悠宇《ゆう》のほうじゃん。アタシだって頑張《がんば》ってるのに、あんなこと言うのおかしくない？

そりゃ、お兄ちゃんの言うことが正しいってわかってるよ。本当なら、悠宇《ゆう》の意見を尊重して……いや、尊重したふりをして悠宇《ゆう》が回復するのを待つのが正しいんだって。

でも、できなかった。

お兄ちゃんとの『嘘《うそ》をつかない』って約束じゃない。もっと深いところにある本能が、とっさにそれを言葉にするのを拒否《きょひ》していた。

「……だって、それで悠宇《ゆう》が本当に戻ってこなかったらどうすんの？」

あのとき、アタシが嘘《うそ》でも悠宇《ゆう》に「じゃあ、高校卒業まで休憩《きゅうけい》しよっか？」って言っちゃったら？

そして二年後……そのまま悠宇がお花アクセへの情熱を失ってしまったら？

隣《となり》にいるアタシは、どうなるの？

本当に悠宇《ゆう》の情熱は消えていて、もう取り返しのつかないところにいたら？　アタシの安っぽい慰《なぐさ》めの嘘《うそ》が、最後の背中を押してしまったら？

あのとき、とっさに思い出したんだよ。

ほんの二ヶ月前、悠宇《ゆう》と絶交してたときのこと。

アタシの『東京にいく』っていう軽率《けいそつ》な嘘《うそ》は、悠宇《ゆう》を深く傷つけた。そして傷つけた嘘《うそ》は、そのままアタシに牙《きば》を剝《む》いた。

悠宇《ゆう》に見放されたらどうしようって、あんなに不安だった夜を忘れるわけない。また、あんな思いをするのは嫌《いや》だよ。

怖《こわ》い。

怖《こわ》いよ。

言葉っていうのは、二度と取り返しがつかない。人生でたった一度きりのチャンスに、なんで正解がないんだろう。どう言えば、全部丸く収まってくれるの？

そりゃ恋愛として悠宇を手に入れるなら、千載一遇《せんざいいちぐう》のチャンスだってわかってるよ。弱ってるところに付け込むのが悪いことだなんて思わない。だって、それも戦略のうちだもん。いざというときに勢いに乗れないやつは、一生成功することはできない。

でも、でもさ。

そうして手に入れた悠宇《ゆう》は、アタシのほしかった悠宇じゃない。

アタシが一番好きなのは、お花アクセのことを一心に見つめる悠宇《ゆう》なんだ。あの情熱を全部くべて燃えるビー玉みたいな、今にも弾《はじ》け飛《と》びそうな魅力《みりょく》に捕《つか》まった。

アタシは二番なんかで、満足できない。

一番ほしいものを手に入れなきゃ、アタシの勝利にはならない。

だって好きになるよりも前から、アタシと悠宇《ゆう》を繋《つな》いでいたのはその友情なんだもん。好きになったからって、そっちをポイするような器用なことはしたくない。

友情も恋愛《れんあい》も、全部まとめてアタシのものにする。そのために、アタシは悠宇《ゆう》を親友として縛《しば》るって決めたんだ。

(でも、それで悠宇《ゆう》が遠くにいっちゃったら意味ないし。ああうぅぅぅぅ……)

アタシが芋虫《いもむし》みたいにジタバタしていると、お兄ちゃんがフッと笑った。

「日葵《ひまり》よ。わかってきたじゃないか」

「え……？」

アタシは枕《まくら》から顔を上げた。

お兄ちゃんは穏《おだ》やかな笑《え》みを浮《う》かべたまま、小さくうなずく。

「それでいい。おまえは間違《まちが》ったことはしていない」

アタシはがばっと身体《からだ》を起こした。

「そうだよね！　そうだよね⁉　そうだよねえ‼　アタシ間違《まちが》ってないよねえ⁉」

「日葵《ひまり》。鬱陶《うっとう》しいぞ」

「お兄ちゃんがヒドい⁉」

お兄ちゃんは鼻を鳴らして答えた。

「おまえに『嘘《うそ》をつくな』と言ったのは、『自分に正直になれ』ということだ。とかく、おまえはすぐ人の顔色をうかがって逃げる癖《くせ》があるからな。そういう人間が、悠宇《ゆう》くんのような愚《ぐ》直《ちょく》でまっすぐな人間を正しく支えるのは難しい。狙《ねら》ったわけではないだろうが、おまえが悠宇《ゆう》くんに負けないくらいの我の強さを主張したのはいい傾向《けいこう》だ」

「じゃ、じゃあさ！　お兄ちゃん、悠宇《ゆう》を立ち直らせる方法とかあるんでしょ⁉」

その期待のまなざしを受け止めて。

お兄ちゃんは、はっきりと首を横に振った。

「ない」

「え……？」

アタシが聞き返すと、もう一度、はっきりと言う。

「今回の件について、僕たちにできることは何もない」

「…………」

アタシは呆《ほう》けていた。

打算がなかったといえば、嘘《うそ》になる。お兄ちゃんは悠宇《ゆう》のことが大好きだし、うまいことおねだりすれば手を貸してくれるって思ってた。

でも、お兄ちゃんは言葉を覆《くつがえ》さない。

部屋に入ってくると、ベッドの前に屈《かが》む。アタシと視線の高さを合わせて、肩《かた》をポンと優《やさ》しく叩《たた》いた。

「悠宇《ゆう》くんが乗《の》り越《こ》えるしかないんだよ」

そう言って、アタシに懇々《こんこん》と説いていく。

「結局のところ、クリエイターという職業は自分との対話だ。売れずとも自分のポリシーを貫《つらぬ》こうが、富と引《ひ》き換《か》えに流行に平伏《へいふく》しようが、最終的にはその自分を受け入れられるか否か、という思考が最後の審判《しんぱん》を下すもの」

一瞬《いっしゅん》だけ言葉を止めると「……最後の審判《しんぱん》というフレーズはいいな。次の会議で使うか」とぶち壊《こわ》しなことを呟《つぶや》きながら、さらに話し続ける。

「今回、悠宇《ゆう》くんは自分の野望を貫《つらぬ》こうとした結果、クライアントの悪意に正面から撃《う》ち抜《ぬ》かれた。でも、それは運が悪かったからじゃない。この道を進んでいけば、いつか必ずぶつかる障害だ。クライアントの自分勝手な都合で作品を汚されても、それでも愛想笑いを浮かべて作り続ける理由があるのか。それを見つめ直す分岐点《ぶんきてん》に立っているんだよ」

そう言って、アタシの肩《かた》から手を離《はな》す。

ゆっくりと立ち上がると、アタシから視線を逸《そ》らして窓の外を見つめる。そのまなざしは、夜空を見ているようで……どこか遠い記憶《きおく》を辿《たど》っているようにも見えた。

「それでも前に進めるやつが、最後に生き残る。そして、それは他人からの応援《おうえん》や慰《なぐさ》めでどうにかなるものじゃない。それも結局は、自分との対話の末に見極《みきわ》めることだからだ」

そして再び、アタシの目を見つめる。

そして簡潔に問うた。

「日葵《ひまり》。おまえにできることはなんだ？」

そう問いながらも、アタシの返答を聞かずに続ける。

「難しい決断だったろうが、おまえは僕の与えた課題を成《な》し遂《と》げた。そして一つ、悠宇《ゆう》くんの親友として対等に近づいた。それは賞賛に値《あたい》する」

「なんか、皮肉っぽいんですけど……」

「たまには素直《すなお》に褒《ほ》められておけ。まったく。そういうひねくれたところは、本当に祖父《じい》さん譲《ゆず》りだな」

アタシがぷーっと頰《ほお》を膨《ふく》らませると、お兄ちゃんは愉快《ゆかい》そうに肩《かた》を揺《ゆ》すった。

「日葵《ひまり》よ。この前も言ったが、親友というものは、どちらかにパワーが偏《かたよ》っていては成立しない。その点で言うと、おまえたちの関係は驚《おどろ》くほどに不誠実だった」

「何それ？　アタシが悠宇《ゆう》に嘘《うそ》ついてたこと蒸《む》し返《かえ》すの？」

「榎本《えのもと》の妹を送ったときの話の続きではない。それは友人関係としてのパワーバランスだと言ったはずだ」

「…………？」

どゆこと？

アタシが疑問に思っていると、お兄ちゃんは説明する。

「あのときもそれとなく言ったが。おまえたちの関係は、友人とビジネスパートナーの二つの側面を持っている。友人としての関係は、おまえが悠宇《ゆう》くんの優《やさ》しさにダダ甘えるだけの不純な関係。でも、ビジネスパートナーとしてはまったくの逆だと僕は思っているんだ」

「まったく逆って、どういうこと？」

「アクセ制作に関しては、悠宇くんが日葵に甘えすぎていたんだよ。日葵《ひまり》が悠宇《ゆう》くんに対して過保護だったのも原因だが、それを当然のように甘受《かんじゅ》していたのは悠宇《ゆう》くんの怠惰《たいだ》だ。……そう考えると、咲良《さくら》くんの『恋《こい》のアクセを作れ』という課題は、絶妙《ぜつみょう》な揺《ゆ》さぶりだったな」

お兄ちゃんはちょっと……いや、かなり悪そうな笑《え》みを浮《う》かべた。うちに帰ってるのに、仕事の顔がでている。

「人の才能も、花と一緒《いっしょ》だ。箱庭のように密閉された空間で培養《ばいよう》されれば、外部の刺激《しげき》に対して驚《おどろ》くほど脆弱《ぜいじゃく》になる。遠からず、悠宇《ゆう》くんは環境《かんきょう》に適応する訓練が必要だった。でも、そのためにはおまえたちが二年間で形成した『箱庭』が邪魔《じゃま》だったわけだ」

そう言って、右手で拳《こぶし》を握《にぎ》る。

それを左手で、殴って壊すようなジェスチャーをした。

「その箱庭へ再び戻ることを、おまえは自らの意志で否定した。怠惰《たいだ》の空間に帰ることではなく、外に進む道を提示した。僕という外的圧力から強制されたのではなく、パートナーであるおまえがやったことが重要なんだ。だから、おまえに賞賛を贈ったんだよ」

そう言って、アタシの頭をポンポンと撫《な》でた。ついでに髪《かみ》の毛《け》をくしゃくしゃにしていくあたり、お兄ちゃんってほんとに性格悪い。

「さて、まず友人としての関係は、日葵《ひまり》が対等に近づいた。ここからはビジネスパートナーとして、悠宇くんが対等に近づく番だ」

そしてアタシの顔を、鋭《するど》いまなざしで見据《みす》えた。

「日葵《ひまり》よ。今回、僕たちが悠宇《ゆう》くんを立ち直らせることはできない。でも、おまえの役目が終わったわけではない。悠宇《ゆう》くんの運命共同体《しんゆう》として、おまえにできることはなんだ？」

話を終えると、お兄ちゃんは「ちゃんと夕飯食べろよ」と言い残して部屋を出ていった。アタシは結局、お母さんが怒《おこ》って「いい加減に食べなさい!!」とドアを蹴《け》り開《あ》けるまで、ベッドの上でお兄ちゃんの言葉を考えていた。

アタシが悠宇《ゆう》にできること。

……その結論が出た頃《ころ》、空には真っ白な朝日が薄雲《うすぐも》に滲《にじ》んでいた。

日葵《ひまり》がブチ切れて、一夜が明けた。

♣♣♣

翌日の金曜日は、びっくりするくらい静かに過ぎていった。日葵《ひまり》の様子は……いつもと変わらない。普段通《ふだんどお》りに授業を受けて、普段通《ふだんどお》りにクラスメイトたちと談笑《だんしょう》している。

いつもと違《ちが》うのは、俺に一瞥《いちべつ》もくれないこと。

放課後、鞄《かばん》に教科書を詰《つ》める日葵《ひまり》を横目に見た。胃が痛い。むしろ前回の喧嘩《けんか》より静かなのが、妙《みょう》に圧迫感《あっぱくかん》あるんだよ。

さりげなく深呼吸して、そっちに話しかけた。

「あ、あのさ、日葵《ひまり》。今から、時間ある？」

「…………」

てっきり無視されるかと思ったけど、日葵《ひまり》は意外にもこっちに目を向けた。

「いいよ」

俺たちは鞄《かばん》を持って、教室を出た。異変を察知していたクラスメイトたちの視線が、背中にグサグサと刺《さ》さっていた。

なんとなく、足は科学室に向かう。いつも通り、鍵《かぎ》を開けて入った。

「えっと、その……」

「………」

俺はばくばく高鳴る心臓を抑《おさ》えながら、日葵《ひまり》に向かった。

日葵《ひまり》の表情は、よくわからない。怒《おこ》ってるようにも見えるし、普段通《ふだんどお》りのような気もする。

どちらにせよ、ちょっとだけ冷たいような気はした。

「昨日は、俺が悪かったっていうか。さすがに言い過ぎたなって思うし、日葵《ひまり》の意見も聞くべきだって……」

「えのっちと咲良《さくら》さんに、そうやって怒《おこ》られた？」

うっ。

ズバリ図星を突《つ》かれた。昨日、日葵《ひまり》が出ていった後、めっちゃ怒《おこ》られた。家に帰った後も、咲姉《さくねえ》さんにバレてさらに説教された。

「……はい」

「それで、悠宇《ゆう》自身はどう思ってるの？」

「いや、もちろん俺が悪いってわかってる。ちょっとイラついてたのは理由にはならないし、日葵《ひまり》が頑張《がんば》ってくれてるのはちゃんと……」

「そっちじゃない」

強い語気で止められる。

そっちじゃない？

俺が顔を上げると、日葵《ひまり》のマリンブルーの瞳《ひとみ》とかち合う。日葵《ひまり》は両腕《りょううで》を組んで、じっと俺を見つめた。

「アクセ作り、どうするの？」

「あっ……」

少しだけ、手が震《ふる》えた。

それを抑《おさ》えるように、ぎゅっと拳《こぶし》を握《にぎ》って答える。

「……それは変わらない。俺は高校卒業するまで、アクセ作りはやめる」

「その間は、何するの？」

「何って、別に考えてないよ。普通《ふつう》に生活するだけでいいだろ。気晴らしに何か趣味《しゅみ》を探すとか、勉強にあてたっていい。将来的に店を経営するなら、そっちの勉強もしてて損はないだろうし……」

俺の言葉を、日葵《ひまり》は最後まで黙《だま》って聞いていた。そして言い終わると同時に、ぽつりとつぶやく。

「悠宇《ゆう》がやめたいって言うなら、別にいいよ」

その表情は、変わらない。

その口調も冷静なまま、はっきりと告げる。

「だから、アタシもやめる」

え？

俺が聞き返す前に、日葵《ひまり》はさらに続けた。

「悠宇《ゆう》がアクセ作りやめるなら、アタシも親友やめる。悠宇《ゆう》とアタシは、ただの知り合い。これまでみたいに、一緒《いっしょ》に遊びにいったりするのもナシ。いいでしょ？」

「な……っ」

俺は慌《あわ》てて詰《つ》め寄《よ》った。

「ちょ、ちょっと待てよ。そんなに怒《おこ》ることねえだろ。そりゃ、昨日の発言は本気でムカついたと思うけどさ。俺だって本心じゃねえし、何かできるなら、なんでも……」

「でも、アクセは作らないんでしょ？」

「そ、それは、そうだけど……」

日葵《ひまり》はポケットから、ヨーグルッペを取り出した。ストローを刺《さ》して、それをちゅーっと飲み干す。

紙パックを握《にぎ》りつぶすと、俺のネクタイを摑《つか》んで引き寄せた。

「悠宇《ゆう》のお店を出すのは、とっくにアタシの夢でもあるんだよ？　自分だけの都合で『やーめた』ってのはナシでしょ！」

「……っ！」

マリンブルーの瞳《ひとみ》に、強い感情が燃えていた。俺は一瞬《いっしゅん》だけ——その美しい煌《きら》めきに息を呑《の》んだ。

「そりゃ悠《ゆう》宇と一緒《いっしょ》にいるのは楽しいよ。親友でいたいよ。でも、それでアタシの夢が踏《ふ》みにじられるなら、それはもう運命共同体《しんゆう》なんかじゃないでしょ！」

日葵《ひまり》が乱暴にネクタイを振《ふ》り払《はら》う。その勢いに押されて、俺の身体《からだ》はよろりと後ずさった。バランスを崩《くず》したまま尻《しり》もちをつき、倒《たお》れ掛《か》かる拍子《ひょうし》に椅子《いす》を倒《たお》してしまう。

俺が呆然《ぼうぜん》と見上げると、日葵《ひまり》はぎゅっと唇《くちびる》を噛《か》んで言った。

「アタシは、えのっちみたいに優《やさ》しいだけの女にはならない。悪いけど、今回は悠宇を置いていくからね！」

乱暴に科学室のドアを開けて、日葵《ひまり》が廊下《ろうか》に飛び出した。バタバタとスリッパの音が遠ざかって、やがて消えていく。

俺は一人、取り残された科学室で、ぼんやりと天井《てんじょう》を仰《あお》いでいた。

「……おまえだって、勝手にやめようとしたくせに」

♣♣♣

週末を過ごして、月曜日の午後の授業。

古文の爺《じい》ちゃん先生が、眼鏡をくいくいしながら授業を中断する。

「……また、何かあったのかねぇ～？」

その視線は、俺と日葵《ひまり》に注がれている。

俺たちは顔を見合わせると、どちらともなく視線を元《もと》に戻す。

「いや、別に……」

「何もないですけど……」

爺《じい》ちゃん先生は、なぜか微妙《びみょう》に疑わしげな視線を向ける。

「今日は、えらく静かだねぇ～。いつもは、うるさすぎて注意するくらいなんだが……」

「……先生。それ、この前も聞きました」

俺たちが呆《あき》れていると、先生は「そうだったかねぇ～」と言って授業を再開した。

日葵《ひまり》と顔を見合わせて、またどちらともなく視線を逸《そ》らした。

♣♣♣

放課後になった。

鞄《かばん》に教科書を詰《つ》める日葵《ひまり》を横目に見た。あの決別宣言から、微妙《びみょう》に距離《きょり》を置かれている気がする。

「あのさ、日葵《ひまり》。今日、時間ある？　ちょっとイオン行こうと思うんだけど……」

そのマリンブルーの瞳《ひとみ》が、じっと俺を見た。

「あ、ゴメン。今日、用事ある」

すげなく断られてしまった。

俺が何か言おうとする前に、日葵《ひまり》は鞄《かばん》を持って教室を出ていった。クラスメイトの女子の「今日も相棒と行かないのー？」という茶化しに「んふふー。アタシ人気者だからなー」と軽口を返していた。

そして取り残された教室。

微妙《びみょう》に周囲の視線が痛かった。たぶん、また俺のせいで日葵《ひまり》と喧嘩《けんか》してるって思われてるんだ。……まあ、間違《まちが》ってないけど。

俺は逃《に》げるように、教室を出た。

日葵《ひまり》の姿はとっくにない。下足場も見てみたけど、靴《くつ》もなかった。

(……本当に帰ったのか)

まあ、いいけど。

別に日葵《ひまり》の行動を強制する権利はない。俺がアクセを作らないと宣言した以上、放課後まであいつが一緒《いっしょ》に行動する理由はないんだ。

あいつは人気者だし、きっと他の友だちと遊んでるんだろう。俺は一人だけど、まあ、それは生来の気質だから。……日葵《ひまり》と一緒《いっしょ》に行動する前に戻《もど》っただけだ。

「…………」

周囲に誰《だれ》もいないのを確認《かくにん》すると、ドンッと壁《かべ》を叩《たた》いた。

そのまま額をつけて、ハアッとため息をつく。

(……さすがに、ちょっと冷たすぎねえ？)

いや、わかるけどさ。

俺が勝手にビビって、二人の約束を反故《ほご》にしたんだ。その上、あんな暴言まで吐《は》いてしまって。前回の喧嘩《けんか》と違《ちが》って、もう、なんていうか、俺が100%悪いんだよ。

マジで格好悪い。日葵《ひまり》は優《やさ》しいから、それでも一緒《いっしょ》にいてくれるっていう打算を頼《たよ》ってたのが恥《は》ずかしい。

(やっぱり本音のところでは、日葵《ひまり》にとって俺は『アクセを作る人』ってだけだったのか)

廊下《ろうか》の隅《すみ》に、防災の消火器があった。なんとなく、その前に腰《こし》をかがめる。そして、いつも花にするように語りかけた。

「でも、しょうがねえじゃん。もうやりたくないんだもん……」

消火器の表面が、赤く光った。なんか「でも兄ちゃんよ。それでもやるのがダンディってもんじゃねえ？」と言ったような気がする。

「わかってるけどさ。それでも、できないときだってあるんだよ。消火器にはわかんねえと思うけど……」

消火器がムッとした気がする。「まあ、兄ちゃんから見れば、俺っちも普段《ふだん》は役立たずの消火器だけどよ。平時の退屈《たいくつ》に耐《た》えるのも、それはそれで苦労ってもんが……」と長くなりそうな説教を語り出した。

俺は慌《あわ》てて、言い訳を述べた。

「あ、ごめん。別に消火器のことを悪く言いたかったわけじゃなくて……ん？」

消火器の艶々《つやつや》の表面に、ふと人影《ひとかげ》が映った。

ガバッと振《ふ》り返《かえ》ると、榎本《えのもと》さんがじーっとこっちを見下ろしている。

「ゆーくん。何してるの？」

「…………」

ぐはあっ！

もしかしなくても、今の見られてた？

さすがに恥《は》ずかしすぎでは？　男子高校生が消火器に向かって話しかけてる図とか、マジでどうしたのって感じ。

俺が一人で死にたくなっていると、榎本《えのもと》さんは周囲を確認《かくにん》しながら言った。

「ゆーくん。ひーちゃんは？」

「あっ。日葵《ひまり》は、先に帰るって……」

すると榎本《えのもと》さんは、ぐっと両手を握《にぎ》った。

「じゃ、わたしと帰ろう」

「……わかった」

一緒《いっしょ》に駐輪場《ちゅうりんじょう》に行って、自転車を取ってくる。

学校を出ると、一応、榎本《えのもと》さんにお伺《うかが》いを立てた。

「榎本《えのもと》さん。今日はどうするの？」

「ゆーくんの予定は？」

「イオン行こうと思ったけど、まあ、急ぎの用事じゃないから」

榎本《えのもと》さんの鞄《かばん》から、無数のチュールが顔を出した。その目がキランッと光る。

「じゃあ、ゆーくんのお家《うち》に行く」

「……はい」

そのどや顔の圧に押され、俺はうなずいてしまう。

♣♣♣

通学路を帰りながら、他愛《たわい》ない会話をする。

「てか、榎本《えのもと》さん。吹奏楽部《すいそうがくぶ》いいの？　週末から、ずっと俺に付き合ってくれてるじゃん」

「文化部のコンクールは、秋だから大丈夫《だいじょうぶ》。今は運動部の応援《おうえん》の曲を練習してるだけ」

「運動部の応援《おうえん》？」

「地区予選の決勝とかに進むと、みんなで応援《おうえん》に行くんだよ。今年は野球部とテニス部が調子よさそうだから、そっちのリクエスト曲をやってるの」

「へぇー。いや、でも練習しないと、なんか言われるんじゃない？」

「応援《おうえん》は有志だから。学校を休めるから、そういうのが好きな人が参加する」

「あー、なるほど。確かに、去年は真木島《まきしま》も試合で休んでたっけ」

一年のとき、真木島《まきしま》と同じクラスだったから記憶《きおく》にある。あのとき「ナツがテニス部に入れば来年は全国いけるのだがなーっ！」って、めっちゃ勧誘《かんゆう》された。……背が高いだけで全国に行けたら、みんな苦労しないっての。

そんな話をしながら、我が家に到着《とうちゃく》した。

ちょうど玄関《げんかん》で、コンビニのほうに行く咲姉《さくねえ》さんと鉢合《はちあ》わせした。

「あら、凛音《りおん》ちゃん。今日もいらっしゃい」

「お、お邪魔《じゃま》します。……これ、よかったら休憩《きゅうけい》のときに食べてください」

鞄《かばん》からクッキーの小袋《こぶくろ》を取り出して、咲姉《さくねえ》さんに差し出した。

咲姉《さくねえ》さんは「わー、やった！」と嬉《うれ》しそうに受け取ると、榎本《えのもと》さんの頭をなでなでとなで回す。

「あんた、姉と違《ちが》っていい子ねぇー。ま、男の趣味《しゅみ》についてはこの際、何も言わないでおきましょ」

「咲姉《さくねえ》さん。さっさとコンビニ行って」

「ハア。愚弟《ぐてい》とは話してないっての。まったく、いっちょ前に女の子連れ込むようになっちゃって……」

咲姉《さくねえ》さんは靴《くつ》を突《つ》っかけて、外に出る。

道路を渡《わた》ってコンビニに行く前に、ふと振《ふ》り返《かえ》った。

「あ、リビングの廃棄品《はいきひん》入れの箱の中に、商品入《い》れ替《か》えで除外になったゴムあるから。するときはちゃんと使いなさいよー」

「咲姉《さくねえ》さん！　マジでさっさとコンビニ行って‼」

咲姉《さくねえ》さんは「へっ」とにやにやしながら、コンビニに入っていった。

それを見送ると、慌《あわ》てて玄関《げんかん》のドアを閉める。

「あの人、マジで余計なことしか言わないんだよ！」

榎本《えのもと》さんはほんのりと頬《ほお》を染め、気まずそうに苦笑《くしょう》する。

「でも、仲よくて羨《うらや》ましい」

「あれは余所《よそ》行《い》き用の顔だから。女子の前じゃなきゃ、俺のこと足蹴《あしげ》にしてくるし」

榎本《えのもと》さんを無人のリビングに通した。

ついでに咲姉《さくねえ》さんが食べたと思《おぼ》しきトーストの屑《くず》が散らばった皿を、シンクに片付ける。そうこうしていると、テレビの裏から大福が顔を出して「ニャア」と鳴いた。

「っ!!」

榎本《えのもと》さんがチュールを構えた。

大福も、チュールの匂《にお》いに狩猟《しゅりょう》の構えを取る。

「…………」

「…………」

両者、じりじりと睨《にら》み合《あ》う。

「……っ!!」

「……ッ!!」

両者が、鋭《するど》く交差する！　一瞬《いっしゅん》の攻防《こうぼう》の末——チュールだけが華麗《かれい》に奪《うば》われ、大福はリビングの外に飛び出した！

「あああ〜〜……」

榎本《えのもと》さんが、がくっと泣《な》き崩《くず》れる。

両手を見つめながら、絶望の淵《ふち》でわなわなと震《ふる》えていた。

「なんで？　なんで懐《なつ》かないの……？」

「んー。あいつ、女子にはめっちゃ懐《なつ》くタイプなんだけどなあ……」

なんとなく、理由を察することはできる。榎本《えのもと》さんって好きなものにはがっつくタイプだから、ちょっと怖《こわ》いんだろう。

チェリーセージの紅茶を注いで、テーブルに置いた。

テレビを点《つ》けると、ちょうど『僕のヒーローアカデミア』のCMが流れていた。そういえば先週は、日葵《ひまり》の推《お》しがやられてすげぇ不機嫌《ふきげん》だったなあ。

「榎本《えのもと》さん。なんか観《み》たいのある？」

「ううん。アレがいい」

「マジで？」

「うん。今日はうまくやれそう」

俺はテレビ脇《わき》からPS4を出した。ケーブルを繋《つな》いで起動する。

この前、榎本《えのもと》さんと遊んだFPSだった。簡単に言うと、銃《じゅう》でバンバンやるゲーム。たまに日葵《ひまり》とオンラインで遊ぶから、俺も持ってるのだ。

さっそくオンライン対戦を開始する。世界中のプレイヤーが参加するルームに入った。ラウンドが始まると、二つの陣営《じんえい》に分かれてフィールドを駆《か》け巡《めぐ》る。

「わ、わ、わ！」

「榎本《えのもと》さん。とりあえず建物の中に隠《かく》れたほうがいいよ」

あ、背後から撃《う》たれてトドメを刺《さ》された。

画面が真っ黒になってしまう。リスポーンまでの間に、榎本《えのもと》さんを倒《たお》した敵プレイヤーの名前を確認《かくにん》した。

榎本《えのもと》さんが、ぐっと拳《こぶし》を握《にぎ》る。

「名前は覚えた。次は勝つ」

「実質、戦ってもなかったんですけど……」

リスポーンして、さっきの敵を探した。

「榎本《えのもと》さん、そこ！」

「うん！」

榎本《えのもと》さんのアサルトライフルが火を噴《ふ》いた。

そして全弾《ぜんだん》、綺麗《きれい》に外れる！

「な、なんで⁉」

「…………」

理由は明白だ。

この子、めっちゃコントローラー振《ふ》り回《まわ》すんだよ。そんなんで敵に当たるわけない。言うべきか、それとも見ておくだけにするか。……いやいや、コントローラー振《ふ》り回《まわ》すときに榎本《えのもと》さんの胸が暴れるのを鑑賞《かんしょう》したいとか思ってないし。俺は日葵《ひまり》じゃないので、ちゃんと教えます。

「榎本《えのもと》さん。エイム安定させないと」

「エイムってなんだっけ⁉」

「ほら、スコープ覗《のぞ》くとき、画面がブレないように……」

「ゆーくん。やり方わかんない！」

お母さんか。

いや、俺、母さんとゲームしたことないけどね。

しばらくして、ラウンドが終わった。

榎本《えのもと》さんの成績は……4キル12デス。一昨日は0キルだったから、かなり進歩した。俺が最初にやったときなんか、一週間やっても1キル取れなかったもんなあ。

榎本《えのもと》さんは満足げだった。

「ゆーくん。楽しいね」

その笑顔《えがお》を正面から受けて、俺はうなずいた。

「そうだね」

俺が笑いかけると、榎本《えのもと》さんも嬉《うれ》しそうに笑い返した。

新しいラウンドが始まった。榎本《えのもと》さんのキャラがフィールドを走っていく。草原っぽい場所だ。中央に大きな集落があって、そこを中心に戦うのが定石《じょうせき》だ。

その画面をじっと見つめながら、榎本《えのもと》さんがクールに言った。

「ゆーくん。嘘《うそ》つくとすぐわかるよね」

「うっ……」

俺はため息をついた。さっきの言葉について、お伺《うかが》いを立てる。

「あの、どこが悪かったでしょうか……？」

「爽《さわ》やかすぎるっていうか。ゆーくん、いつもはもうちょっと無愛想だもん」

ズバッと斬《き》り捨《す》てられる。

まったくその通りで、何も反論ができない。

「別に嘘《うそ》なんてついてないよ。榎本《えのもと》さんとゲームするのは楽しいし」

「でも、アクセ作ってるほうが楽しそう」

「それは、先週までのことでしょ。あんな目に遭ってまで作りたくないよ」

榎本《えのもと》さんはため息をついた。

それから、どこか責めるような目で俺を見る。

「ゆーくん。本当は？」

「いや、本当のこと、今、言ったじゃん……」

なんでそんな不服そうに頬《ほお》を膨《ふく》らますし。

学校では絶対に見られないレア表情が、俺の胸に鋭《するど》い一撃《いちげき》を決めてくる。めっちゃ可愛《かわい》いんだけど、どうせならこの尋問空間《じんもんくうかん》では見たくなかったです。

榎本《えのもと》さんは、紅茶を飲みながら言った。

「嘘《うそ》だよ」

「な、なんで？」

榎本《えのもと》さんはフッとしたり顔で答える。

「そんなに心の弱い人が、ひーちゃんと二年以上もやってこられるわけないもん」

「……反論の言葉が見つかんねえなあああ！」

マジで的を射すぎてて卑怯《ひきょう》。

日葵《ひまり》は一緒《いっしょ》にいて楽しいけど、それと同じくらいにストレスを課してくる相手だ。親しい相手であればあるほど、すごく気分屋で自分勝手な本性《ほんしょう》が顔を出す。それをうまく隠《かく》しているのが、あの日葵《ひまり》マジックだ。

だから日葵《ひまり》の交友関係は広いけど、俺以外と深い付き合いはしない。深く付き合えば、本《ほん》性《しょう》を悟《さと》られて面倒《めんどう》くさがられる。それは相手が男でも女でも、変わらないことだった。

相手が悪い。

俺は素直《すなお》にそう思った。

榎本《えのもと》さんは、その日葵《ひまり》との付き合い方の本質を理解している相手だ。俺の外《そと》っ面《つら》の理由などすでに看破していている。

俺は突《つ》き放《はな》すように、冷たく言った。

「……榎本《えのもと》さんには、関係ないだろ」

「あるよ」

「なんで？　そりゃ、せっかくアクセ販売《はんばい》を手伝ってくれようとしたのに、こんな終わり方になったのは申し訳ないけど……」

しかし、榎本《えのもと》さんは引かない。

強い意志を感じさせる表情だった。活力がある、と言えばいいのか。とにかく迷いはなかった。彼女はまた、はっきりと宣言する。

「わたし、ゆーくんとひーちゃんの一番になるって決めたから」

「………」

まっすぐだった。

その瞳《ひとみ》に、嘘《うそ》があるとは思えなかった。

なんでだ？

なんで、こんなに純粋《じゅんすい》なんだ？

……俺なんかのために、どうしてこんなに一生懸命《いっしょうけんめい》になってくれるんだ？

俺は歯を食いしばった。

ダメだ。こんな雑な言い方で、榎本《えのもと》さんを納得《なっとく》させることはできない。それを悟《さと》ると、俺は心を落ち着かせるために深呼吸した。

　そして、吐《は》き捨《す》てるように言う。

「……鬱陶《うっとう》しいな」

「え？」

　その顔を、正面から睨《にら》んだ。

　俺の初恋《はつこい》の相手。俺がフラワーアクセにハマるきっかけをくれた相手。こうやって腐《くさ》ってる俺に付き合って、世話を焼いてくれる優《やさ》しい子。……七年間、俺のことを好きでいてくれた女の子。

　わかってるさ。俺がガキなんだって。

　でも、他にどうしようもないだろ。優《やさ》しさが痛いときだってあるんだ。そういうときに手を差《さ》し伸《の》べられたって、イラつくだけなんだよ。

「鬱陶《うっとう》しいって言ったんだよ。そりゃ榎本《えのもと》さんが優《やさ》しいこと言ってるのはわかるけど、俺と日葵《ひまり》の関係にまで口出す権利はないだろ。そういう自分勝手なところ、マジで嫌《きら》い。ほんとムカつくし、今すぐ出ていってほしい」

「………………」

　榎本《えのもと》さんは、呆然《ぼうぜん》と俺を見ていた。

　そりゃそうだ。せっかく優《やさ》しくしている相手から、こんなこと言われれば誰《だれ》だって愛想《あいそ》を尽《つ》かすに決まってる。

とか思ってると、榎本《えのもと》さんは両手を頬《ほお》に当てた。

「えへ」

そう言って、照れたように笑った。

（……はい？）

俺が呆《ほう》けていると、ハッとしてこっちを向いた。

コホンと誤魔化《ごまか》すように咳《せき》をして、バッチこいって感じで構える。

「あ、ごめんね。お話の途中《とちゅう》だった」

「いやいやいや。なに居住まいを正してんの？　てか、なんで嬉《うれ》しそうに照れてるし」

「だって、ゆーくんがそういう遠慮《えんりょ》のないこと言ってくれるの、ひーちゃんに近づいてるなあって感じがして嬉《うれ》しいから」

「おかしいだろ⁉　俺、今、けっこう酷《ひど》いこと言ったような気がするんだけど！」

すると榎本《えのもと》さんは、何でもないように言った。

「だって、ゆーくんの嘘《うそ》はすぐわかるもん」

「……っ⁉」

榎本《えのもと》さんはビシッと人差し指を立てると、なぜか講評を始める。

「そもそも感情が乗ってないよね、感情が。この前の、ひーちゃんとの喧嘩《けんか》のほうがずっと凄《すご》かった。ちゃんと本心で言ってるなあってわかったし、支離滅裂《しりめつれつ》なこと怒鳴《どな》ってるのが逆に真《しん》に迫《せま》ってたよ。それに比べて、今のゆーくんの言葉は状況《じょうきょう》として間違《まちが》ってはいないけど、ちょっと冷静すぎるかなあというのが第一印象で……」

「真顔で悪口のダメ出しすんのやめて⁉　ちょっとマジで死にたくなっちゃうんだけど‼」

俺がぐったりとソファにもたれかかってると、榎本《えのもと》さんが隣《となり》でじっと見ている。やはり素直《すなお》に帰る気配はない。

「…………」

「…………」

でも、不思議とさっきより気が楽だと思った。

俺は紅茶を口に含《ふく》んだ。チェリーセージの香りは、リラックスさせる効果がある。こんなときまで、そういう知識が身に染《し》みついてるのが笑えた。

「……ちょっと、俺の部屋に来てほしい」

榎本《えのもと》さんを連れて、二階に上がる。

俺の部屋のドアに隙間《すきま》が空いていて、中から大福の鳴き声がする。ドアを開けると、慌《あわ》てて足元をすり抜《ぬ》けて走っていった。

「ゆーくん？　どうした……の……え？」

その部屋の惨状《さんじょう》を見て、榎本《えのもと》さんが絶句する。

部屋には無残に壊《こわ》れたアクセが散乱していた。新作のアクセをイメージして描いたデザイン案も、ぐしゃぐしゃになってゴミ箱からあふれて床《ゆか》を埋《う》め尽《つ》くしている。クローゼットは開け放たれ、中に並べてあった鉢《はち》は倒《たお》れて土がこぼれていた。

まるで強盗《ごうとう》が入った後のような光景に、榎本《えのもと》さんが振《ふ》り返《かえ》った。

「もしかして、猫《ねこ》ちゃんが⁉」

「あ、いや、大福は関係ないよ。先週から、ずっとこんな感じだし……」

この週末は、榎本《えのもと》さんを部屋に上げなかった。この部屋を見られたくなかったからだ。ガラステーブルに置いたアクセの一つを取り、榎本《えのもと》さんに手渡《てわた》した。

「……これ。誰《だれ》のために作ってるように見える？」

榎本《えのもと》さんは、それを見ると迷わずに言った。

「ひーちゃん」

「……そうだよな」

その返答に、安心した。

ここで変に気を遣《つか》われたら、マジで死にたくなっているところだ。

「……あのとき、何も感じなかったんだよ」

榎本《えのもと》さんが「おまえ何言ってんの？」って感じで眉根《まゆね》を寄せた。

ああ、なるほど。本気のときほど支離滅裂《しりめつれつ》なことを言うって、こういうことか。俺は慎重《しんちょう》に言葉を選びながら、あのときのことを言った。

「クロッカスのアクセが、目の前で壊《こわ》されたときのことだよ。あんなに真剣《しんけん》に考えて、寝《ね》る間も惜《お》しんで作ったフラワーアクセ。それなのに、あんな無残に壊《こわ》されても……俺は何も感じなかったんだ」

そのときに、思い出したんだ。

同じように自販機《じはんき》の前でのことだった。榎本《えのもと》さんと再会したときも、やっぱり俺のアクセが壊《こわ》れた。月下美人のブレスレットが千切れて、レジン部分が廊下《ろうか》に落ちていた。

それを、俺は「ああ、寿命《じゅみょう》だな」って冷たく見てたんだ。

俺はアーティストではなく、職人だ。

アクセに情熱は込《こ》めるけど、振《ふ》り返《かえ》ることは少なかった。

……でも、それ、いい、いい、いい、おかしくないいか？

ロボットじゃなくて、人間だぞ。感情があるんだ。自分の手塩に掛《か》けたアクセが、あんな自分勝手な悪意で滅茶苦茶《めちゃくちゃ》にされたのに、なんであんなに冷静だったんだ？

作品とは、いわば子どもだ。自分の子どもが傷つけられて、怒《おこ》らない親がいるのか？

そりゃ、いるかもしれない。でも、世間的にはそういう親はどっかおかしいはずだ。自分が一生懸命《いっしょうけんめい》に育てた子どもなら、普通《ふつう》は怒《おこ》って当然だろ？

それがないっていうなら、俺のアクセに込《こ》める情熱の正体って何なんだ？　この〝燃ゆる想《おも》い〟の根っこは何だ？　アクセ自身を愛さないというなら、いったい、俺は何を愛して作品を作ってるんだ？

「でも日葵《ひまり》が俺の代わりに女子たちを怒鳴ってくれたとき、ふと気づいた。……俺、もしかして日葵に気に入られたくてアクセ作ってんのかなって」

榎本《えのもと》さんは何も言わなかった。

ただ、じっと俺を見つめて話の続きを促《うなが》している。

「最初は、榎本《えのもと》さんに届けたくて……綺麗《きれい》な花が好きで、アクセを作ってたはずなんだ。でも、あの中学の文化祭から、たぶん変わった。俺、初めて自分の好きなものを理解してくれる相手に出会ったんだ」

そりゃ、最初はね。

俺が綺麗《きれい》なアクセを作って、日葵《ひまり》が喜んでくれるのが嬉《うれ》しかったよ。もっといいアクセを作りたいって思った。

でも、いつの間にか優先順位は入《い》れ替《か》わって、好きだったはずのアクセ作りは日葵を繋ぐための道具となっていた。初めてできた親友を失いたくなくて、いつの間にか日葵《ひまり》のご機嫌《きげん》取りをするようになってたのかもしれない。

……紫《むらさき》に染まったクロッカスを見たとき、それに気づいてしまったんだ。

「あのアクセを壊《こわ》した下級生の子と、俺は何も変わらない。日葵《ひまり》に格好いいところを見せたいがために、俺は『俺のアクセは恋愛成就《れんあいじょうじゅ》に効く』っていう嘘《うそ》を否定しなかった。俺の見栄《みえ》のために、あの子の先輩《せんぱい》への恋心《こいごころ》を踏《ふ》み台《だい》にした」

それは、他のクライアントも同じだ。みんなの気持ちを踏《ふ》み台《だい》にして、俺は日葵《ひまり》とイチャついてただけなんだ。

それに気づいたとき、自分がすごく気持ち悪かった。

自分が特別だって……俺の日葵《ひまり》への気持ちが、他人を犠牲《ぎせい》にしてまで貫《つらぬ》くべきものだって、とんでもない勘違《かんちが》いをしていた。

汚《きたな》い。

俺の純情は、こんなにも汚《きたな》い。

こんなものが、日葵《ひまり》が人生を賭《か》けて手伝うにふさわしいとは思えない。頭では理解していても、恋《こい》を知った俺の気持ちが未練がましく日葵《ひまり》の名前ばっかり叫《さけ》ぶんだ。

それを振《ふ》り払《はら》おうとするけど、最近は全然アクセ作りに集中できない。やっと完成すれば、榎本《えのもと》さんにすら「日葵《ひまり》のアクセだ」とか言われる始末だ。

「だから、もういっそアクセ作りから離《はな》れようと思った。場合によっては、高校卒業しても再開しないかも。これ以上続けても、なんかアクセに対してもクライアントに対しても不誠実だと思うし」

「…………」

俺のその独白を聞き終えると、榎本《えのもと》さんが俺の頬《ほお》に触《ふ》れる。

「ゆーくん……」

それが不意打ちで、俺の身体《からだ》が強張《こわば》る。榎本《えのもと》さんの綺麗《きれい》な顔が、じっと俺の顔を見つめていた。

その唇《くちびる》が、小さな微笑《ほほえ》みを形作る。

俺の頬《ほお》に触《ふ》れる手が、なぜか奇妙《きみょう》な形になった。

……狐《きつね》？

ほら、あの影絵《かげえ》をやる感じ。中指と親指で輪っかを作って、他の指で耳を……ん？

あ、なんか違《ちが》うな？

これ、狐《きつね》じゃなくて……。

「真面目か」

ビシッと額にデコピンされた！

「痛いっ⁉」

え、なんで？

なんでデコピンされたの？ てか、マジで指の力強っ。

俺が呆然《ぼうぜん》としていると、榎本《えのもと》さんは満足げに胸を張った。すごいどや顔だ。……ははーん？

俺からいつも「真面目か」ってツッコまれてるの、実は根に持ってるね？

「ゆーくん。難しく考えすぎだと思う。もっと気楽にやったほうがよくない？」

「……っ!?」

なんか、その言葉がカチンときた。

俺のこと心配してくれてるみたいで、その実は違う。

言われてできるんなら、最初っから悩んでないんだ。

そう思うと、俺はつい怒鳴り返していた。

「そりゃ、榎本さんみたいに何でもまっすぐやれる人はいいけどさ！　俺みたいに内気なやつ
は、どうしても嫌なほうばかり考えちゃうんだよ！　やれないやつに、正論振りかざすのはや
めてくれ！」

息が上がるほど、大声をだしていた。本当に、さっきのと比べれば全然違った。いや、それ
はいい。とにかくこれ以上、榎本さんと話していたくない。

そんな気持ちで、じっと睨んだ……んだけど。

それなのに榎本さんは、きょとんとした顔だった。

「わたしが、まっすぐ？　何を？」

「な、何を……って」

あまりに素直に聞き返されたものだから、俺のほうがたじろいだ。意気込んだわりに、あっ
さりと言葉が尻すぼみになっていく。

「いや、まだ高校生なのにお家の手伝いとか一生懸命だったり、吹奏楽部とかいつも頑張っ

てるじゃん。それに、俺のことだって、いつも……」

榎本《えのもと》さんは不思議そうに口をへの字にした。

そして何でもないことのように言う。

「わたし、うちのお店の手伝い、いつも嫌々《いやいや》やってるよ？」

「………………」

一瞬《いっしゅん》、静けさが包んだ。家の前の道路を、軽トラックが走っていく音がする。

「え？」

俺はつい、素で聞き返してしまった。

榎本《えのもと》さんは平然とした感じで、人差し指と親指の腹をすり合わせて見せる。

「このくらいもやる気ない。なんで経営者の娘《むすめ》に生まれただけで、わたしが毎日こき使われなきゃいけないのか本当に理解できない。お姉ちゃんは東京で好き勝手やってるのに、なんでわたしがその尻拭《しりぬぐ》いしなきゃいけないの？」

予想外の告白に、俺は混乱していた。

榎本《えのもと》さんは、それに構わず続けていく。

「吹奏楽部《すいそうがくぶ》も、別にどうでもいい。元々、友だちが一緒《いっしょ》に入ろうっていうから付き合いで入っただけだし。だからこうやってサボって、ゆーくん家《ち》でゲームしてるじゃん」

「………………」

榎本《えのもと》さんはベッドの上に腰《こし》かける。

そこで膝《ひざ》を抱《かか》え、こちらを楽しげに観察していた。

「ゆーくん。前から『わたしのこと何か勘違《かんちが》いしてるなあ』って思ってたの。でもこの前、わたしがゆーくんの初恋《はつこい》相手って聞いてピンときた。小学生の頃の思い出で、ちょっと美化されてるんでしょ。違《ちが》う？」

そして、クスッと笑った。

ちょっとだけ、いつもより大人っぽい表情だと思った。

「わたし、感情がある人間だよ？」

そう言って、ベッドの隣《となり》をポンポン叩《たた》いた。

なんか「まあまあ座りなさいよ」って感じ。いや、ここ俺の家なんですけどね。……まあ、座るんだけどさ。

俺が座ると、榎本《えのもと》さんは続ける。

「普通《ふつう》に嫌《いや》なこともあるし、面倒《めんどう》くさいことはサボりたいし。ゆーくんとひーちゃんが喧嘩《けんか》してるときは、ゆーくんを独占《ひとりじめ》できるからラッキーって思ってる。でも、ゆーくんの前では可《か》愛《わい》く思ってほしいから、うまく隠《かく》してるだけ」

「いや、でも、その割に、なんていうか……」

「わたしが何度もフラれてるのに諦《あきら》めないの、そんなに不思議？」

「まあ、はい……」

榎本《えのもと》さんは膝《ひざ》に頬《ほお》をのせて「えへへ」とはにかんだ。

「だって、ゆーくんのこと好きだもん。好きな人となら、どんなことでも楽しいよ。ゲームなんて興味ないけど、ゆーくんと一緒《いっしょ》なら好き。こっちがアピってるのを、ちょっと雑にあしらわれるのも好き。たとえ気持ちがこっちに向いてなくても、わたしの言葉に返事してくれるだけですごく楽しい」

その頬《ほお》は、微《かす》かに赤い。

なんとなく、俺はその表情がこれまでで一番可愛《かわい》いと思ってしまった。

「これまでの七年間、好きな人の声も聞けなかった。ゆーくんがわたしの名前を呼んでくれるだけで、つまらなかった世界がすごく輝《かがや》くんだよ」

そんなことを、恥《は》ずかしげもなく言うのだった。

そして、くいくいと俺の袖《そで》を引いた。

「え？　な、何？」

榎本《えのもと》さんは、ちょっと不満そうに手のひらを差し出してきた。まるでジャンケンのパーのような……あ、いや、これ違《ちが》う。

「5回め」

「…………」

じーっと見つめられる。なんか「言うまで絶対に逃《に》がさない」って感じ。

俺は白旗をあげて、ちゃんと返事をした。

「ご、ごめんなさい」

榎本《えのもと》さんは「えへ」と笑った。

……めっちゃ調子狂《くる》う。榎本《えのもと》さんと話してると、なんか変な感じなんだよ。日葵《ひまり》とは違《ちが》うタイプなんだけど、結局は手のひらの上で転がされてるだけって思ってしまう。

さっきまでの陰険《いんけん》な気持ちも、なんかどっかにいってしまった。

「でも、最近はお菓子作《かしづく》り……ちょっと楽しいんだよ」

俺が振《ふ》り返《かえ》ると、彼女はそっと耳にかかった髪《かみ》をかき上げる。今日は、あのチューリップのヘアピンはない。それがなんだか、無性《むしょう》にもったいなく思った。

「だって、ゆーくんがクッキー美味《おい》しいって言ってくれるから」

「俺が？」

榎本《えのもと》さんは、小さくうなずいた。

「小さい頃《ころ》から、お母さんに言われてた。『いいものを作るのは、悪い人にもできる。でも心に響《ひび》くものを作れるのは、心の優《やさ》しい人だけだ』って」

「……いいお母さんじゃん」

榎本《えのもと》さんがにこっと微笑《ほほえ》む。

「わたし、ずーっと『この人はいい歳《とし》して何を能天気なこと言ってるんだろうなあ』って思ってたの」

「おい。ちょっとヒドすぎんだろ。いい話だと思った俺の気持ち返して」

そういう余所《よそ》さまの家族の微妙《びみよう》な裏話、聞きたくないんだけど。

榎本《えのもと》さんは悪びれずに笑った。

「でも今は、それもわかるかもなあって思うんだよ。ゆーくんの心に響《ひび》いてほしくてお菓子《かし》を作ってるし、お母さんも『美味《おい》しくなってる』って言うし」

そう言って、左手首の月下美人のブレスレットを撫《な》でる。……やっぱり、なんか奇妙《きみよう》な視線みたいなの感じるんだよ。本気で意思とか持ってそうで怖《こわ》い。

「いーじゃん。ひーちゃんに好かれたくてアクセ作っても。それがついでに他人を幸せにするんなら、オッケーだと思うし、たまたま他人の恋《こい》を踏《ふ》みにじっても知ったこっちゃないよね。だって『恋愛《れんあい》が100％うまくいくアクセサリー』なんて、高校生にもなって信じるほうがおかしいよ。お守りみたいなものじゃん」

うわ、言っちゃったよ……。

俺はドン引きしながらも、つい笑《え》みがこぼれた。

「榎本《えのもと》さん、けっこう口悪いね……」

「純情な初恋《はつこい》相手じゃなくて、ごめんなさーい」

榎本《えのもと》さんはぺこりと頭を下げると、ぷっと噴《ふ》き出《だ》した。それから一転して、どこか優《やさ》しげに言う。

「わたしは、アクセを作らないゆーくんでもいいよ。もし他にやりたいことあるなら、一緒《いっしょ》にするし。それでゆーくんの気分が晴れるなら、わたしも嬉《うれ》しい」

やや不安そうに、上目遣《うわめづか》いに聞いた。

「わたしとひーちゃん、どっちにする？」

「…………」

俺は黙《だま》った。

変なものだ。結局のところ、特別なことは何も言われていない。ただ当たり前のことを、当たり前に言ってもらっただけ。

それなのに、どうしてこんなに落ち着くんだろう。

他の人じゃダメなんだろう。それこそ日葵《ひまり》に同じこと言われたって、たぶん俺は納得《なっとく》していなかったような気がする。

初恋《はつこい》の子だから？

いや、それも違《ちが》うんだ。

榎本《えのもと》さんは、否定しないから。

俺の汚いところも格好悪いところも全部を受け入れた上で、俺を認めてくれるから。

それは初恋《はつこい》だとか、美人さんだとか、そういう魅力《みりょく》を抜《ぬ》きにしてもなお色鮮《いろあざ》やかに花開く個性だ。他にはない、榎本《えのもと》さんだけの魅力《みりょく》なんだ。

「…………」

このまま、アクセ作りを捨てられたら……榎本《えのもと》さんだけを見ていられたら、きっと幸せなんだろうなあってわかってるんだよ。

だって、疑いようがないんだ。小学生のとき、遠い場所にある植物園で知り合った女の子と再会した。そして月下美人のアクセのおかげで、初めて言葉を交《かわ》し……今はこうして二人きりで過ごすくらいになった。

日葵《ひまり》は運命だって言った。

俺だって、そう思うよ。

毎回、榎本《えのもと》さんの告白を断るたびに、微《かす》かに脳裏《のうり》をよぎる。「なんで俺、断ってるんだろうなあ」って疑問。付き合わない理由がない。

約束された幸せな未来がある。

手を伸《の》ばせば、すでに届く場所にある。

……でも、そこには日葵《ひまり》がいないんだ。

感情っていうのは、マジで厄介《やっかい》だ。

人の行動の原動力というくせに、どうしてこんなに移ろいやすい？　ずっと榎本《えのもと》さんへの初《はつ》恋《こい》を見ていられれば、そんなにも幸せなことはなかった。

移ろいやすい。マジで厄介《やっかい》。

そのくせ日葵《ひまり》への気持ちは、どうしてこんなに頑なに動かない？

感情が移ろいやすいだけのものだったら、こんなにも苦しい気持ちを味わわなくていいはずだ。榎本《えのもと》さんのことも、決して嫌《きら》いなんかじゃない。きっと好意と呼ぶにふさわしい感情だって芽生えつつあるはずなんだ。

でも、それでも日葵《ひまり》の顔が忘れられない。

俺のアクセをつけて、インスタの撮影《さつえい》をするときの日葵《ひまり》が胸に焼き付いて消えない。あの笑《え》顔《がお》を向けてほしくて、俺は日葵《ひまり》に似合うアクセを作り続けてきた。あの撮影《さつえい》の瞬間《しゅんかん》だけは、日葵《ひまり》のあの純粋《じゅんすい》な笑顔《えがお》を真正面から見ることができるから。

日葵《ひまり》を独占《ひとりじめ》したくて、俺はアクセを作っていた。そのことを自覚すればするほど、それは地に根を張るように俺を動けなくする。

あの中学の文化祭で言われた、たった一言。

『お花アクセを作ってるときの、夏目《なつめ》くんの瞳《ひとみ》が好き』

生まれて初めて、俺は自分の価値を見てくれる人に出会えた。それまで友だちどころか、家族にすら理解されなかった俺の唯一《ゆいいつ》の情熱の行き所を、彼女ははっきりと「好きだ」と言ってくれたのだ。

それが、どれだけ嬉《うれ》しかったことか。

どれだけ、救われたことか。

俺にとって日葵《ひまり》は、ニリンソウそのものだ。

ニリンソウは野山に自生する多年草。一本の茎《くき》に二輪の花をつけることから、そう名付けられている。

小さな花。何も変哲《へんてつ》のない花。世界中の美しい花が咲《さ》き乱《みだ》れる楽園があるなら、きっと見向きもされないような平凡《へいぼん》な花だ。

でも、俺にとっては無二の花だ。

その花言葉は『友情』『協力』——『ずっと離《はな》れない』。

刺《さ》すような雨の冷たさも、裂《さ》くような風の痛みも。

それを越《こ》えた先にある暖かな太陽の下での幸福ですら、常に寄《よ》り添《そ》い分かち合う友情の花。

俺が目指す夢。

日葵と一緒に、フラワーアクセの専門ショップを開くこと。

それを選ぶことは、きっと馬鹿のすることだ。

だって、そうだろ。踏《ふ》み出《だ》せば、二度と引き返すことはできない。途中《とちゅう》で嫌《いや》になっても、やめることはできない。どんなときでも上を目指すことを強《し》いられる世界なんて地獄《じごく》だ。

それでも、その地獄《じごく》でしか咲《さ》かない花があるはずなんだ。

だって実際に、俺は日葵《ひまり》という運命共同体《しんゆう》と出会えた。どんなに苦しい道のりだろうと、その日葵《ひまり》の隣《となり》がいいと俺は思ってしまうんだ。

……思えば、そんなに簡単なことを、どうしていつも忘れてしまえるのか。自分のメンタルの弱さが、つくづく嫌《いや》になる。

「榎本《えのもと》さん。いつも気を遣《つか》わせてごめんね……」

そしてまた、榎本《えのもと》さんは優《やさ》しく笑う。

「好きでやってるから大丈夫《だいじょうぶ》。それに10周くらい遅《おく》れてるのはわかってるから」

その優《やさ》しさが、チクリとした痛みを残す。

俺が何か言おうと口を開けたとき、榎本《えのもと》さんがぐっと拳を握った。

「でも、これで7周くらいに縮まったよね！」

「めっちゃ前向き」

そのキメ顔なんなの？　マジでぶち壊《こわ》しなんだけど？

「ゆーくん。早く謝ってきなよ」

「いや、謝るって、今から？」

榎本《えのもと》さんは、こくこくとうなずく。それから「わたしも付き合ってあげるから」って感じで立ち上がり、スカートを払った。

「ゆーくん。行こう」

「いや、でも、日葵《ひまり》って他の友だちと遊びに行ってるんじゃないの？」

まだ午後6時にもなってないし、まだ家に帰ってるか微妙《びみょう》なところだけど……。

とか思っていると、なぜか榎本《えのもと》さんが気の毒そうに言った。

「ゆーくん。ひーちゃんが放課後、何してるか知らないの？」

「……え？」

榎本《えのもと》さんが「さすがにどうなの？」とため息をついた。

♣♣♣

榎本《えのもと》さんと一緒に、学校の駐輪場《ちゅうりんじょう》へ戻ってきた。

午後6時を過ぎた頃《ころ》だ。夏が近づいたせいで、まだ比較的《ひかくてき》明るい。自転車を停《と》めると、その裏手のほうに回っていく。

ここには、放置された花壇《かだん》がある。俺と日葵《ひまり》の園芸部が、学校で花を育てるために使っている場所だ。五月の日葵《ひまり》との喧嘩《けんか》の一件で、その花たちはすべて採取した。

それ以降、花は育てていない。

だから、この花壇《かだん》も荒《あ》れているはず……。

「えっ」

花壇《かだん》が綺麗《きれい》に手入れされていたのだ。

それどころか、おそらく植えたばかりの苗《なえ》がずらりと並んでいる。葉の形状から見て、コスモス、サルビア、デュランタ……夏を越《こ》えて秋に開花するものばかりだ。

いったい、誰《だれ》が？

いや、そんなのわかりきっていた。俺以外で、この花壇《かだん》を使うのは一人しかいない。でも、周囲を見回してもその姿がなかった。

「あのー。邪魔《じゃま》なんですけどー？」

背後から声をかけられて、びくっとして振《ふ》り返《かえ》る。

ジャージ姿の日葵《ひまり》が、でかい如雨露《じょうろ》を両手で抱《かか》えて立っていた。その中には、たぽんたぽんと満杯《まんぱい》の水が揺《ゆ》れていた。

日葵《ひまり》がいつも園芸作業するときの格好だった。タオルを首にかけて麦《むぎ》わら帽子《ぼうし》を被《かぶ》る農作業のおばちゃんスタイルですら、こいつの美少女補正でアイドル雑誌の職業体験グラビアみたいに見えるから大したものだ。

その日葵《ひまり》の顔は、汗と土汚《つちよご》れでぐちゃぐちゃになっていた。何か鬼気《きき》迫《せま》る雰囲気《ふんいき》を放っており、いつもの澄《す》んだマリンブルーの瞳《ひとみ》もどんよりと濁《にご》っている。

「えっと、日葵《ひまり》。これ、どういうこと？」

「いえ。部外者に教えるわけにはいかないんで」

「部外者って……一応、謝ったろ」

「それでもアクセ作りやらないなら、部外者には変わりないじゃん？」

「じゃあ、どうすりゃいいわけ⁉」

「それをアタシに聞いちゃうのがアタシにダダ甘えてるんじゃん。許してほしけりゃ、誠意ってもんを見せなよ、誠意ってもんを」

「せ、誠意……？」

俺が戸惑《とまど》っていると、日葵《ひまり》の瞳《ひとみ》がキラーンッと光った。

「そうだなー。まずは『日葵様《ひまりさま》感謝デー』かなー？　月に一回、悠宇《ゆう》はアタシの言うことをなんでも聞かなくちゃいけない日を設定して……」

……んん？

榎本《えのもと》さんが、日葵《ひまり》の背後に回った。その頭に被《かぶ》った麦《むぎ》わら帽子《ぼうし》を払《はら》い落《お》とす。そして後頭部に、ぐわしっとアイアンクローを食らわした！

「いだだだ……っ⁉　えのっち、なんで？　アタシ悪いことしてないじゃーん⁉」

「ひーちゃん。それより先に、ゆーくんに言うことあるんでしょ？」

「……チッ。用心棒を連れてくんなよなー」

嫌《いや》そうに舌打ちした。

日葵《ひまり》はめっっっっちゃ気まずそうに、俺に如雨露《じょうろ》を渡《わた》してきた。

「……悠宇《ゆう》に言ってないことがある」

「俺に？　何を？」

日葵《ひまり》は榎本《えのもと》さんに、ちらっと目配せする。

榎本《えのもと》さんが右手をアイアンクローの形にすると「わ、わかったから……」と観念して俺に向き直った。

「アタシ、えーっと……」

それから気まずそうに、俺に頭を下げる。

「前に東京行くって嘘《うそ》ついたの……ご、ごめんなさい……っ」

「…………」

日葵《ひまり》が謝った。

俺はそれを、意外な気持ちで見つめていた。日葵《ひまり》のことだから、そのままなかったことにするかと思っていたのだ。

そのことで、ちょっとだけ冷静になる。

正直、日葵《ひまり》だけを責めることはできなかった。実際、あの一件は俺が悪かった。逆の立場だったとき、俺が同じことをしないとも限らない。

いや、むしろ、親友という関係を盾《たて》にとって黙《だま》って東京にまでついていこうとした俺も、かなりタチが悪いし。

そう思うと、俺たちはどこまでもお互い様だった。

「いいよ。あれが本当だろうと嘘《うそ》だろうと、俺にとって日葵《ひまり》が一番なのは変わらないし」

「…………」

日葵《ひまり》が俺をじっと見つめる。

そのマリンブルーの瞳《ひとみ》が、かすかに潤《うる》んだと思ったら……。

「うりゃあっ!!」

いきなり俺から如雨露《じょうろ》を奪《うば》うと、頭の上でザバアッとひっくり返した！

「日葵《ひまり》!?　何やってんの!?」

日葵《ひまり》はびちゃびちゃになった前髪《まえがみ》をちくちくいじりながらそっぽを向く。

「いや、別に？」

「理由なく水被《かぶ》るやついる!?」

「うるさいなーっ！　別に泣きそうなの隠《かく》そうとしてないって言ってるじゃん！」

「誰《だれ》もそこまで深読みしてませんけど!?」

榎本《えのもと》さんが慌《あわ》てて「わたし、タオルもらってくる！」と校舎に駆《か》けていった。

いきなり二人きりにされて、ちょっと気まずくなる。

俺が何を言おうか迷っていると……てか、いきなり如雨露《じょうろ》の水を被《かぶ》った女子にかける言葉ってなんなの？　ちょっと人生においてレアケースすぎない？

とにかく俺が迷っていると、日葵《ひまり》が言った。

「あんなことがあって、悠宇《ゆう》がアクセ作りきついっていうのはわかるよ。それでも、アタシは悠宇《ゆう》がアクセ作ってるのを見るのが好き。世界で一番好き」

ぽたぽたと、日葵《ひまり》の毛先から透明《とうめい》なしずくが落ちる。それを拭《ぬぐ》うこともせずに、日葵《ひまり》は俺を見つめていた。

「だから、作りたくなったら、いつでも言ってね。アタシ、ずっと、こ、こ、で待ってる、か、ら」

「えっ……」

その言葉でようやく気づいた。

この花壇《かだん》が、なぜ綺麗《きれい》に整えられているのか。そして花の苗《なえ》や種まで、しっかりと育てる準備ができているのか。

「悠宇《ゆう》がいつでも帰ってこれる場所、ちゃんと守ってるからさ。運命《しんゆう》共同体として」

そう言って、首元のチョーカーに触《ふ》れる。その透明《とうめい》なレジンでできた『親友』のリングを、大事そうに握《にぎ》った。

「それがコレの、アタシからの返事」

そう言って、日葵《ひまり》が恥《は》ずかしそうに笑った。

……昔から、美しいものが好きだった。

雨上がりにキラキラと輝《かがや》く虹《にじ》だったり、少年たちの友情を描《えが》いた青春映画だったり……あるいは小学生のときに魅了《みりょう》された花たちとか。

そして、俺に初めて友情をくれた親友とか。

中学のときから、日葵《ひまり》が美しくあればあるほど、俺は惨《みじ》めな気持ちになった。今だってそうだ。俺はそんな献身《けんしん》を捧《ささ》げられるような、できた人間じゃないんだ。

それでも日葵《ひまり》が、俺のことを一番だと言ってくれるなら……その汚《きたな》い劣等感《れっとうかん》すら、俺は腹の底に呑《の》み込《こ》んで認めてしまえるのではないかと思うのだった。

「……俺がアクセ作りから離れるって言ったの、実はアクセ壊《こわ》されたのが原因じゃなくて」

「え?」

その視線から逃《に》げるように、俺は視線を逸《そ》らした。

手で口元を覆《おお》って、もごもごと白状する。

「俺、ずっと日葵《ひまり》が喜んでくれるって理由でアクセ作ってるのに気づいてさ。クライアントに申し訳ないから、ちょっと頭、冷やす時間ほしくて……一人でテンパってごめん!」

「………………」

日葵《ひまり》がぽかんとした顔で、俺を見つめている。

その気まずさから、背中を向ける。しかしすぐに回り込んで、視線を合わせられる。いやいやいや、何してんの。さらに背を向けようとすると、バシンッと肩《かた》を叩《たた》かれて押さえられる。

そして日葵《ひまり》が爆笑《ばくしょう》した。

「ぷっはあああああああああああああああああああっ‼」

そのまま日葵《ひまり》のニッコニコ顔を真正面に見せつけられながら、ペチペチペチペチと頬《ほお》やら頭やらをリズムよくなで回される。

「いやー、ほんと悠宇《ゆう》はしょうがないよなー？　アタシのこと好きすぎるもんなー？　そこまで言われちゃ、アタシも許してあげるしかないよなー？　いやいやいや、ほんとはこの程度で絆《ほだ》されてあげる日葵《ひまり》ちゃんじゃないですけどね？　だって、アタシは神に愛された美少女だからなー？　悠宇《ゆう》にはもったいない存在だけど、悠宇《ゆう》がそこまでアタシとやり直したいって言うならやむなしっていうかなー？」

「おまえ、めっちゃ喋《しゃべ》るね⁉」

「喋《しゃべ》りますけど⁉　むしろ、この状況《じょうきょう》で黙《だま》ってるわけないじゃん。さすがのアタシも恥《は》ずか死しちゃうよ⁉」

「それは完全に同意だけど！　なんかこう、雰囲気《ふんいき》ってのがあるだろ‼」

二人とも、顔真っ赤だし。

日葵《ひまり》が「うりゃ」と言って、俺の肩《かた》にトンッとぶつかる。そのまま両腕《りょううで》を絡《から》めると、上目《うわめ》遣《づか》いに微笑《ほほえ》んだ。

そして耳元に唇《くちびる》を近づけると、いつもの調子でそっとささやいた。

「じゃあ、ほんとにアタシと付き合っちゃう？」

「…………」

俺は日葵《ひまり》の綺麗《きれい》な笑顔《えがお》を見つめた。

この紛《まぎ》らわしい悪戯《いたずら》さえなければ、素直《すなお》に気持ちを伝えることもできるのだろうか。いや無理だろう。だって俺はまだ、日葵《ひまり》の期待に欠片《かけら》も応えられていないのだから。

「日葵《ひまり》とは、絶対に嫌《いや》だ！」

俺の怒声《どせい》と、日葵《ひまり》の「ぷはーっ！」と爆笑《ばくしょう》する声が、梅雨明け前の曇天《どんてん》に響《ひび》いた。

俺の純情が美しいとは限らない。

でも、そんな自分の気持ちを「醜《みにく》い」と言って捨て去るのも早いだろう。

どんなに汚《きたな》い独占欲《きもち》だって、それを認めて育て続ければ、いつか地獄《じごく》で美しい花を咲《さ》かせるかもしれないから。

Epilogue　夏の使者

地元から、特急に一時間ほど乗った地方空港。

冷房の効いた発着ロビーで、オレは売店で買ったマンゴーのどっさり盛られたソフトクリームを口にしていた。

（……なぜオレが、週末にこんな小間使いのようなことをしなくてはならんのだ）

心の中で愚痴《ぐち》っていると、背後からふわふわした印象の女性の声がした。

「あれれ～？　真木島《まきしま》さん家《ち》の弟くんのほうがきたの～？」

それは凄《すさ》まじく顔のいい女だった。緩《ゆる》いウェーブのかかった豊かな長髪に、つるつるの卵みたいな小顔。目鼻立ちがはっきりしており、まさにお人形さんという感じの雰囲気《ふんいき》。

その名を榎本紅葉《えのもとくれは》という。彼女はサングラスを外して、小首をかしげる。

「てっきり、ひでやんがくると思ったんだけど～？」

「兄貴は檀家《だんか》さんのアイドルなので忙《いそが》しいのですよ。荷物持ちはオレでご勘弁《かんべん》を」

その女性は「うふふっ」と悪戯《いたずら》っぽく笑う。

「もちろ～ん！　男の子って感じ～。頼《たよ》りになる～♪」

……相変わらず、完璧《かんぺき》な笑顔だ。完璧《かんぺき》すぎて、まるで体温を感じないほどに。

「なぜ急に帰ってきたのだ……ですか？　地元が嫌《きら》いなのでは？」

「いやいや、大したことじゃないよ～」

紅葉《くれは》さんは、楽しげにパンッと両手を叩《たた》いた。

「わたしの顔に泥塗《どろぬ》ってくれた後輩《こうはい》ちゃんに、ちょっとだけ『めっ♡』しなきゃってね～」

それは、オレが事前に予想した通りの答えだった。

「日葵《ひまり》ちゃんのスカウトの件、やはり紅葉《くれは》さんが一枚噛《か》んでいたのですか……」

「当然よ～。せっかく社長たちを説得して事務所に迎える準備を整えたのに、急に『やっぱりやめまーす』だもん。わたし、すっごく怒《おこ》ってるんだよ～？」

「しかし、正式な契約《けいやく》を交わしていたという話は聞いていませんが？」

「うふふっ。それはそうだけど～？　でも仮にとはいえ、大人との契約《けいやく》を反故《ほご》にして『はいそーですか』と都合よく収まるわけもないでしょ～？」

その言葉に、オレはつい口角を吊《つ》り上《あ》げる。

まさか、ここまでオレの想定通りに事態が進んでいるとは思わなかった。

「紅葉《くれは》さんが、これからしようとしていること。オレも一口、乗せてくれませんか？」

紅葉《くれは》さんは驚《おどろ》くそぶりもなく、にこりと可愛《かわい》らしく微笑《びしょう》した。

あとがき

誰《た》がために成すのか。

……というのは簡単なようで、なかなか難しい話ですよね。七菜《なな》は汚《よご》れちまった大人なので真っ先に「印税様のためです」って言えるんですけど、悠宇《ゆう》くんみたいな子はそういう自分ですら後ろめたくなってしまうのかなあと思う七菜《なな》でありました。

※こいつ2巻連続で印税の話しかしてないな？

ということで、七菜《なな》です。

本巻もここまでお付き合い頂きまして、誠《まこと》にありがとうございました。

今年の1月に第1巻が発売になって以降、きっと読者様たちの間では、気になる異性にこの本を貸したふりして遠回しに告白するだんじょる告白が流行《はや》ったものと……え、流行《はや》っていない？　あ、そうですか。……とにかく前巻の発売後、Twitterなどで非常にたくさんのご感想を頂戴《ちょうだい》しました（実際に異性の友人にこの本を勧《すす》めてくださった猛者《もさ》がいたそうですね）。

それが予想外にも、めっっっっちゃ熱いメッセージばかりでして！

実はTwitterのほうで、だんじょるの感想キャンペーンを組んで頂いたんですよね。これの選考が、非常に難航いたしました。全部よくて選べなかったんだよ……。

発売日の午前中に早々とご感想上げてくださったり、日葵《ひまり》ちゃん愛飲のヨーグルッペを購入してくださったり、初めてラノベの感想を書くというお言葉を頂いたり、「毎秒続刊して」と無茶《むちゃ》振《ぶ》りがあったり……ほんとに熱いツイートばかりでした。

そして皆様《みなさま》の応援のおかげで、シリーズとしても上のステップをお届けできることになりました。重版とコミカライズの決定です。ありがとうございました。後者はおそらく本巻出版の頃には色々と情報が出ていると思いますので、ぜひご期待ください。

最後に謝辞を。

担当編集K様、イラスト担当のParum先生、その他、制作・販売に携《たずさ》わってくださった方々……本巻もめちゃくちゃお世話になりました。「そう思うなら次はしっかりやれ」ですよね。その通りだと思います（ご迷惑もたくさんおかけしました……）。

それでは、またお目にかかれる日を願っております。

２０２１年３月　七菜《なな》なな

あとがき
2巻もイラストを
担当させていただきました。
どうぞよろしくお願いします！

次巻予告

最強《えのっち》の魔王《お姉ちゃん》、襲来。

「わたし直々に～、日葵ちゃんをうちの事務所へスカウトしにきました～♪」

「榎本先輩、アタシ断ったじゃん!?」

「欲しいものは逃がさない主義なの～。わたしと一緒に世界の舞台を目指そうね～♪」

「東京行くなんてやだやだ！ お兄ちゃん助け……こら逃げるなぁーっ!!」

「お姉ちゃん！ ひーちゃんみたいな我儘な子、事務所に迷惑かけるだけだよ！」

「えのっちが酷い!?」

そして利口な彼女は、悠宇に狙いを定める。

「〝ずっと離れない〟なんてエゴだよ～。ゆ～くんの身勝手のために日葵ちゃんの才能《みらい》を潰すなんて、本当の親友って言えるの～？」

「……っ!?」

最大の脅威を前にして、互いを想えば想うほど、絡まり絡まる親友の鎖――。

男女の友情は成立する？
いや、しないっ!!
この度『だんじょる』のコミカライズを
担当させていただくことになりました！
コミカライズ版もよろしくお願いします！
Kamelie
コミカライズは 月刊コミック電撃大王 （毎月27日発売）にて
2021年夏
連載開始予定!!

祝!!
だんじょる
2巻!
コミカライズ
『四畳半開拓日記』
原作・七菜なな
キャラクター原案
はてなときのこ
作画 春日水那
2021年夏より
電撃だいおうじで連載開始!

◉七菜なな著作リスト

「男女の友情は成立する？（いや、しないっ!!）
Flag 1. じゃあ、30になっても独身だったらアタシにしときなよ？」（電撃文庫）
「男女の友情は成立する？（いや、しないっ!!）
Flag 2. じゃあ、ほんとにアタシと付き合っちゃう？」（同）
「四畳半開拓日記01～04」（単行本　電撃の新文芸）

本書に対するご意見、ご感想をお寄せください。

ファンレターあて先
〒 102-8177　東京都千代田区富士見 2-13-3
電撃文庫編集部
「七菜なな先生」係
「Parum 先生」係

本書は書き下ろしです。

この物語はフィクションです。実在の人物・団体等とは一切関係ありません。

電撃文庫

男女《だんじょ》の友情《ゆうじょう》は成立《せいりつ》する?(いや、しないっ!!)

Flag 2. じゃあ、ほんとにアタシと付《つ》き合《あ》っちゃう?

七菜《ななな》なな

2021年4月10日　初版発行
2022年5月30日　8版発行

発行者　青柳昌行
発行　株式会社KADOKAWA
〒102-8177　東京都千代田区富士見2-13-3
0570-002-301（ナビダイヤル）
装丁者　荻窪裕司（META＋MANIERA）
印刷　株式会社KADOKAWA
製本　株式会社KADOKAWA

●お問い合わせ
https://www.kadokawa.co.jp/（「お問い合わせ」へお進みください）
※内容によっては、お答えできない場合があります。
※サポートは日本国内のみとさせていただきます。
※ Japanese text only

※定価はカバーに表示してあります。

ISBN978-4-04-913735-4　C0193　Printed in Japan

電撃文庫創刊に際して

文庫は、我が国にとどまらず、世界の書籍の流れのなかで〝小さな巨人〟としての地位を築いてきた。古今東西の名著を、廉価で手に入りやすい形で提供してきたからこそ、人は文庫を自分の師として、また青春の想い出として、語りついできたのである。

その源を、文化的にはドイツのレクラム文庫に求めるにせよ、規模の上でイギリスのペンギンブックスに求めるにせよ、いま文庫は知識人の層の多様化に従って、ますますその意義を大きくしていると言ってよい。

文庫出版の意味するものは、激動の現代のみならず将来にわたって、大きくなることはあっても、小さくなることはないだろう。

「電撃文庫」は、そのように多様化した対象に応え、歴史に耐えうる作品を収録するのはもちろん、新しい世紀を迎えるにあたって、既成の枠をこえる新鮮で強烈なアイ・オープナーたりたい。

その特異さ故に、この存在は、かつて文庫がはじめて出版世界に登場したときと、同じ戸惑いを読書人に与えるかもしれない。

しかし、〈Changing Times,Changing Publishing〉時代は変わって、出版も変わる。時を重ねるなかで、精神の糧として、心の一隅を占めるものとして、次なる文化の担い手の若者たちに確かな評価を得られると信じて、ここに「電撃文庫」を出版する。

1993年6月10日
角川歴彦